JN243464

プレアデス
Πλειάδες

オーバーロード

8

二人の指導者

OVERLORD［8］The two leaders

丸山くがね
イラスト◉so-bin

Kugane Maruyama | illustration by so-bin

エンターブレイン

Contents 目次

第1話　エンリの激動かつ慌ただしい日々　003
第2話　ナザリックの一日　233
キャラクター紹介　427
あとがき　436

第1話 エンリの激動かつ慌ただしい日々

Story 1 | Henri's upheaval and hectic days

1

エンリ・エモットの朝は早い。まだ日も昇らぬうちから食事の準備を始めるためだ。というのも、亡くなった母親ほど手慣れておらず手間取るし、大量に作る必要があるからだ。

エンリ、ネム、そしてエンリに忠誠を捧げるゴブリン達十九人。これで二十一人。更に追加でもう二人の計二十三人の食事の準備は忙しいというレベルを超え、戦場のようだ。大量の食材を前にすると、これだけの量を一度に食べるのかと、ぎょっとしてしまうほどだった。

「以前の六倍近いものね」

エンリは大きく深呼吸を一度してから、気合を入れて袖をまくった。

黙々と野菜を切り、包丁を替えて肉も切っていく。どういった順番で処理していくかという流れは既に頭の中に出来上がっている。

料理など大して得意ではなかったエンリだが、短期間でこれだけ手際よくできるようになるのだから、必要に迫られると人というのはすごい力を発揮するものだ。

エンリが食事の準備をしているとその音に反応し、妹も眠そうな目をこすりながら起き出してくる。

「お姉ちゃん、おはよー。私も手伝うよ」

「おはよう、ネム。ここはいいから、昨日頼んだ仕事の方をお願いね」

一瞬不満そうな表情を浮かべた妹は、しかし結局文句も言わずに「……はーい」と少ししょんぼりした返事をして姉に従った。

エンリの手が止まる。

心に痛みが走った。

十歳の妹は、かつては快活で我が儘をよく言う子だった。しかしあの事件以来、天真爛漫(てんしんらんまん)だったネムは姉の言いつけをよく守り、駄々をこねず、一切騒いだりはしゃいだりしなくなった。悲しいほど「いい子」になってしまった。

両親の温かい笑顔が脳裏にちらつく。数ヶ月たっても心に刻まれた傷跡は完全には癒えていない。もし仮に病気などで前もって覚悟が出来ていたのなら、もしくは突発的な事故や天災のように誰も恨めないようなものであれば、ここまで後を引かなかったかもしれない。しかし両親の死は違う。幾らでも恨める事件だ。

瞼(まぶた)をぐっと強く閉じる。誰かが横にいれば弱いところを見せまいと頑張れるが、誰もいないと寂しさが心の傷跡を掘り起こす。

「――ね」

瞼の裏に浮かぶ優しい両親。目を開けても、二人の影は消えていかない。温かな記憶を次から次へと思い出してしまう。

心中に渦巻く黒い感情——両親を殺した相手への憎悪——のままに、大ぶりの包丁を振り下ろす。

勢いよく叩きつけられた肉切包丁は、見事に肉を断ち切った。

少しばかり力を入れ過ぎて、「俎板(まないた)」まで傷をつけてしまったことにエンリは眉を顰(ひそ)める。

(刃が欠けたりすると修理が大変なのに……。ごめんなさい、お母さん)

母親から望まずに受け継いだ包丁を手荒に扱ったことを謝罪しつつ、穴の開いた心に蓋をする。

包丁が欠けていないかと、刃を指でなぞって確かめていると、エンリの横手——玄関の扉が開く。

入ってきたのは人間とは違う、もっと小柄な——ゴブリンとして知られる亜人だ。

「おはようございます、姐(あね)さん。今日は俺が当番で来ました……どうかしたんですかい？」

礼儀正しい態度で頭を下げたゴブリンは、気遣わしげな顔でエンリの手元を見つめる。

ただの村娘であるエンリに、ゴブリンは常に下位者として弁(わきま)えた振る舞いを見せる。その理由は、彼女がゴブリンの召喚主だからだ。

事件のあと村人たちが見張り番などが必要ではないか、と相談していた時、エンリがふと思いついて使ったアイテムからゴブリンたちは召喚された。突然現れたモンスターたちに村人たちは驚愕し、怯(おび)えたが、エンリがこの者たちは村の救世主であるアインズ・ウール・ゴウン様から貰ったアイテムで喚び出されたのだと説明すると少し安心したようだった。言うまでもなく、アインズ・ウール・ゴウンへの感謝の念と信頼は村人誰もが持っていたからだ。それ以降の彼らの働きは村人たちの疑いの心を完全に溶かすに十分だった。

「おはようございます、カイジャリさん。ちょっと包丁を乱暴に扱っちゃって……」

召喚されたゴブリンの一体であるカイジャリは額に皺を寄せて心配顔——どう見ても冬眠を邪魔された人食い熊の顔——をエンリに向ける。

「そいつはいけませんね。注意してください。この村には鍛冶仕事ができる人がいませんからねえ。俺たちの装備も修理したりできないんですよね」

「そうだったんですか……」

カイジャリは「ま、そのうち何とかしますよ」と努めて明るい声を出すと、食事の支度の手伝いを始める。持ってきた壺から燻っている燃えさしを取り出し、慣れた手つきでかまどに火をつけた。手早く小さな炎を大きな炎へと変えていく様子は、匠の技を感じさせる。

(でも料理は出来ないんだよね……なんでなんだろう?)

彼らゴブリンは簡単な料理ですら出来ない。生肉や生野菜でも平然と食べるからなのかと思いきや、調理された料理の方が好みのようだ。——生でも平然と食べるが。

(召喚された人は料理が出来ないのかな?)

単なる村娘である自分に分かるはずもない。そう結論付けて、エンリは自らの仕事に専念する。幸い、包丁の刃は欠けてはいなかった。

やがて調理が終わる。

母親が作ってくれていたころよりも、食卓は豊かだ。

まず、肉がある。確かに昔から時折、野伏（レンジャー）からの肉の御裾分けはあった。しかし、今ほどではなかった。それほど量が増えたのは、村の活動範囲が広がったことに起因している。

周囲のトブの大森林はカルネ村の村人に森の恵み——薪、食料となる果実や野菜、動物の肉や皮、そして様々な薬草を与えてくれる場所でもある。

宝の山といっても良い場所だが、モンスターが存在し、場合によっては村にまで呼びよせかねない危険性があるため、今まではそう手を出せる場所ではなかった。狩人のような腕に自信と経験がある専業職たちが、森の賢王の縄張りから離れた辺りで宝を盗み取るのが関の山だった。しかし、今ゴブリン達の出現と森の賢王の不在によって状況は大きく変わった。

村の近場から森に侵入し、宝を手にすることが出来るようになったのだ。強者である彼らの働きは見事であり、今までは手に入りにくかった肉が得られるようになり、食卓には新鮮な果実や野菜が並ぶ。食糧事情は劇的に向上した。

特にゴブリン達はエンリの部下というかたちで付き従っているため、彼らの獲った獲物は優先的にエンリの家に回ってくる。

更には新しく村の一員となった野伏（レンジャー）の存在も、食糧事情の改善に寄与していた。

エ・ランテルで冒険者をしていた女性が、この村に移り住み、村に元からいた野伏の下で、狩人として腕を上げていた。この女冒険者はもともと戦士として働いていたため、弓の扱いは得意で、大きな獲物も射抜くことができる。こうしてより一層、肉の供給頻度が高まったのだ。

良い食生活による変化は当然、肉体面にも現れる。

エンリはぐっと腕を曲げ、力瘤（ちからこぶ）を作った。

なかなか立派な隆起だ。

（うーん。なんだか、どんどんついてきた気がする……）

ゴブリン達は「姐さんは筋肉が付きましたね」「もっとパンプアップしましょう」「キレてる、キレてる」「目指せ、シックスパック！」「ナイスカット！」などと褒（ほ）めてくれる――多分――が、女性としてはなかなかどころかかなり複雑なところである。

（ゴブリンの皆が期待するほどは流石（さすが）についてないけど……それは嫌だなぁ……）

ゴブリン達が願っていると思われる、完成形態エンリ像を頭から追い払い、テーブルの上で盛り付けを始める。これがまた面倒なのだ。

別に多少の量の違いで騒ぎが起こったりはしないが、スープの中の肉の有無は大問題だ。ちゃんと全員の器に具材が同じように入ったかを確認しながら進めていく。

やがて額から汗が流れ落ちる頃、朝食の支度が全て終わる。

「それじゃぁ、皆（ゴブリン）さんたちとンフィー呼んでこないとね」

「そうですねー」

「じゃぁ、私が呼んでくる！」

後ろを見れば妹――ネムがキラキラと目を輝かせて立っている。

「頼んだことは終わったの？」妹が首を縦に振るのを確認し、エンリも頷く。「そう？　じゃ、ンフィーを――」

「――うん！　私はゴブリンさんたちを呼んでくるね！」

遮るように突然大声を出した妹の提案に異論はない。カイジャリがネムに対して軽く頭を下げているのは労をねぎらってのことだろう。

「それじゃ、お願いね。じゃぁ、私がンフィーを呼んでこようかな」

「そいつが良いですよ！　よし！　姐さん。俺もついていきますよ」

そうなると家に誰もいなくなってしまうことになるが、別に問題はない。村で泥棒が入ったなど聞いたこともないのだから。

エンリはカイジャリと連れ立って、先に出た妹を追いかけるように外に出た。

草原の香りを含んだ風が、朝の光の中、エンリに吹き付けてくる。新鮮な空気を胸一杯に吸い込むと、カイジャリも同じように深呼吸をしていた。思わずエンリが微笑むと、それに気が付いたカイジャリも顔を歪め、凶相を作る。昔のエンリであれば恐ろしいと思ったかもしれない表情だが、共同生活に慣れた今では彼が笑顔を浮かべているというのがはっきりと分かる。

気分の良い天気の中、エンリは隣の家まで歩く。

最近の悲劇のため、無人となってしまった家の一つに、元エ・ランテルの薬師、バレアレ家が住んでいる。

ここにいるのは二人。熟練の薬師である老婆のリイジー・バレアレ。そしてその孫で、エンリと仲の良いンフィーレア・バレアレだ。二人ともここに閉じこもって、薬草を煎じたりして薬を作っていた。

他の村人と共同で何かをしないというのは、敬遠される傾向——運が悪いと村八分にされる——にある不味い行為だが、彼らは別だ。

というのも小さな村での薬師の仕事——病気や怪我に備えて薬を作るという行為——は必要不可欠なものだからだ。何もしないで良いから薬だけを作ってくれと哀願されるほどなのだ。

特にカルネ村のように治癒魔法を使える神官がいないところでは、その必要性はより強まる。

ちなみにもう少し大きい村であれば、神官が薬師の仕事も兼任することが多い。

治癒魔法を使った場合、神官はそれに見合うだけの報酬を要求する。いや、しなくてはならない。

しかし村人にそこまでの支払い能力がない場合など、労働を対価にすることが多かった。それでも支払えない者のために、神官は薬草などで薬を作ったりするのだ。薬草から作り出される薬は、魔法での治療より安価だからだ。

村のゴブリンの中にはクレリックもいて、少々の傷なら一瞬でふさぐこともできるのだが、余程の大怪我でない限りは有事に備えて極力温存すべきというのが村の総意だ。また使える呪文の種類は数えるほどしかなく、しかも病や毒を治療できるものはその中には無い。

だからバレアレ家の二人が引き籠もって薬作りに没頭するのは、誰にとってもありがたいことなのだ。

そんな大事な仕事をする彼らだが、この村で近寄る者は少ない。

理由は家に近寄れば分かる。

エンリは鼻に皺を寄せた。カイジャリも同じような表情を――より邪悪そうだが――見せた。

というのも家の周囲には、鼻を刺激する異臭が漂っているからだ。この微妙な刺激臭はなんとなくだが、体を悪くしそうな嫌な予感を覚えさせる。薬草などにも潰すと刺すような異臭を漂わせるものがあるが、それでもまだ緑の臭いであり、こんな危険な臭いではない。

口で息をしつつ、エンリは入り口のドアを叩く。

数度ノックを繰り返し、もしかして不在では、と思った辺りで、扉の向こうから誰かが動く気配と音がした。一拍遅れて鍵を解除する音、そして扉が開いた。

(――う!?)

口にも表情にも出さないつもりだったが、耐えられないような空気が中から流れ出した。

痛かった。

目に口に鼻に強烈な刺激臭が突き刺さる。家の周りのものなど残り香に過ぎない、と思わせるほどの悪臭だ。

「おはよう、エンリ！」

伸びた前髪の隙間から垣間見えるンフィーレアの目ははっきりと見開かれてはいるものの、ひどく充血している。昨日も徹夜で錬金術を行っていたのだろう。

刺激臭が立ち込める中で口を開きたくはないが、挨拶を返さないのは礼に反する。

「お、おはよう、ンフィー」

一瞬で喉がいがらっぽくなった気がする。

「おはようございます、兄さん」

「えっと……カイ、カイジャリさんもおはようございます。……もう朝なんだね。集中していたから気づかなかったけど、こうして太陽を拝むと時間が経つのって本当に早いと感じるね。……ずっと実験してたから、なんだか眠いや」

ふわっ、と欠伸をするンフィーレア。

「仕事に熱中してたみたいだね――」

食事ができたからおばあ様と一緒に食べに来てよ。そう続けるつもりだった。それをンフィーレアが遮る。いや遮ろうとしたのではないだろう。それ以上の興奮が襲っただけで。

「凄いんだよ、エンリ」

ずいっとンフィーレアが距離を詰める。着ている作業着にも刺激臭がこびりついており、距離を取りたかったが、友達として、その気持ちをぐっと堪える。

「ど、どうしたの。ンフィーレア」

「聞いてよ！　ついに新しい工程で水薬を生成することに成功したんだ。これは画期的なことなんだよ！　もらった溶液と薬草を混合させてるんだけど、これで作った水薬は紫色をしているんだ」

はぁ、としか言いようがなかった。

どこが凄いのかさっぱりわからない。紫色の水薬というのは紫キャベツを入れた水のような感じなのだろうか。

「しかもちゃんと傷はふさがっている！　この治癒速度は錬金術アイテムのみで製作したものに匹敵するぐらいだ！」

ンフィーレアが腕をまくり上げ、傷がないほっそりとした腕を見せる。私よりも細いかも、などとエンリが考えている間にもンフィーレアは止まらない。

「それでさ！」

「はいはい、そこまでで終わりにしてくださいや」カイジャリがずいっと前に出る。「兄さんはどうやら寝不足で興奮しているみたいですね。ハイって奴です。姐さん、ここは俺に任せて先に帰ってくださいませんか？」

「いいの？」

「構いませんって。顔に水でもかけて、ちょっと冷静にさせてから連れていきますよ。遅くなったら他の皆が心配しますからね。それで婆さんはどうなんですかね？」

「おばあちゃんはまだ研究に熱中してるから……朝食は食べないような気がするなぁ。せっかく作ってくれたのにごめんね」

「あ、大丈夫。リイジー様ならそんなこともあるかなぁ、って思っていたから」

こういうことは今まで幾度もあったのだから、別に驚きはしない。

「それじゃ、姐さんは先に帰っていてください」

そこまで言われたらエンリは従うしかない。

「うん。じゃ、よろしくね」


去っていくエンリの後ろ姿を見送りつつ、カイジャリはンフィーレアに冷たい視線を送る。

「何をやってるんですか。知ってるでしょ？　女で男の趣味の話を真剣に聞くのは、相手に興味がある場合だけだって。惚れてない相手の趣味話は女の気持ちを冷めさせるってもんですぜ？」

「……ごめん。ちょっと凄いことがあったから……本当に凄いんだよ？　画期的なんだよ？」

懲りずに話し始めたンフィーレアの言葉をカイジャリは手で遮った。

「はぁ。そんなことで大丈夫なんですかね、兄さん。姐さんに惚れてるんでしょ？」

ん、とンフィーレアは息を飲み、一度だけ、だがはっきりと頷いた。

「なら姐さんを最重視してくださいや。薬よりも」

「……分かった。出来る限り頑張る」

「出来る限りじゃ困るんですよね。やってもらわなくちゃ。姐さんを惚れさせてもらわなくちゃ。こっちも全面的にバックアップしてるんですからね。それだけじゃないですぜ。妹さんも協力してくれるって約束してくれたんですぜ。兄さんも覚悟を決めて取り組んで欲しいもんですね」

「うん……」

「向こうから好きだと言われるのを待っていても、大概は他人に持っていかれて終わりますぜ？　言う勇気って奴は重要なんですよ」

胸にどすっと鋭い刃が突き刺さったような衝撃をンフィーレアは受ける。

「まぁ、なんのかんの言いましたけど、ンフィーの兄さんもなかなか頑張ってるとは思いますよ。昔なんて、姐さんを前にしたらなんにも言えなかったじゃないですか。それが今じゃ、普通に話せるようになりましたからね」

「あの頃はエンリと会うことなんて滅多になかったから。この村に薬草を取りに来たときぐらいだったし……今までと、この村に来てからの会ってる時間を比べたら、断然こっちに来てからの方が長いからね」

「その意気ですよ。その意気。あとはぐっと行くだけですね。まずは力をアピールしましょう。村の人から聞いてきましたけど、やっぱり力がある男には惚れるらしいですぜ。四十九歳の意見ですけど」

「腕力には自信がないなぁ。もっと畑仕事とか手伝った方が良いのな？」

「いや、ンフィーの兄さんの場合はこっちがあります」カイジャリが自分の頭をこんこんと叩いた。

「こっちで勝負です。あとは魔法ですけど、良いですか？　アピールポイントだ、と思ったら俺、もしくは誰かがぐっと、こうポージングします。そこで姐さんが惚れそうな態度や台詞をお願いします」

カイジャリが上腕二頭筋(バイセップス)をアピールするポーズを作ると、ムキリと筋肉が盛り上がる。

「これですよ、これ。それで更に押すべきだと思ったら、このポーズです」

次にカイジャリは胸(チェスト)をアピールするポーズを取った。小柄ながらも戦士に相応(ふさわ)しい分厚い肉体だった。

なんで、ポージングなんだろう、という疑問がよぎるが、彼らの厚意(こうい)であるのは間違いないので、強く疑問の声を上げることは出来なかった。ただ、それでも一つだけは聞いておかなくてはならない。

「あのさ。なんで、君たちは僕に協力してくれるの？　エンリの配下で忠誠を尽くしているのは知っているんだけど、僕に協力する意図がちょっと読めないんだけど？」

「簡単なことを聞くんすね」カイジャリは呆れたという口調で答えると、子供に言い聞かせるようなゆっくりはっきりした口調で続ける。「俺たちは姐さんに幸せになってもらいたいんですよね。その観点からすると兄さんは合格ラインなんですよ。だから急いで結婚してもらわなくちゃいけないんです」

「そんなに急がなくても！　徐々にこう二人の距離を、ね」

「……それじゃ遅いんですよ。人間って妊娠してから子供を産むのに時間がかかるじゃないですか」

話が妊娠というある意味男女関係の最終形態まで進み、ンフィーレアは目を白黒させてから少しだけ顔を赤くした。

「そうだね。九ヶ月かからないぐらいかな？」

「それじゃ、十匹……いえ十人、産むまでに時間かかり過ぎるんですよね」

「十人？　それはちょっと多すぎると思うよ！」

子供は五人程度が農村の平均だ。成人まで成長しないような悪環境であればもう少し多くなり、病気になった時に治療できる神官がいたり避妊薬などがある都市になるともう少し人数も減る。

十人というのは一人の女性が産むにはちょっとどころか、かなり多すぎる。

「何を言ってるんですか、ゴブリンだったら普通ですよ？」

「僕たちはゴブリンじゃないから！」

「まぁ、種族の違いはありますが、たくさん産んでもらって姐さんには幸せになってもらいたいんですよね」

「……子供がたくさんいることが幸せじゃないとは決して言わないけど……何か違う気がする……」

「そうですかね？」

首を傾げたカイジャリにンフィーレアは何も言う気はしなかった。全体的に判断して、彼らの行動はンフィーレアにとってはありがたいのだから。

「それじゃ、兄さん、行きましょうぜ。とりあえずはさっさと、どこかで一歩踏み込んでほしいもんですな。あんまり家族的な立場を確保しちまいますと、次の展開が難しくなりますが……なし崩し的に持っていくという最後の作戦には使えますしね」

「……君たちの知識はどこから来てるんだい」ンフィーレアは頭を振る。「ねぇ、おばあちゃん、エンリの家に食事に行くけど、どうする？」

ンフィーレアが家の中に声をかけると断りの声が届いた。

たぶん、ずっと実験を繰り返しているのだろう。食事をする時間すら勿体(もったい)ないと。

ンフィーレアにはその気持ちは痛いほど分かった。

この家の中に置かれている様々な錬金術アイテムや器具は非常に高度なものであり、使い方すら理解出来ないものが大半だ。これらは全て、アインズ・ウール・ゴウンという大魔法詠唱者(マジック・キャスター)に仕えるメイドが運んできたものだ。これで新たな水薬(ポーション)や錬金術アイテムを作れ、と。さらには万病に効くという伝説の薬草なども持ってきたのだ。

溶液などの材料や未知の器具の使い方などを聞いても、「自分たちで考えろ」の一点張りであり、取りつく島もなかった。

だからこそ二人は休息らしい休息も取らずに、ありとあらゆる実験を繰り返すことで、遅々とした一歩一歩ではあったが、前に向かって進んでいるという確信を得てきた。時には全力で後退したときもあったが——。

ンフィーレアは当然としても、リイジーの人生でもこの二ヶ月が最も濃い時期だっただろう。

そんな努力の結果が、机の上にある紫色の水薬（ポーション）——リイジーが向かい合っている物であり、ンフィーレアが興奮に我を忘れた物である。

「じゃぁ、もらってくるからね」それだけ言うとンフィーレアは扉を閉め、カイジャリに向き直る。

「行こうか」

●

全員揃ったから食事をしようと言っても、大人数が一度に入れるほどエンリの家は広くない。そのために天気が良ければ外で食事をするのがいつもの流れだ。

屋外のため、ある程度の騒がしさは我慢できる。これがもし家の中であれば、もっと前に堪忍袋の緒が切れていただろう。それでもこれは少し煩（うるさ）すぎる。

「つまりこういうことだ！　エンリの姐さんは俺の嫁だ、と！」

「おい、てめぇ！　エンリの姐さんにはモーションかけないって協定を忘れたのか！」

「そうだ！　お前が抜け駆けするなら、俺も行くぞ！」

「なんだと！　俺が先だ！」

数人のゴブリンが椅子を蹴って立ち上がり、さらに数人のゴブリンがテーブルの上に飛び乗った。

ぐっと怒りを抑え込むと、エンリは優しく話しかける。

「みなさん、落ち着いてください」

しかしながら、ゴブリンたちの瞳に宿った炎は鎮火しない。

「無駄なあがきだぜ、兄弟。すでに勝敗は決してるんだよ。見ろ、燦然と輝くこの肉を！」

ゴブリンの一人、クウネルの掲げたスプーンの中には、パッと見では「豆か？」と思ってしまうようなサイズの、鳥肉のかけらが鎮座していた。均等に分けたはずのエンリが見落とした、あるいは見間違えても仕方ない大きさだ。

「俺はさっき肉を食った。だがスープの底には、まだ肉が残っていた。お前らの皿にはあったか？なかっただろうが！　つまりこれこそが愛！」

「ふざけんな！　そんなの姐さんがただの野菜の切れ端と間違えただけだよ！」

「あるいは妄想ではないのですか？　さっき食った肉とやらは芋か何かで、君への肉はその矮小なもののみなんですよ。お気づきなさい。キモがられているのだと。大体、我が神はこう仰っています。汝、エンリを幸せにせよと」

「てめぇの神って悪神だろ、コナー！」

ゴブリンの半数は立ち上がり、残りは椅子に座ったまま囃し立て、起立組の戦意を煽っている。なお、ネムは煽り組に含まれる。例外的に、数人がこの輪に入らずに食卓に向かっており、ンフィーレアはその最たる人物だ。

「……紅玉の粉末……魔力の羽根……トネリコ製すりこぎ……乳鉢……にゅ……にゅう?」

口にスープを運びながら何かを虚ろに呟いているので、スープは口に入れる傍から皿へと還っていく。目は髪に隠れて見えないが、その視線は恐らく現世と夢幻の間を行ったり来たりしているのだろう。

「ンフィー、大丈夫?」

ゴブリン達は騒がしく、放っておいたらどこまでヒートアップするか見当もつかないが、ンフィーレアの状態は尋常ではなく、こちらも放っておくわけにはいかなかった。かなり長い間寝ていないのだろう。椅子に座ってからは坂を転げ落ちるように集中力が散漫になっていき、食事が始まると殆どアンデッドのように生気と知性を消失させていた。

「うん……大丈……だよ。えんり……すーぷ……」

「ちょっ、ンフィー。しっかりして」

「大体、てめえこの前まで『ネムさん命!』みたいなこと言ってたじゃねえか」

「あの時とは事情が変わった。俺は知ったんだよ。ネムさんは十歳で身長も俺らとそんなに変わらないから、妙齢のレディだと思ってたんだ。でも人間って……十五くらいにならないと成人じゃないいらしいんだ！」

「えっ！　お前、それ本当か……。エンリの姐さんとかがホブ人間とかじゃないのか」

賑やかになったゴブリンの話の変遷は凄まじい。ホブ人間とはなんだ、と聞こうとするよりも早く、すでに囃し立てることに飽きた連中が、全く別の悶着を引き起こしている。

「あっ！　お前俺のパン盗りやがったな！」

「俺の狼が腹すかせてるんだ！　ケチケチすんな！」

「みなさん！」

エンリは大きな声を出したが、喧噪にかき消されてしまった。スプーンや皿が飛び、怒号と罵声が吹き荒れる。飛び交うのは空になった食器などであり、食べ物を無駄にしてはいないとはいえ、許し難い行為だ。

エンリはいよいよ覚悟を決めて、柳眉を逆立てながら息を吸い込む。

「狼、肉食だろーが！　レベルはそっちが上でも、ガチの肉弾戦まで同じだと思うなよ！」

「おもしれえ！　てめーがゆうべ何食べたのか思い出させてやる！」

エンリが勢いよく立ち上がった瞬間、彼らは一陣の風のように元の席へと納まり、お行儀よく食事をとり始める。

「いい加減、静かにしてくださいー！」

実に静かな食卓に、エンリの大声が響き渡った。

「あ……」

エンリはポカンとして周りを見渡した。誰もが「おとなしく朝食をとっていましたが何か?」「突然叫んで、ちょっと迷惑ですよ」という顔で一斉にエンリを見やる。少しの静寂の後、エンリは赤面し、おとなしくストンと椅子に座る。

「ぷっ、ははは!」

沈黙を最初に破壊したのはネムだった。次いでエンリも腹を抱えて笑い、ゴブリン達も一斉に笑い転げた。

あれほど見事なタイミングだ。きっと綿密な打ち合わせや、事によっては練習もしたに違いない。そんな真摯(しんし)な努力を、こんな馬鹿な事に費やすのがおかしくてたまらなかった。

「あー、おかしい。みなさん、最初から狙ってたんですか?」

笑い過ぎて目の端に浮かんだ涙をぬぐいながら、エンリはちょっと怒ったような振りをして問いかける。

「もちろんですよ、エンリの姐さん。俺たち、こんなことで喧嘩なんかしませんよ」

「そうですよ、姐さん」

「まったくまったく」

悪びれもせずに嘯(うそぶ)くゴブリン達は、いつもの冗談めかした表情でエンリの追及を煙に巻いた。しかしエンリはカイジャリにターゲットを絞って、じっと見つめ続ける。するとカイジャリは少し居心地悪そうに視線を逸らし、言い逃れするようにもそもそ呟いた。

「まあ、なんつうか……エンリの姐さん、今朝はちょっと沈んでる感じだったもんで」

周りのゴブリン達も、何となく恥ずかしそうに目を伏せたり、明後日の方を見たりする。

「みなさん――」

「まあ、俺たちエンリの姐さん親衛隊っすから」

「そうなんすよ」

「そう、親衛隊っす！」

「ちゃんと親衛隊の登場ポーズも考えてあるんですよ」

「そうそう、姐さんとネムさんをこう、真ん中にして」

「えっ！　私も？」

「もちろんですよ。お二人はこんな風に両腕を威風堂々と掲げて……こうです！」

それは最大限好意的に解釈しても、ひっくり返ったカエルの姿にしか見えなかった。

「いや、私は遠慮しますって言うか、そもそも親衛隊の意味がよく……ねえ、ンフィー？」

エンリが助けを求めて隣に座る幼馴染を振り返ると、そこには誰もいなかった。

ある予感と共にゆっくりと視線を下ろすと、テーブルに突っ伏したンフィーレアがスープに顔を突っ込んでいた。

「ンフィー！」

ぐったりしたンフィーレアを抱え上げたエンリは、青ざめた顔で叫んだ。すかさず駆けつけたコナーがンフィーレアの閉じた瞼を指でこじ開ける。

「……眠っているだけですね。昼ごろまで寝かせてあげれば、まあ問題ないですよ」

「ンフィー……しょうがないわね」

エンリはンフィーレアの体を背負うと、とりあえず、我が家の寝室に寝かせるべく歩き出す。「あれ、普通逆だよね？」「ネムさん、言わないでおきましょうや」「ンフィーレアの兄さん……」という台詞を背中に聞きながら。

麦の刈り入れが終われば徴税吏が村に来る。

その時、エンリはゴブリン達の存在を何と説明しようかと考える。

単なる召喚モンスターだと言うべきか。自分の配下と言うべきか。それとも……。

エンリは思う。彼らは常にエンリのことを考えている。

命を守るだけでなく、気持ちも汲み取ってくれる。そんなゴブリン達のために、自分は何ができるだろう、と。

騒がしくも頼もしい、新しい家族のために、一体何が——。

首筋を流れ落ちる汗を、汚れていない手の甲で拭い、エンリは毟っていた雑草を集める。かなりの量であり、潰れた草が青い芳香を放っていた。

長時間の畑仕事で疲れ切った体に、汗を吸い込み濡れた服が纏わりつき気持ちが悪い。

エンリは気分を変えるために、うんと背筋を伸ばす。

視界に入るのは一面の畑。

植えられた麦は先端を膨らませつつあった。これから収穫の季節に徐々に入っていき、やがて麦は金色に染まる。畑一面が黄金に染まるのは見事なものなのだが、その前に雑草取りという面倒な作業が必要で、これをしっかりとやっておかないと黄金の色が寂しいものとなってしまう。

今はそのための苦労というわけだ。

背筋を伸ばすことで強張っていた部分が緩み、がちがちになっていた体が柔らかくなる。畑仕事で火照った体に、吹き抜ける風が心地良かった。

流れる風は他にもエンリの元に届けてくれる。村の喧噪だ。

何かを打ち込むような音や、力をあわせる掛け声等、これまでは聞くことのなかった音ばかり。

現在、村では急ピッチで様々な計画が進行している。

その中でも重視されているのが、村の周囲を囲む塀の建築。それと見張り台の建築だ。言うまでもなく、村の更なる要塞化のためだ。

カルネ村はトブの大森林の近くにある。森というのはモンスターの住処であり、魔境。その近くに居を構えるなら、頑丈な囲い無しでは安心して暮らしていけない。

しかし、平地に広がるように家が並び、中央に広場があるという形のこの村には囲いらしい囲いはなく、誰でも簡単に入ってこられる。今まではそれでよかった。森が近いとはいえ、モンスターが村のすぐ近くまでやって来ることはなかったからだ。

森の賢王と呼ばれる強大な魔獣の縄張りが広がっていたためで、そこを通るモンスターはなく、まるで鉄壁に守られているかのように安全だった。

それが人の手によって覆(くつがえ)された。

帝国の騎士たちに村を襲われ、親しい者たちを殺されてなお、このままで良いと思える者は誰もいなかった。

そのためゴブリン・リーダー、ジュゲムの提案した村の要塞化計画は、再び村が襲われた場合、ゴブリン達の数では対処しきれないという発言もあって、すぐに満場一致で可決された。今なお魘(うな)される、悪夢が忘れられないために。

まずは誰も住んでいない家屋を解体し、廃材を塀に流用する。無論それだけでは足りないので、大森林から木を切り出す作業が必要となった。森の奥へ進むと森の賢王の縄張りに引っ掛かる可能性があるので、森に沿って遠くまで歩いて行った。

警護についたのは当然ゴブリン達だ。

これらの作業を通して、村人のゴブリンに対する警戒感はほぼ完全になくなったと言える。同じ人間である騎士が村人を殺して回ったのも一つの理由だった。同じ種族でも命を奪う。それに対し、他の種族でありながらもゴブリンは、エンリの部下として村のために働く。信用できるかどうかは同族か異種族かということで判断してはいけないのだ、と。

そして何より力がある。ゴブリンたちが戦士として警戒任務に当たってくれ、傷を受けてもゴブリン・クレリックのコナーが癒してくれる。

そんなゴブリンたちを嫌うのは難しい。

こうして、ほんの数日で、ゴブリンたちは村に根を張り、その存在は村になくてはならないものとなった。それはゴブリンの住居を見ても分かるだろう。異種族であるにも関わらず、現在は村の中にわざわざ建てた——エンリの家に程近い——大きい家を本拠に暮らしているのだから。

村とゴブリンは一丸となって村の防御計画に励んだが、いかんせん人手が足りなすぎた。そのために当初は簡素な柵しか作れなかった。

折しもこの頃、村の防波堤の役目を果たしていた森の賢王が、黒い鎧を纏った凄腕の戦士に付き従って縄張りを放棄してしまった。せっかく苦労して完成させた物ではあったが、村の者たちはこんな柵では安心できないと悲嘆に暮れることになった。

しかし――今では立派な塀によって、村は守られている。

事態が好転したのは村の救世主、アインズ・ウール・ゴウンのメイドを名乗る絶世の美女が連れてきた幾体もの石の動像のおかげだ。

ゴーレムは疲労とは無縁の存在で、命令に従って黙々と働く。しかも人間では到底出せないような力を以てだ。多少不器用なところがあるので細かな作業は任せられないが、それでも彼らの参加で短縮出来た時間は信じられないほどだった。ゴーレムの不眠不休の働きによって、塀の建築は急ピッチで進んだ。

村人やゴブリン達だけでは無理だった、大量の木の切り出し、土台部分をしっかりと埋めるための大穴掘りなど膨大な作業を圧倒的速度で終わらせ、年単位の時間が必要だろうと目されていた塀がほんの数日で完成した。しかも予定していたより広く、高く、その上頑丈なものが。

塀のみならず、見張り台の建築も容易く進んだ。これにより村の東西に見張り台が完成する運びとなったのだ。

「エンリの姐さん、こっちも終わりましたぜ」

一緒に雑草を取ってくれていたゴブリン――パイポに話しかけられ、エンリの物思いは断ち切られた。

「あ、ありがとうございます」

「いえ、お礼なんて、滅相もない」

パタパタと照れたように土と草の汁に汚れた手を振るパイポだが、エンリはどれだけ感謝をしても足りないほどの恩義を感じていた。

父親と母親を失ったエンリには、自分の家の畑を維持していくのも厳しかった。本来であれば村人の手助けがあるはずなのだが、働き手が減った現状では、どこも自分の畑で手一杯。しかし、ゴブリンが手助けしてくれたことで、この問題も解決したのだ。しかも助けられたのはエンリ一人だけではない。

自分を呼ぶ声にエンリが顔を向けると、一人のふくよかな女性が立っていた。その横にはゴブリンが一人いる。

「エンリちゃん。いやーありがとね、ゴブリンさんに協力してもらって畑の方終わったよ」

「それは、良かったです。みなさん、自主的に協力を申し出てくれたんですよ。お礼は彼らに直接お願いします」

「ああ、ゴブリンさんにはもう言わせてもらったんだけどね。自分たちは部下なんで姐さんに言ってほしいってさ」

姐さんという単語に引きつる思いを、エンリは苦笑いで誤魔化す。

襲撃で働き手を失った家に、ゴブリンたちは自ら進んで協力を申し出てくれたのだ。目の前の婦人もその一人だ。

ここまでしてくれるゴブリンを忌避出来るだろうか。カルネ村では人間よりもゴブリンの方がまだ良い隣人たりえるのではないか。そんなことが当然のように話題になるほど、現在のゴブリンの評価は高い。

「ところで、他のゴブリンさんたちはどこにいるのかね？　お礼に食事でもご馳走したいと思ったんだけどね」

「他のみなさんは警備に付いているか、移住してきた方々の協力に行っていますね。おばさんがそういってくれたと、私の方から伝えておきますね」

「そう。それじゃ、エンリちゃん、伝言お願いね。その時は腕によりをかけて作らせてもらうから。それじゃ、このゴブリンさんには今御馳走しようかね」

「そうですか？　それじゃ、せっかくなんで、お言葉に甘えさせていただきます。姐さん、申し訳ないですが、モルガーさんとこでいただいてきますので」

エンリがうなずくと、婦人は隣のゴブリンと一緒に村の方に歩き出す。

「移住してきてくれた人たちも、みなさんが悪い存在なんかじゃないとわかってくれると嬉しいんだけどな」

「初めて顔を合わせたとき、やばい顔してましたもんね。俺たちは彼らの中では敵という位置づけだったみたいで」

「うちの村みたいじゃない開拓村だと、亜人は敵だっていう考え方が一般的みたいだから……」

「だからこそ結構なメンバーを割いて、協力してるんすけどね。なかなか難しいですわ」

「で、でも、結構打ち解けてきましたよね。この前普通に挨拶していたのを見ましたよ」

「まぁ、あの人たちもこの村の方々と同じように、襲撃されて家族を殺された記憶を持ってますからね。いやあの人らの方がもっと重いものを持ってますか」

カルネ村を襲った運命は過酷なものだったが、それでも約半数の村人が生き残った。しかしながら、騎士たちによって大半の村人が殺された村だってあったのだ。

カルネ村が移住者を募集したとき、移ってきたのはそんな村の生き残りだ。

二人の間に沈黙の時が訪れる。

再びぐっと背筋を伸ばしてエンリは空を見上げた。お昼の鐘はまだ鳴っていないがそろそろいい時間だし、畑仕事の方もキリが良い。

「じゃ、お昼にしましょうか？」

パイポはその潰れたような顔にはっきりと分かる朗らかな笑みを浮かべた。

「よっしゃってやつっすね。エンリの姐さんの飯は美味いからなぁ」

「そんなことないですよ」

照れたようにエンリは笑う。

「いやいや、まじっすよ。エンリの姐さんの畑仕事の手伝いは、俺たちの中でも一番競争率の高い仕事なんですから。美味い飯が食えるってね」

「あはは、それなら皆さんの料理も作りましょうか？　朝食と同じように」

三人分作るのも、二十人分以上作るのも同じだ……なんてことはない。食材を切るだけでも一仕事だ。その上、鍋も一つや二つでは到底足りないのだ。かなり手間がかかる。しかし、その程度のことは、ゴブリンから受けている恩義を考えれば大した問題ではない。

「いや、いや滅相もない。姐さんの昼飯が食えるのは競争を勝ち抜いた者の特典ですから」

にやりと笑った小さな亜人に、エンリは困ったような笑みを浮かべる。ゴブリンたちがじゃんけんでエンリの手助けをする者を決めているのは知っているが、それほどの高評価がもらえるだけの料理を作っている自信はなかった。

「じゃぁ、帰って食べましょうか」

「いいですね……」

そこまで言いかけたパイポは突然口を閉ざすと、鋭い目で遠方を見つめる。今までのひょうきんで小さい亜人から歴戦の戦士へと一瞬で変わったパイポに息を飲み、エンリもその視線の先を眺める。

そこには一匹の黒い狼（ウルフ）に乗ったゴブリンがいた。それが村に向かって滑るような速度で草原の中を進んでくる。

「キュウメイさんですね」

エンリの召喚したゴブリン・トループは、レベル八ゴブリンが十二人、レベル十ゴブリン・アーチャーが二人、レベル十ゴブリン・メイジが一人、レベル十ゴブリン・クレリックが一人、レベル十ゴブリン・ライダーが二人、レベル十二のゴブリン・リーダーが一人の計十九人によって構成されている。

今朝のカイジャリや畑仕事に協力してくれたパイポがレベル八ゴブリンであり、こちらに向かって進んで来る漆黒の狼に乗った毛皮付きの皮鎧と槍で武装したキュウメイが、レベル十ゴブリン・ライダーだ。

ゴブリン・ライダーの仕事は草原を走り回り、早期警戒を行うことだ。定時報告で村に戻ってくるのは見慣れた光景だ。

「……そうですね」

ただ、パイポの口調は重い。何か納得出来ないものがある。そんなニュアンスがあった。

「どうしたんですか？」

「……少し早いなと思いましてね。あいつなんですけど、今日は大森林方面の警戒に行ってるはずです……なんかあったのか？」

パイポの説明を聞き、エンリの胸の内に不安がこみ上げる。何かまた血なまぐさいことが起こるのではないかという不安だ。

二人で黙ってみている内に、キュウメイを乗せた大型の狼はエンリたちの元まで走り寄ってくる。狼の荒い呼吸が、どれだけ急ぎで帰ってきたのかを物語っていた。

「どうした？」

パイポの問いかけに対し、エンリに軽く一礼をすると騎乗したままのキュウメイが答える。

「大森林の方で何か起こったっぽいな」

「……何かって？」

「よくは分かんねぇけど。前みたいに大人数の何者かが北上したという訳じゃないみたいだがな」

「それって騎士ですか？」

二人の話にエンリは思わず口を挟む。自分は何の役にも立たないと分かっていても、聞かずにはいられなかった。村を襲ったあの恐怖を忘れられたわけではないのだから。

彼らが話していた、前に北上した大人数の何者かというのは、数千を超える何かが北へと動いていったらしい足跡を発見したという事件のことだった。サイズは人間のものだが、足跡が素足であったため、人間ではないだろうとの結論が出ている。

「……確証はないですがそりゃ違うと思います。どちらかといえば森の奥で何かあった感じですね」

「そうなんですか」

その答えを聞き、安堵からため息をついてしまう。

「……じゃあ、とりあえずリーダーに報告してきます」

「はいよ、ご苦労さん」

「お疲れ様です」

二人に一度、手を振ると、キュウメイは狼（ウルフ）を走らせる。後ろ姿を目で追っていると、ゆっくりと開いた村の門の中に身を滑り込ませていった。

「じゃぁ、帰りましょうか？」

「そうですね」

●

井戸で手を洗い、家に帰ってきたエンリとパイポに少女の声がかかった。

「お帰り、お姉ちゃん」

挨拶と共にゴリゴリという石と石をこすりあわせる音が聞こえる。声の方に目をやれば家の陰で石臼を回しているネムがいた。

石臼からは鼻を衝くような強烈な臭いが漂っていた。先ほどエンリの手からしていた臭いに酷似しているが、それに倍するような、少し離れたところからでも分かるほど強い臭いだ。

ネムはもはや臭いに慣れたため、問題はないのだろうが、エンリは強烈な臭いに当てられ、目の端に涙を浮かべた。後ろに控えるパイポの顔には特別なものは一切表れてはいない。種族的なものか、はたまた仕える主人の妹に当たる人物の前でそういう表情を浮かべるのは失礼だと考えたためかは不明だが。

「ただいま。どう？　ちゃんと潰せた？」

「うん、ばっちり。見てよ」にんまりしたネムが視線で指し示す。エンリが出かける前はこんもりと置かれていた薬草が、今ではもうほんの少ししか残っていない。「すごいでしょ？　もうほとんど終わっちゃったんだ」

ネムはエンリに頼まれ、薬草をペーストにして壺に入れる作業をしていたのだ。乾かして保存するタイプの薬草もあれば、潰して保存するタイプの薬草もある。

「わあ、頑張ったね、ネム！」

エンリが手放しで褒めると、妹は少し自慢げな色を浮かべてはにかんだ。いつの間にかンフィーレアの薫陶でも受けていたのか、それとも少しでも姉の助けになりたいという気持ちがそうさせるのか、ネムの作業は丁寧でありながら手早かった。

薬草はカルネ村の大切な収入源だ。労働力が多くなかった開拓村の、唯一の特産品と言える。貴重な貨幣獲得の手段であり、それ故、村人たちは様々な薬草の群生地をいくつも知っている。

エンリは黙考した。この薬草は、村で採る薬草の中では屈指の収益率を誇る。だが開花する直前のごく短い期間しか薬効成分を蓄えないので、あくまで臨時収入的な位置付けだった。現在知る群生地では全て採り終えたが、森をもう少し分け入ったところには、まだ手つかずの場所が眠っているかもしれない。

だがそこはモンスターが当然のように闊歩する大森林だ。エンリがピクニック気分で行ける場所ではない。しかし今はゴブリンたちもいるし、薬草採りの経験豊富なンフィーレアもいる。彼らに協力を仰げば、まとまった金を稼ぐことができるだろう。

少し迷ってから、エンリはパイポに切り出した。

「新しい場所に薬草を採りに行きたいんですけど、一緒に行っていただけませんか？」

普通に考えれば何もエンリ自身が出かけて行かなくても、危険な大森林には腕に覚えのあるゴブリンだけを送り込めばよい。しかし、エンリの召喚したゴブリンたちには奇妙な弱点があったのだ。

それは薬草さがしや狩った獲物の解体作業が下手だということだ。

料理でも似たところがあったが、ゴブリンたちは薬草を見せられても、目の前にある同じ薬草を見つけることが出来ないのだ。首を傾げるような話だが、そういった能力が欠如しており、しかも習得も出来ないようなのだ。まるで何者かに削られたかのように。

そのため薬草をさがすとなると、ゴブリン以外の者がいっしょに行く必要がある。

「構いませんが……エンリの姐さんが一緒に行かれるのはちっと難しいかもしれませんよ？」

「え？　そうなんですか？」

「ええ、先ほどのキュウメイですが、森の奥の方で何かあったという話をしていたじゃないですか。そうなりますとね、荒れるんですよ。森が」

不思議そうな顔をしたエンリに、パイポは詳しく説明する。

「警戒心の強い奴っていうのは、自分の縄張りを移したりする場合があるんですよ。そうなると周囲の縄張りも一時的にごちゃごちゃになって無数の混乱が生じるんですね。ぶっちゃけ、モンスターとの遭遇確率が上昇して、危険度が高まってると。それに下手すると大森林の外にまで出てくる奴もいるかもしれませんしね。幾らエンリの姐さんが豪胆な方だからといって、わざわざ危険に飛び込むこともないでしょう」

「そうですか……」豪胆というところに疑問を抱くが、いつものお世辞なんだろうと思ってエンリは流す。「前にも大移動があったようですし、何か起きているんですかね？」

「分かりませんね。本当に。大森林で何があったのか詳しく調査する者たちを送り込みたいですが……俺たちが行くと、この村の守りが手薄になりますし……。そうだ！　冒険者はどうですか？」

「それは難しいですよ」エンリは顔を顰める。「冒険者さんへの依頼料はとても高いってンフィーが教えてくれました。エ・ランテルの領主さんが費用の一部を負担してくれるみたいですが、私たちぐらいの村だと自分たちの分も難しいです」

「なるほど……」

「薬草がたくさん採れて、売れれば、もしかしたらというところなんですけど……あとは、ゴウン様からもらったアイテムを売るしか……」

アインズ・ウール・ゴウンからもらった笛は二つ。一つは使って消滅したが、もう一つは残っており、エンリの家に隠してある。

「そいつは止めた方が良いですね、姐さん。それぐらいだったら吹いた方が良い」

「もちろん売るなんてしないですよ」

厚意でもらったアイテムを売り飛ばすような下種（げす）な人間にはなりたくない。売らなくては不味いという状況になろうとも、そんなことはしたくはなかった。第一、今でも村を案じてゴーレムを引き連れたメイドを寄越してくれるほど世話になっているというのに、そんな恩知らずなことは絶対にしたくない。

「しかし困りましたね。この時期しかその薬草は採れないんです。ですから多少危険かもしれないですけど出来れば……」

心配そうなネムに笑いかける。最後に残った家族を悲しませるようなことは避けたい。しかしそれでも大切な現金獲得のチャンスを逃したくない。確かに優先順位を考えるとこの選択は間違っているかもしれない。しかし村のために命を張っている——自らを主人と見なしてくれる彼らにも、恩を返す必要はある。

（お金をいっぱい稼いで、ゴブリンさんたちの装備を買えないか調べてみなくっちゃ。全身鎧（フル・プレート）とか凄い防御力ありそうだったものなぁ。あの黒い鎧の人……そういえばなんていうお名前だったっけ？）

武器や防具の金額など全然知らないが、それなりに高額のはずだ。だからこそチャンスは逃せないと固く決心しているエンリに、パイポがちょっと待ったと手を突き出す。

「……うーん、まぁ、今のはおれの勝手な意見ですので、一応、リーダーに相談してみますよ。エンリの姐さんもそんな早く決めないでくだせぇ。適当なことを言ったなんて叱られるのも嫌なんで。それにンフィーレアの兄さんも色々と薬草が欲しいと思いますんで」

エンリが如何(どう)するかと悩みだした頃、くぅという可愛いらしい音が鳴った。見ればネムの不満そうな視線がエンリに向けられていた。

「お姉ちゃん、おなか減ったよ。食事にしよ?」

「そうね。ごめんね。じゃぁ、片づけたら手を洗ってらっしゃい。準備しておくから」

「はーい」

元気の良い返事をするとネムは石臼を二つに分け、間に溜まっていた緑色のドロドロとしたモノを器用にヘラを使って小さな壺に移していく。エンリは何を作ろうかと考えながら、家の入り口に向かって歩き出した。

2

トブの大森林の前にエンリは立っていた。もちろん、一人ではない。周囲にはエンリに忠誠を尽くすゴブリン・トループの全員が揃っていた。

ゴブリンたちの武装は鎖着（チェインシャツ）に円形盾（ラウンドシールド）、腰には肉厚なマチェットを下げている。鎖着（チェインシャツ）の下は茶色の半袖半ズボン。それにしっかりとした毛皮で作った靴も履いている。腰には小物入れらしきポシェット。武装としては何一つ欠かしていない。

完全武装のゴブリンたちは、携行品の最終チェックを行っていた。水袋の中身や、肉厚なマチェットの鋭利さを確かめている。

全員装備はしっかりとしているが、背負った荷物が少ないのは、短時間で仕事を終わらせるという計画で、長期間の大森林での探索を考慮していないからだ。

ここにいる全員がエンリを警護して大森林内を探索するというわけではない。彼らの主な目的は、ライダーが持ち込んだ情報について詳しく調べること。大森林内の異状を発見することだ。しかしながら村さえ守れれば良いため、村の周辺を浅く広く探索することになっている。

エンリに従って薬草採りに向かうゴブリンは三人だけだ。

そしてもう一人、ンフィーレアがいる。彼もしっかりと準備しており、森などでの薬草採りに相応しい服装だ。ンフィーレアがいれば、薬草採りは間違いなく捗(はかど)るだろう。

エンリの視線を感じたのだろう。彼が「何?」と言うように頭をかしげる。エンリは「なんでもない」と手を振ったが、それでも何か気がかりなのか隣にいた大柄なゴブリンを伴ってエンリの元に歩いてきた。

ゴブリンとは思えないほど筋骨隆々で長軀。それを実用第一主義の無骨な胸当て(ブレスト・プレート)が包み、使い込まれたグレードソードを背中にかついでいる。

彼こそジュゲム。物語に出てくる、ゴブリンの勇者「ジュゲム・ジューゲム」からエンリが名付けたゴブリンの頭(かしら)だ。ちなみに、この物語で、ゴブリンの勇者と共に戦った騎士たちは皆、特別な名前をもらったのだが、その名前こそが他のゴブリン達の名前となっている。

「心配事……じゃないみたいだけど何かあった?」

「いや、本当に大丈夫! たまたま見ていただけなの」

「それなら良いんだけど、森に入るとちょっとしたことが命取りになりかねないからね。少しでも何かあったら言ってね?」

「そうっすよ、エンリの姐さん。先ほど言ったように、おれたちは森の周囲の様子を見て回りますからいざという時にすぐには助けに来られません。……大丈夫っすか?」

ジュゲムはそのごつい顔を心配そうに歪め、エンリの顔を覗きこむ。それに対してエンリは微笑む。

「大丈夫です。そんなに奥には行きませんし、彼らが守ってくれますから」

「なら良いんですがね……」ジュゲムはエンリの視線の先にいる三人のゴブリンたちを順繰りに睨む。それから声を張り上げた。「おい、手前ら、分かってるだろうが、姐さんに傷一つつけんじゃねぇぞ!?」

「へい!」

三人のゴブリン――ゴコウ、カイジャリ、ウンライ――が同時に、威勢の良い返事をする。

「あとンフィーの兄さんもエンリの姐さんを頼みますぜ?」

エンリはふと、カイジャリがなぜか、フロント・ダブルバイセップスをしているのに気づく。

「ここで振るんだ……ごほん! 勿論さ! エンリは僕が守ってみせる!」

自信たっぷりに笑ったンフィーレアの歯がキランと輝くのをエンリは幻視する。普段の彼からはかけ離れた態度であり、なんだか少し気持ち悪かった。だが、森に行くということで気が昂ぶっているのだろう。

子供っぽいな、と微笑ましく思い、エンリは姉のような気分になる。

「ありがとう、ンフィー。よろしくね」

(あれ? 今度はサイドチェストしてる……。なんなんだろう?)

「え、まだ……えっと、色々と僕が作った錬金術アイテムの準備もあるからね! 任せてよね!」

二度目の「キラン」を受けて微笑ましさは半分ほどに急落した。

「う、うん……お願いするね」

「あー、頼んます。……しかしですね。正直、こんな危険なことをされなくても……」

ジュゲムはエンリを振り返ると再び、渋い顔をする。村でも幾度となく繰り返した話を再び蒸し返すのかと、エンリは少しうんざりした気持ちにさせられるが、こちらの身を心配しての発言である以上、無下にも出来ない。

「ですけど、やはり薬草を集めないとお金が手に入りませんし……」

「獣の皮などでは駄目ですか？　あれならまだおれたちでもなんとかなりますし」

「悪くはないですけど、やはり薬草が一番お金になるんです」

獣の皮と薬草では値段がまったく違う。まさに天と地ほどの差があるといっても良い。確かに非常にレアな動物のものであれば高額にはなるだろうが、そんなことは滅多にない。

「ンフィーの兄さんに持ってきてもらえば……」

「バレアレ家とうちの家計は別です。協力し合って、利益は山分け。甘えてばかりじゃいけません」

困ったときは助け合うのが村の生活——だからこそ村八分にされるとどうしようもなくなるのだが——だ。ただ、だからと言って甘えてばかりいるのは家として成り立っていない証拠であり、そこまで許されるはずがない。自給自足とは厳しいものなのだ。

後ろで「カイジャリさん、ここはちょっと空気を読んでポージングは止めようね……」などと言っているンフィーレアから二人は視線を逸らす。

「そりゃ、確かに……そうなんですがね……。兄さんと一緒になれば一つの財布になるんじゃ……。しかし……止めませんかね……」

ジュゲムの言葉からは徐々に力がなくなっていった。彼もエンリが大森林に向かうのを止められないと悟っているのだろう。

エンリとて自分の身を心から案じてくれるジュゲムを困らせたくはなかったが、その決意は揺るがない。

危険と分かっていながらも森に飛び込むのは、カイジャリの「装備を補修できない」という言葉を聞いたからだ。

包丁の研ぎくらいならまだしも、鉄の武具を修繕するのは本職の鍛冶屋でなければできないことだ。つまり彼らゴブリンは潜在的な危機を抱えているわけだ。装備が劣化すれば、その分だけ死が近付く。予備武器の準備は、必要不可欠だった。

命を懸けて守ってくれる者が主人と崇めてくれるなら、自分は守られる者として何ができるのか。ただ安全な場所で彼らの献身を享受するのではなく、彼らがいつでも全力を出せるようにこちらもできる限りのことをするべきだというのがエンリの下した結論だった。

ゴブリンたちはエンリの護衛として存在するが、同時にカルネ村の守り手でもある。その理屈を掲げれば、村人全員から武器の購入に必要な金を徴収することもできるだろう。だが、エンリは心の中に生まれたそのアイデアを棄却した。

エンリはあくまで個人としてゴブリンに恩を返したかった。この探索行は、いわば彼女の誠意と矜持の表れなのだ。

「本当は安全を確認出来てから、エンリのお姉さんに行ってもらうのが一番なんだけど……」

後ろから口を挟んだのはゴブリン・メイジ──ダイノである。

人型生物の髑髏を被った魔法詠唱者のゴブリンだ。

手にはみすぼらしいながらも自分の身長よりも長い、くねったような木の杖を持っている。どこかの部族がつけそうな奇妙な装飾品で全身を飾っており、胸の部分が僅かに膨らんでいる。顔をよく見ると男よりは柔和な気がする。これは見馴れたエンリでさえ、その程度であり、普通の人なら見分けがつかないだろう。

「でも、安全になったかどうかの確認って出来ないんですよね？」

「うん、そう。残念だけど誰にも分からないの。せいぜい、森が落ち着いたかどうかが分かるだけで、それにも時間がかかる。更に新しい縄張りなどを調べるとなるともっと時間がかかるわ」

それでは欲しい薬草の時期が終わってしまう。ダイノの言葉を聞き、エンリは強い意志を瞳に宿らせ、きっぱりと言った。

「大丈夫ですよ。そんなに深くは入りませんから」

数度繰り返した問答で、やはりエンリの気持ちを変えることが出来なかったと理解したジュゲムは諦め、エンリを守って同行することになっている三体のゴブリンに視線を向ける。そして言うことはやはり先ほどと同じ内容だ。

「おれたちは守れねぇ。だからこそてめぇらが代表として、エンリの姐さんの命を守るんだぞ？　あとンフィーの兄さんもついでに、な」

「へい！」

「本当はみんなで行動するのが一番安全なんだけどね。戦力の分散は愚かすぎる」

ぼやくダイノ。

「それだと後手(ごて)に回ってしまうんですよね？」

「そう。この村に向かってきているモンスターや、縄張りを作ろうとしている奴がいたら追い払わないと面倒。巣を作られた後だと、離れないし、一時的に去ったとしても戻ってくる場合が多い」

大森林の勢力図の変化に合わせて、大森林——特に村近くは捜索は必須だ。

今回はその第一回。初めてということは、最も危険度が高いということだ。だからこそエンリの護衛にゴブリンを三体しか回せないのだが。

「よし、じゃぁ、行くぞ！　さっさと捜索を終えて姐さんと合流するからな！」

ジュゲムが吠えると、ゴブリンの兵団から同意の声が猛々しく轟いた。

大森林内部。

百五十メートルも進むと温度が数度下がる。それは単純に日差しが入ってこないためだ。とはいってもも完全に真っ暗闇ということでもないから、エンリでも問題なく周囲の様子は窺える。ひんやりとした空気をかき分けるようにエンリたち五人は森の中を進む。

大森林は、今のところ静けさが支配していた。梢の揺れる微かな音と、時折木霊する鳥獣の鳴き声以外ほぼ無音。その中をエンリたちの足音が響く。ジュゲムを中心とした別働隊はどこまで進んだのか、音は一切聞こえてこなかった。

一行は三角形にも似た隊列で森の中を進む。中央にエンリとンフィーレアを置いた形だ。

広がった隊列というのは森の中だと維持が難しいので、一直線になるのが基本だが、二人を守るために無理矢理この隊列を維持している。その分、速度は落ちるが、仕方がないという判断だ。

さらに大森林を奥に向かって北上した辺りからンフィーレアがきょろきょろし始める。

密林の中に眠る宝——薬草を探してだ。

エンリも薬草に関して素人ではない。単純に経口摂取したり患部に塗布するもの、あるいは一般的なポーションの材料になるものまで、この歳の娘にしてはかなりの知識がある。しかし、ンフィーレアには全く及ばない。彼は医療に使うものだけではなく、錬金術の素材に使用されるものまで深い造詣を持っている。

「何か珍しい薬草見つかった？」

エンリが質問を投げかけると、それを待っていたと言わんばかりに、周囲のゴブリンたちが一斉にポージングを決める。

（またダブルバイセップス……流行っているのかなぁ）

小首を傾げるエンリは、ンフィーレアがややうんざりしたような表情になったことに気付かなかった。

「なんでその合図は止めようって言えなかったんだろう……。勇気がないって本当に最悪なことだ。えっとね、あそこに茶色っぽい苔があるでしょ？」

ンフィーレアの指さすところに確かに苔があった。

「あれはベベヤモクゴケ。あれを治癒の水薬にちょっと混ぜると、少しだけ効能が強くなるんだ」

「へー、そうなんだ。私だったら単なる苔だと思って見逃しちゃうよ。教えてもらったけど、たぶん見つけられないいな。流石はンフィー」

「いやー、本当にンフィーの兄さんは凄いですね。あれは高価な奴なんですか？」

「それなりの値段が付くけど——あ、待った。採りに行かなくていいよ。僕やエンリが狙っている薬草はもっと高いから。あんまり採れなければ帰りにとっても良いよね、って話」

「なるほど。了解です。それにしてもンフィーの兄さんからすればこの森は宝の山、ひと財産を築くのも容易ですね。いやー、ンフィーの兄さんと一緒になれば安泰ですよね」

「そんなことは――」

周囲のゴブリン達のポージングが変わる。

「えー、うん、そうかもしれない。僕と一緒になってくれる人には苦労をさせない自信が少しはあるよ」

「うんうん。ンフィーはそれぐらい出来そうだよね」

静かな森に、気まずい空気が流れた。

「あの、姐さん、それで終わりですか？」

「え？　カイジャリさん、どういう意味ですか？」

「え？　いや、あの別に何でもないんですけどね……。あ、……そういえば聞き逃していたんですがね、こっちから質問が一つ。どんな薬草を探しているんですかね？」

「カイジャリさんには教えてませんでしたっけ？　エンカイシって言われる薬草でして、ネムが潰し終えてしまったんです」

「なるほど、なるほど。了解ですわ。って言っても俺らじゃ見分けつかないんですけどね。うんじゃ、先行きましょう」

一歩一歩、奥へと足を進めるたびに、濃い森の香りが鼻をくすぐる。

人の気配など全くない、人間の脆弱さと矮小さを感じさせる世界に身を浸した辺りで、ンフィーレアが口を開いた。

「この辺でちょっと探してみようよ。木陰が多く、空気が湿り気を帯びている……近場に水場でもあるのかな？　こういった場所に例の薬草が自生しているんだ。モンスターに荒らされている形跡とか一切ないし、狙い目だと思うんだ」

「了解ですぜ、ンフィーの兄さん」

薬師であり、こういった経験を豊富に持つンフィーレアの言葉なら間違いないだろう。ゴブリン達もエンリも同意の声を上げる。

一行は背負っていた様々なものをおろし、身軽になる。

「あー、姐さん、兄さんを手助けしてやってくれないですか？」

「あ、そうですね。ンフィーの大荷物は一人じゃ大変そうですものね」

荷物を下ろしているンフィーレアの元に向かうと、てきぱきと手伝う。

「ありがとうね、エンリ」

「気にしないで、ンフィー。それにしてもやっぱり専門家の荷物はすごいね。これだけ色々と必要なんだ」

よしよしと頷いているゴブリン達が目の端に入る。なぜ彼らが満足そうなのか不思議だったが、エンリはとりあえずスルーしておくことにする。

「じゃぁ、捜索を開始しましょう！」

おー、と若干抑えた鬨（とき）の声を皮切りに、ゴブリンは周囲の警戒、エンリとンフィーレアは薬草を探し始める。

エンリとしては簡単にはいかないだろうと覚悟を決めていたが、幸運な事に、拍子抜けするほどあっさりとエンカイシを発見した。木々の隙間に密生する薬草が目に飛び込んできたのだ。

「あそこだね。一発で群生地を発見できるなんて、やっぱりンフィーに一緒に来てもらって良かった」

「いや、そんなことないよ。荒らされた形跡がないところを発見できたのがラッキーだっただけさ。モンスターが通った跡って酷いからね」

大量に生えた薬草は、宝とまでは行かなくても硬貨の山のようにも見える。エンリは心の中で欲望が燃え上がりそうになるのを必死に抑えた。現在いる場所は危険なところだから、欲をかかずに、手早く済ませる必要がある。

だが――エンリはしゃがみ込むと、薬草を根元から注意深く摘み始める。

エンカイシは根に近い所に薬効成分が溜まる。しかし根ごと引き抜くことは出来ない。この草は生命力が強く、根さえ残っていればまた生えてくるからだ。少しの手間を惜しんだために、せっかく発見した新しい群生地をあさり尽くしてしまうのはあまりにもったいない。

摘み取るたびに漂う、ツーンと鼻を刺すような臭いも、慣れてしまえば作業の邪魔にはならない。

ンフィーレアの家の臭いに比べれば天国だ。

一本一本丁寧に摘み取り、それを小脇に抱えたバッグに潰れないように注意深く入れていく。ゴブリンたちにも手伝ってもらえばもっと早く済むだろうが、ゴブリン達は周囲を油断なく警戒している。そんな彼らに薬草を摘んでくれなんていうほどエンリも愚かではない。

隣で薬草をとるンフィーレアの手つきは鮮やかだ。すばやく抜いていく。それもちゃんと薬効が弱まらないような完璧な取り方。専門の職に就く人間ならではの見事な技だった。

薬草に真剣な眼差を向ける彼の横顔をエンリは黙って見つめる。見慣れた顔がまるで別人のようにも映った。

(…………大人になったんだ)

「……どうしたの?」

手が止まっていることに違和感を覚えたのだろう。ンフィーレアが突然顔を上げた。

なんというわけではないが、気恥ずかしくなったエンリは顔を下に向ける。

「ううん、ンフィーは凄いなって」

「……そう? そんなことはないと思うけど。僕もこれでも薬師の端くれだからね。これぐらい普通じゃないかな」

「…………そうかな」

「そうだと思うよ」

会話はそこで途切れ、ゆっくりと時間が流れていく中、バッグの中の薬草は徐々に増えていく。やがて半分以上たまった辺りで、突如、ゴブリンが身を潜めるように、二人の周りに座り込んだ。

驚くエンリに、カイジャリが静かに、とジェスチャーをして見せた。何かの非常事態。それを悟ったエンリは初めて手を止めると、耳をすます。非常に遠くの方から草をかき分けて進む音が聞こえてくる。

「これって……」

「何かこっちに向かっていますね。俺たちを目指している……というよりはたまたま進行方向だ、という可能性の方が強いと思いますんで、まずはここから少し離れましょう」

「……じゃ、陽動用の大きな音を立てるアイテムは必要ないかな？」

「そうですね、兄さん。それはちょっとやめた方が良いですね。悪い方に転びそうな感じですわ。さぁ、行きましょう」

五人は音から離れ、近くにあった木の陰に移動する。遠くに行こうとしないのは、こちらが草を踏んだりして音を立てるのを避けるためだ。相手がたまたまこちらに向かって進んできたのであれば、発見される危険を冒す必要はない。

巨木というわけではないので、全身を完全に隠しきれてはいないが、せめてもと、木の根元に伏せるような姿勢をとることで極力目立たないようにする。

その格好で五人は息を殺し、音の主が別の方角に行くよう、祈るような気持ちで待つ。しかし残念ながらそれは叶わず、音の主の姿が一行の視界に入った。

「……え!?」

エンリの口から驚きが小さく漏れる。

ボロボロな姿の小さなゴブリンだった。

全身に細かな傷があり、血が流れている。息は大きく乱れて、全身を汗がつたい、血が広がっている。

ゴブリン自体一般的な人間よりも小さいが、それを差し引いてもそのゴブリンは小さい。ゴブリン達との生活で鍛えられたエンリの洞察力が「子供」と答えを出していた。

子供ゴブリンは後ろ——自分が走ってきた方角を怯えながら振り返る。耳をすませるまでもなく、さらに後ろから草をかき分ける音がしている。状況からは追う者と追われる者の関係のように思われた。

ゴブリンは痙攣する足を必死に動かしながら、エンリ達とは違う、別の木の陰に隠れる。

「ど——」

「——静かにしてくだせい」

エンリの言葉を遮ったゴコウの視線はちらっとも動いていない。油断のない目は一直線に子供ゴブリンが現れた方に向けられている。

数十秒の後、追っ手がぬっと姿を見せた。

巨大な黒狼のような魔獣だ。狼ではなく、魔獣だと断言出来たのは、体に鎖が巻き付いているからだ。絞め殺す蛇を思わせる鎖は、動きを一切妨げてはおらず、まるで幻のようにさえ見える。更に頭部からは角が二本、前に突き出している。

ンフィーレアがぼそりと魔獣の名前を告げた。

「悪霊犬……」

答えたわけではないだろうが、悪霊犬がまさに犬のように鼻を鳴らす。そして――顔を歪ませる。決して獣には出来ない邪悪な笑みだ。ゆっくりと動いた視線の先は、さきほど逃げてきた子供ゴブリンの隠れた木だ。

悪霊犬が見た目通りの――獣のごとき嗅覚を持つのであれば、あれほどの血を嗅ぎ分けられないはずがない。

状況から見るに、ゴブリンがここまでなんとか逃げてこられたのは、悪霊犬に対抗できるだけの力があったからではない。悪霊犬の嗜虐性によるものか、あるいは狩猟遊戯の真っ最中だからだろう。

ふと、悪霊犬の動きが止まり、訝しげに顔を顰め、薬草が密集していた場所を睨む。

（あ――）

エンリは顔を引っ込める。それに合わせるように他の面々も顔を引っ込めた。

木の後ろでエンリは自分の手を広げる。肌には緑の点が飛び散っていた。横ではンフィーレアも同じような動作をしていた。

（薬草を摘んだときの汁……）

　そう、ネムが潰した際に強烈な臭いを発していたあれだ。鼻が馬鹿になった当人たちは気づかないが、その強烈な臭いが漂っているはずだ。高まる心臓の鼓動がうるさい。

「動き出しましたね。……こっちからは離れていくようですぜ？　臭いに気が付かなかったんですかね」

　木に耳を当てて様子を窺っていたウンライが頭の上にクエスチョンマークを浮かべている。

「……もしかして臭いの特定が出来なかったんじゃないかな？」

「どういう意味ですか、兄さん？　魔獣であれば相当鼻が利くと思うんですが……」

　だからね、とエンフィーレアが小さな声で自分の考えを述べる。

　要は鋭敏な嗅覚を持つがゆえに、この辺り一帯から漂う刺激臭の発生源を特定しかねたのだ。エンリ達の手やバッグから発する臭いが、採集していた場所から漂う臭いに混じってしまったということだ。更に幸運なことに、本来であれば彼女たちから漂う体臭もそれに覆い隠されてしまったのだろう。草を潰したのも子供ゴブリンの苦肉の策と見做（みな）してくれたという線もありえる。

　強烈な臭いさまさまだが、もし慌てて逃げていれば、離れたところから漂ってくる臭いによって、悪霊犬（バーゲスト）の興味を刺激したことは想像に難（かた）くない。

「それじゃ、あのガキが生贄になってくれれば問題は解決ですね。あいつがどのくらい強いのか分からない以上、下手にちょっかいをかけるのはリスクが高すぎますぜ」

冷徹な言葉にエンリは思わずゴコウの横顔を眺めてしまう。

だが、それはもっともな発言だった。彼らはエンリの身の安全を最優先で考える。ならばあの魔獣との戦いを避けられるように行動するのは当然の流れだ。たとえ同族が犠牲になったとしても。

彼の発言内容は、彼の信念からすれば、何一つ間違ってはいない。

しかし、エンリは嫌だった。たとえ、異種族だからと言って、助けられる相手を助けないのは人間として間違っているのではないだろうか。

これはゴブリンに襲われたことがない、危機意識の欠如した愚かな村娘の考えでしかないのかも知れない。

エンリは皆を見渡す。ゴブリン達はエンリの気持ちを理解しているのだろうが、口はつぐんだままだ。次にンフィーレアを見つめる。

「ンフィー……」

「はぁ……。助けよう。情報源になるかもしれないしね。あのゴブリンがなぜここまで逃げてきたのか、それを確認しないと将来的に村に危険が及ぶかもしれない」

ゴブリン達が眉を顰(ひそ)める。

「勝てない可能性だってあるんですぜ？」

「確かに。でも悪霊犬(バーゲスト)もピンきりだ。悪霊犬の長(バーゲスト・リーダー)なんかはかなり強いらしい。ただしあいつは体の鎖や角の大きさからして、それほど強いタイプじゃないように思われる。単なる悪霊犬(バーゲスト)ならきっと勝てる」

「ちょっと待ってくだせい。エンリの姐さんがいるんですぜ？　危険は避けるべきでしょ」

エンリは唾を一つ飲む。これは自己満足の言葉だ。自分だけでなく他の者の命をも危険にさらす、愚かな言葉だ。しかしそれでも口にする。

「……助けられるかもしれない人を見捨てるのは、加害者の片棒を担ぐのに似ていると思います。私は弱者をいたぶるあいつらのようにはなりたくない。お願い！」

真剣なエンリの顔を眺めて「はぁ」とカイジャリが諦めたようにため息を漏らした辺りで、獣の奇怪な吠え声が響いた。それは嘲笑だとはっきり感じ取れる吠え声だ。続けて子供ゴブリンの悲鳴が聞こえる。

もはや迷っている時間も相談している時間もない。

「しかたねぇ。行きますぜ！」

ゴブリン達が先に飛び出す。遅れてンフィーレアだ。

自分の願いを叶えるために戦いを挑む戦士たちの後ろ姿を見ながら、エンリは胸の内を掻き毟られるような痛みを感じた。

自分は後ろで見ていることしか出来ない。

だからせめてもと思い、皆を見守るべく、瞬き一つも許さない真剣さで戦場を凝視した。

飛び出した四人は、即座に子供ゴブリンを押し倒した悪霊犬(バーゲスト)を目にする。新たな傷を受けながらも子供ゴブリンが死んでないのは、獲物を弄ぶ悪霊犬(バーゲスト)の邪悪な性質のためだろう。

悪霊犬(バーゲスト)が動きを止めて、飛び出した一行と子供ゴブリンを交互に見比べている。おそらくは自分が罠にかかり誘導されたのかと考えているのだろう。

「おいおい、わんちゃんよぉ」ウンライは握り拳に親指だけを立て、自分自身を指差す。「遊んでほしいなら、相手をしてやるぜ？　かかってこいや」

グゥルルルゥ、と悪霊犬(バーゲスト)が明白な敵意に満ちたうなり声を上げる。

すっと自然な動きで、先頭のカイジャリが腰から下げていたマチェットを抜き放つ。それに続いて他のゴブリンたちも抜き放った。

「遠慮すんな。芸を仕込んでやるよ。『伏せ』だけどな」

「あぎゃ！」

ゴブリンの挑発に対し、悪霊犬(バーゲスト)が組み伏せた子供ゴブリンが悲鳴を上げる。

言葉を発しはしないが、行動が雄弁に物語っている。動けばこの子供を殺す、と。しかし——

「よっしゃ！　ぶっ殺せ！」

三人のゴブリンは悪霊犬(バーゲスト)の脅迫を無視して、怒声を上げながら突進する。

想定外の行動に悪霊犬の目が困惑に揺れる。

悪霊犬は当然知らないが、元々ゴブリン達は本気で子供ゴブリンを助けるために現れたのではない。エンリの願いを聞いただけであり、「助けられたら良いな」程度の関心しかないのだ。

面と向かって対峙してしまった以上、悪霊犬を殺さなければ、最も大切なエンリにまで被害が及んでしまう可能性がある。だからこそ確実に悪霊犬は屠らなければならない。だから子供ゴブリンをいたぶってくれるというのであれば、相手の行動が一手、無駄になるという意味で彼らにとってはありがたい。

抜き放たれた三本のマチェットの刃の輝きに、これは人質にならないと理解した悪霊犬はそこで再び動きを止める。組み敷いた子供ゴブリンの止めを刺すかどうか迷いが生じたのだ。

命を奪うのは非常に簡単だ。一噛みで殺せる。だが、そうすれば敵の武器が己を切り裂くのは間違いない。

命の危険が悪霊犬に答えを選ばせる。

子供ゴブリンを無視すると、悪霊犬はゴブリン達を迎え撃つべく飛びかかる。

体重は悪霊犬の方が重い。押し倒して、喉元に噛みついて始末するつもりだった。

しかし、その目論見は即座に外れる。

狙われたゴブリンが身軽な動きで回避に成功すると、同時に左右を取ったゴブリン達がマチェットで悪霊犬に切りつけた。

一撃は鎖が弾き返すが、もう一撃は悪霊犬（バーゲスト）の体を切り裂き、血が飛び散る。

同時に悪霊犬（バーゲスト）の鼻先に飛来したのは、口の開いた小瓶。

「ギャアン!!」

目と鼻を貫く激臭に悪霊犬（バーゲスト）は大声で悲鳴を上げる。

たたらを踏んで立ち止まった瞬間、三度痛みが走った。

血が流れる感触にこのままでは不味いと悟り、涙が滲み、視界が揺れる中、突進する。目標は瓶を投げてきた相手――人間。

だが、悪霊犬（バーゲスト）が走れたのはわずか数歩だった。足の裏が地面に張り付いたように動けなくなる。

見れば大地に奇妙な色の液体が粘体（スライム）のように広がっている。大地に吸い込まれない異様な液体だ。

「この場所では魔獣の筋力を抑え込めるほどの粘着力はないです！　一気に畳み掛けましょう！」

人間の声に合わせて、ゴブリンが雄叫（おたけ）びを上げて飛びかかる。更には人間から強力な魔法が飛んでくる。

「ギャアアオン!!」

悪霊犬（バーゲスト）は全身の力を振り絞る。地面から足を引き剝がす。足の裏に粘着剤とそれに付着した土がこびり付き動きが鈍ったが、それでも戦闘は続行出来る。

再びゴブリン達が取り囲むように動くのを見て、悪霊犬（バーゲスト）は獣よりは優れた思考で「このゴブリンは強敵だ」と認めていた。

普通のゴブリンとは決定的に違うゴブリン――自分を殺せる敵だ、と強く認識したのだ。

この悪霊犬の基本の攻撃方法は三つ。突撃し、自らの角で突き刺す。噛みつく。押し倒して前足で掻き毟る。この三つだ。強い悪霊犬とは違って、まだ特殊な能力は持っていなかった。しかし実のところ、切り札と言える攻撃手段がもう一つだけあった。

これは防御を捨てた技なので、確実に当てないと不味いが、温存出来る状況下ではない。あとは有効に使うタイミングを見計らうだけだ。

悪霊犬はやたらめったら咆哮を上げながら、周囲を取り囲もうとするゴブリン達を牽制する。

「〈鎧 強 化〉」

後ろから飛ぶ人間の魔法によってゴブリンの鎧が輝く。何かの強化魔法だろうと予測出来た悪霊犬には焦りが、前に立つゴブリン達には余裕が感じられた。

強化された鎧をあてにした無謀ともいえる踏み込みをゴブリンが一斉に行う。これは愚策と言うよりは、長期戦になって無駄な傷を受けることを避けた、勇気ある一歩と言えるだろう。

そう――それを悪霊犬が待ち望んでいなければ。

もし悪霊犬が人間のように表情を大きく動かすことができたのであれば、それは会心の笑みだっただろう。

ジャラララ、と鎖が蛇のような音を奏でる。悪霊犬の体に巻き付いていた鎖が突如、意志を持ったように動き出したのだ。

太い鎖がすさまじい勢いで振り回されようとした。

特殊能力である〈鎖の大旋風〉は、ゴブリンに、致命傷とまではいかなくても大きな損傷を与えることが可能なはずだ。

悪霊犬(バーゲスト)も必死だった。これは一日に一度しか使えない大技だ。しかも巻き付け直すまでの約十秒間は鎧として使うことができないという、リスクの高い技でもある。

想定もしていなかった攻撃に、ゴブリン達の回避が一瞬だけ遅れる。それはあまりにも致命的なミス。しかし――

「伏せて！」

――気迫ある命令が鎖よりも早く空気を切り裂く。

この一撃にかけた悪霊犬(バーゲスト)はもう一人の人間の大声に目を見開く。

完全に回避が遅れていたはずのゴブリンたちは、急に活力を与えられたかのような俊敏な動きで身を伏せた。

悪霊犬(バーゲスト)はまだ少しばかり滲む視界の中、目を凝らす。魔法詠唱者(マジック・キャスター)の後ろに立つ指揮官に。

両前脚と後脚の一本に、マチェットが食い込む。その痛みに悪霊犬(バーゲスト)は大きく悲鳴を上げた。せめてもと鎖を引き戻し、牙をむき出して威嚇するが、ゴブリン達に怯(ひる)む様子はない。

「兄さん。もう魔法の援護は大丈夫です。念のために周囲の警戒だけお願いします」

勝敗が付いたことを理解した悪霊犬(バーゲスト)は必死に踵(きびす)を返そうとする。

普段であれば機敏な筈の自分の体が異様に重い。当然だ。四本中三本の足が駄目になっているのだ。それでも必死に逃げようとするが、それはゴブリン達が許してくれなかった。


ねっとりとした血が草を広く染め上げ、鉄の臭いが青い臭いを完全に覆い隠している。

湯気が上がりそうな体温残る臓物を垂れ流して死んでいる悪霊犬(バーゲスト)から、子供ゴブリンへと、血に濡れたマチェットを持つゴブリン達は視線を動かす。

子供ゴブリンは酷い傷のため、逃げる気力こそ喪失はしているが、気丈にも体を起こして木にもたれ掛かっている。

「お、お前たちは？　どこの部族のものなんだ？」

警戒と怯えを半々に抱く子供ゴブリンの問いかけに、ゴブリン達が視線を交わしている。

どういう態度で出るのが一番利益が大きいか、情報はどの程度流しても構わないかという、仲間内でのラインを決めるための目配せだが、エンリからすればそれよりも先にするべきことがあるだろうと思う。

「そんなことよりもあなたの傷をどうにかする方が先でしょ？　どうしよう、ンフィー」

子供ゴブリンの傷は深いらしく、未だに血が流れ続けている。このままにしておけば確実に死ぬだろう。エンリにこの子供を救う手立てはないが、幼馴染であれば何か出来るかもしれないという願いはすぐ叶った。

「普通の薬草だと血を止めるのが精一杯で、失った血は戻ってこないから危ない状態は変わらないんだけど……」ンフィーレアはカバンを漁り始める。「新たな生成方法で作った治癒の水薬。本当はゴウン様に渡すべきものなんだろうけど……ちょっと傷を見せてくれる？」

ンフィーレアはずいっと前に出ると、鞄から水薬を取り出した。

「な、なんだよ、その危ない色の液体は。毒じゃないのか？」

取り出された紫色の水薬を目にした子供ゴブリンが、怯えつつも敵意を見せる。エンリからすると――もしかするとンフィーレアから見ても――当然ともいえる反応だ。あまりにも毒々しいのだから警戒するのも仕方がない。ただしゴブリン達にとっては不快極まりない発言だったらしく、ずいっと顔を寄せる。

「――おい、小僧。おめぇを助けると決めたのはエンリの姐さんであり、ンフィーの兄さんだ。命の恩人に対して少しは言葉遣いに注意を払った方が……おめぇのためだぞ？」

子供ゴブリンの目が、抜き身のマチェットに動く。子供であろうと、目の前のゴブリンたちが機嫌を損ねているのぐらいは分かる。目に見えて萎縮し始めた。

エンリとしては、子供を脅さなくてもいいんじゃないかな、と思わなくはないが、ゴブリンにはゴブリンなりのルールがあるということは知っている。人間としての常識で口を挟むのは、色々な意味でよろしくない。

「す、すみませんでした」

「あ、いや、いいよ。うん、気にしないで」

返事をしながらンフィーレアは水薬(ポーション)を子供の体にかけた。傷が見る見るうちに治っていく。

「うぉ！　なんだこれ！　気持ち悪い色なのに凄い！」そこで周りのゴブリン達の視線に気が付いたようで、身を震わせる。「あ、いや。あ、ありがとう、ございい、ます」

「おう、感謝は大事だぞ、小僧」

「よし。これでゴウン様に実験は問題なく成功、って言えるよね」

わざとらしい同意を求めるンフィーレアに、そこに含まれた意図を読み取ったエンリも、ゴブリン達も頷く。

ンフィーレアが作っている水薬(ポーション)はアインズ・ウール・ゴウン、空前絶後の魔法詠唱者(マジック・キャスター)にして村の救世主が材料を渡したうえで研究させているものだ。研究費などが支払われているわけではないが、材料など一切は提供を受けたもの。そこから出来上がったものの所有権が誰にあるかは言うまでもないだろう。

ンフィーレアが勝手にそれらを使ってしまうのは非常に問題があるが、しかしながら臨床実験に使用したという建前があるなら言い訳は出来る。

(後で普通に理由を話せばゴウン様は許してくれると思うんだけどな……。薬師としての取り決めとかそういうのもあるのかも)

「お、おれを実験台にしたのか！」

的外れとも言える子供ゴブリンの驚愕の声に、エンリとンフィーレアは苦笑いを浮かべる。確かに裏を知らない相手であればそう思われても仕方がない話の流れだ。

二人からすれば苦笑で済むが、我慢のできない者たちだっている。ゴブリン達はかなり頭に来ているようで、舌打ちと共にぼそりと「糞ガキが」という声が聞こえたぐらいだ。

エンリは「まぁまぁ」とジェスチャーを送る。事情を知らない相手であれば、当たり前な反応だし、相手は子供なのだからそこまで考えが回らなくても仕方がない。

「姐さんがそうおっしゃるなら……とりあえず移動しましょうか。血の臭いを嗅ぎつけて、別のもんが現れるかもしれないですからね」

「今回は勝てましたが……エンリの姐さん。次からは勘弁してくだせぇよ？　姐さんを守ることこそ、俺たちの使命なんですからね」

「全くだよ。それにしても突然エンリが叫んだときはちょっとびっくりしたよ」

「……あれは助けられた気がするんで何も言えぇ――ガキ、逃げるんじゃねぇよ。おめぇには聞きたいことが山のようにあるんだ。足を切り落とされたくないんだったら、素直についてきな」

「ウンライさん――」

「――姐さん、村のためですぜ。……ガキ、来いや」

子供ゴブリンがのろのろと歩き出す。怪我はすっかり治っているので動くのに支障は無いはずなのだが、反抗心が彼の動きを鈍らせている。

　血に濡れたマチェットを持つゴコウが地面に唾を吐き捨てた。

　エンリは助けを求めるようにンフィーレアを見る。しかし、彼は黙って首を振った。次にゴブリン達に視線を向けると、見返してくる瞳には鋼の色が宿り、無言の内に仲間の行動を支持していた。

「……姐さん、心配しなくても殺しやしませんよ。単に何があったのか、そういう話を聞きたいだけです。大体、ここに一人残して生き残れると思いますかね？」

　その問いかけはエンリへと言うよりは、子供ゴブリンに向けてのものだ。彼も理解したのか、瞳の中にあった反抗心は消えていた。

「分かった……逃げたりしないから……」

「おし。うんじゃ、早く移動しましょう。悪霊犬（バーゲスト）とやらが一匹である保証はあるのかい、ガキ」

「……ない。ほかにもオーガが何匹かいたはずだ。俺を追っているかはわからないが。それにガキじゃない。ギーグ部族の族長アーの息子、四番目のアーグだ」

「アーグ君、ね」

「ガキで十分だと思うんですがね……」

「話は後にしようよ。それに別に喧嘩をしなくちゃいけないわけじゃないんだ。アーグと言って欲しいならそうした方が信頼関係の構築には良いんじゃない？」

「ンフィーの兄さんは大人ですな。それじゃ荷物を拾ったら移動しましょう」

カイジャリの言葉に従って、一行は周囲を警戒をしながら、黙々と歩く。そのために漂う重い空気は目に見えるほどだった。

会話をして雰囲気を変えたいという気持ちがエンリにはあったが、森は人の世界ではない。さらには追っ手がいるかもしれない状況下でそのような軽率な行動をすることは出来なかった。

•

薄暗く、闇があちこちにわだかまる森を抜け、全身に日差しを浴びると、体を支配していた緊張感は溶けるように抜け落ち、柔らかさとゆとりが戻ってくる。ここは人間の世界なんだとしみじみ感じる一瞬だ。

隣を歩くンフィーレアも同じようで、「ふわー」というため息とも欠伸とも取れるような呼吸をしている。

ゴブリン達からも尖ったような緊張感が抜けている。しかしながらアーグだけは未だ表情が固い。日差しと広い空間に困惑したような素振りを見せた。おそらくは森の中、隠れるところが多い場所で育ったためなのだろう。

「えっと、村はあそこだから」

指差された方向に目を凝らしたアーグが顔を歪める。

「なんだ？　あの塀は？　なんだか……滅びの建物に似ているな」

「滅びの建物？」

「そうだ。大森林に新しく出来た、恐ろしい場所だ。近寄れば生きては帰れない。話ではアンデッドとかがいるらしい」

「生きては帰れねぇ、って割には色々と知ってんだな」

「……滅びの建物が小さかったころに、我が部族の勇敢な者が骨の化け物が建築しているのを目にしたからだ」

「君たちは知ってるかい？」

「いや、兄さんには悪いですが、俺らは知りませんね。大森林を進み過ぎると俺たちのボスでも勝てない奴に遭遇する可能性がありますんでね。あんまり奥にはいかないんですよ」

「……なぁ、お前たち三人は一体、どこの部族のものなんだ？　お前たちは俺が知るどんなゴブリンより強いのに、なんで……」

アーグはエンリをチラリと見る。それから「たぶん、人間という種族だと思うんだが……」と非常に小さな声で呟いた。

「人間の下についているんだ？」

「オカシイことかねぇ？　強い人の下で働くのは当たり前だろ？」

「つ、強いのか!?　いや、確かに人間という種族は強い奴から弱い奴までいると聞くが……お前は女、だよな？　それでこっちの髪で顔を隠しているのが男？」

　エンリは目をぱちくりさせた。女以外の何に見えるというのだろうか。いや、ンフィーレアが男だと分からないということは、ゴブリンには見分けが難しいということなのだろうか。

　横に並んだンフィーレアが囁き声で納得出来る答えを教えてくれた。

「エンリ、たぶんこの子は人間を見たことがないんだよ。せいぜい仲間のゴブリンから聞きかじった程度の知識しか持ってないんだろうね。それに……ゴブリンからすると僕たち人間の見分けというのも難しいんじゃないかな？」

「服が……違うし……」

「だからそういう知識がないんだよ。ゴブリンは女も男も同じ服装をするんじゃないかな……。文明を築いて王国を作るゴブリン達もいるけど、彼らはそうじゃないんだろうね」

　なるほどと納得したエンリはアーグの質問に答えていないことを思い出す。

「そうよ、私は女よ」

「なら魔法詠唱者（マジック・キャスター）なのか？」

「違うけど、どうして？」

　アーグが非常に困惑したような表情を浮かべた。

「魔法詠唱者（マジック・キャスター）は僕だね。魔力系魔法詠唱者（マジック・キャスター）さ」

「……お前たちは夫婦なのか？　だからなのか？」

「え？」と二人は同時に音程の外れた音を発する。

「いや、夫の権威を妻が使える種族もあると聞いたことがあったような気がする。……違うのか？」

「ち、違うわ。違うの！」

エンリの強い否定に周りを歩くゴブリン達が何か言いたそうな表情をしたが、何も言わずに肩を竦めているのが視界の隅に入った。

「なら……なんでだ？　女がどうして一番えらいんだ？」

「分からないからこそ小僧なんだ。姐さんの強さは目に見えないところにあるんだよ」

エンリは否定しようとするが、目を皿のようにして真剣に見つめるアーグに気圧されて上手く説明する言葉が浮かばない。エンリが困っている間にカイジャリが逆に質問を投げかけた。

「それじゃ、今度はこっちから聞くぞ？　なんでお前はあんなもんに追われていた？　何があった？」

「それは――」

「――ねぇ、その辺りの話は村の中、安全な場所でしない？」

エンリの当然の提案に答えたのは――

「そうっすね。そっちの方が良いと思うっすよ」

――今までこの場にいなかったはずの女だった。

一斉に驚愕の声が上がり、全員の視線が声の方へと向けられる。

そこには目をくぎ付けにするような絶世の美女がいた。三つ編みをした、褐色の肌の女性だ。着ているのは彼女曰くメイド服。背には奇怪な武器らしきものがあった。

非常に怪しげな人物は、また同時に見馴れた人物でもある。

ルプスレギナ・ベータ。

かの村の救世主、アインズ・ウール・ゴウンのメイドであり、バレアレ家に錬金術アイテムを運んだり、ストーンゴーレムを連れてきて命令を下したりしている人物だ。その明るい雰囲気と口調などから、村の者たちも親しみを持っている。

ただ、先ほどのように突然現れたりするなど得体の知れないところがある。村ではあの大魔法詠唱者（マジック・キャスター）のメイドだから、彼女も何かの魔法を使えるんだろうと納得しているし、エンリもそう理解している。それでもこうやって現れると、口から心臓が飛び出してしまいそうだ。

「ルプーさん、い、一体、どこから……？」

「エンちゃん、いやっすねー。さっきからずーっと後ろにいたじゃないっすか。あれれ？　もしかして気が付いてなかったんすか？　影が薄いから無視されているのかと思っていたっすよー」

「え？　え？」

言葉こそ冗談めかしているが、口調は真剣そのものだ。困惑したエンリは助けを求めるように皆を見渡す。

「あのー。ルプーの姉さん、冗談は止めてくれねぇですか？」

「うわー。冗談だと思われているっすよ。思い出して欲しいんすけどね……なーんて嘘っすよー。冗談っす」

　静寂が流れ、はぁ、と誰かが疲れ切ったため息を吐いた。

「まぁ、それはいいじゃないっすか。それでこの子供ゴブリンは何者っすか？　――ま、まさか！」

　エンリは自分とゴブリンの間をルプスレギナの視線が行ったり来たりするのを感じ、嫌な予感を覚える。

「ぷふー。ンフィーちゃん！　寝取られたっすか！　ぷぷぷ」

　皆が目を白黒させている間にもルプスレギナの笑い声は止まらない。

「なんてことっす。純情な少年の願いは踏みにじられたっすね！　大爆笑っす！　ぷぎゃー！

……………なんてね、一体どうしたんすかね、これ？」

　びくりとアーグが身を震わせる。まるで何か異質な者を目にしたように。

　だが、その気持ちはエンリも分かる。ルプスレギナという人物の明るい表情はコロコロと変わるが、それが急激すぎるために躁状態の人間みたいなのだ。笑顔が一転して、真顔にもなる落差が、得体が知れない怖さへとつながる。

「取って食ったりはしないっすよ。大丈夫っす。お姉ちゃんにさりげなく教えてほしいっす」

「ルプーの姉さん。その辺の話はあとでしようということに賛成されていたんじゃないですか？」

「おやまー。確かに適当にそんな返事をした覚えがあるっすね」

「…………」

「……あ！　ベータさんにはゴウン様に持って行って欲しい水薬（ポーション）があるんです。新しく開発した物で、効果も実証済みです」

「おっ？　ンフィーちゃんはついに開発したんすか？」

「そうなんです。残念ながらまだ完全に赤色にまではなっていませんが、その前段階までは進んだと思っております」

「――それは素晴らしい。アインズ様もお喜びになります」

　言葉と一緒に、雰囲気が別人のように変わる。先程までの軽薄で陽気な女性ではない。しかし、その表情も一瞬だ。次の瞬間には普段の彼女に戻っていた。

「楽しみっすねー。いやー、今日来て正解っすよー。あっとベータじゃなくてルプスレギナで良いっすよ。超特別に」

　機嫌良さそうなルプスレギナが一行に混ざり、村の門をくぐる。

　見たことがない子供ゴブリンを目にしても村人たちは何も言わない。緊張感がないとも言えるが、それだけエンリ達を信頼しているとも言える。もしくは普段から村を守ってくれているゴブリンの親類だとでも思っているのかもしれない。

　村を横切ってエンリの家をスルー。目的地はゴブリン達の住居だ。

「ちょっとごめん。僕はこの子の話の立ち会い人としてもう一人呼びたい人がいるんだ。ブリタさんを」

「そうですねぇ、兄さんの言う通りかもしれないですな。あの人も野伏見習いとして森に入るんだ。情報は共有しておいた方がいい。……どうですかね、姐さん」

「え？　私？」そこで自分に振られるとは思ってもいなかったエンリは慌てて考え、別に反対する理由はないので頷く。「うん。構わないというより、あの人にも聞いてほしいしね。よろしく、ンフィー」

了解、と言い残し、ンフィーレアが走っていく。

「ここで待っていても構わないんですが……先に行って飲み物ぐらい準備しましょうかね」

「それが良いっすよ。喉が渇いていたんすよねー」

「……ルプーの姉さんはメイドなんでしょ？　美味い飲み物の作り方とか知っているんですかね？」

「私はアインズ様の、そして御方々のメイド。それ以外のためには――働きたくないっすよー。ずっとゴロゴロしていたいっす。働くなんてまっぴらごめんす」

「そうですか……。そいつは残念ですね」

ウンライとルプスレギナの会話は普通のもので、別に何があるというわけでもないのに、エンリはひやりとしたものを背中に感じる。

口を挟もうとした辺りでゴブリンの住居に到着する。

狼(ウルフ)を放し飼いに出来る広々とした庭、二十人近くが居住出来る空間、それと訓練出来る場所や武器を準備出来るスペースなどによって成り立つ巨大な家屋だ。

玄関を開けたゴブリン達に案内されるようにエンリ、アーグ、ルプスレギナが続く。

「ふえー、こうなっていたんすかー」

「あれ？　ルプーさんはこちらには入ったことはないんですか？」

「そうなんすよー。流石に呼ばれてもいないのに勝手に入ることはできないっすからね。あ、礼儀の問題であって、別に本当に入れないわけではないっすよ？　大体、そんな奇怪な伝説を持つのは男胸さんだけなんで」

「男胸さん、ですか？」

「そうすよ、エンちゃん。残念美少女さんの名前っす。まぁ、あの人も本当に入れないわけではないんすけどね。神話、伝承、フォークロア。――はい、この話はここで終わり。そっちのゴブリンさんが何か言いたそうっすよ？」

「あ、はい。えっと、飲み物……あー。薬草水と果実水どっちが良いですかね？　黒々草茶とヒュエリを入れた水なんすけどね」

ウンライにたずねられて、クエスチョンマークを浮かべたアーグとルプスレギナに、エンリが説明する。

「ヒュエリは柑橘系(かんきつけい)の果実で、それを切って入れた水はさっぱりとした口当たりです。黒々草茶は苦みのあるお茶ですね」

「ならヒュエリが欲しい」

「私もそっちが良いっす」

「了解ですぜ。それで姐さんは？」

「じゃあ、私もヒュエリをください。あと……手を洗っても良いですか？　鼻は慣れたとはいえ、その……」

「ああ、構いませんよ。おい。ガキ――アーグも来い。少しは汚れを落とさないとな。それと兄弟、悪いが汚れた武器を片づけてきてくれないか？」

「大丈夫か？」

「大丈夫だろ。あっちはどうしようもねぇし、こっちは簡単だ」

「そういうことなら……あいよ」

カイジャリが三人分の武器を持って部屋から出ていく。

「アーグ、早くこねぇか」

「なんで洗わなくちゃいけないんだ？　綺麗だぞ？」

エンリが見たアーグの手は非常に汚れている。決して清潔とは言えない。

「おめぇの判断はいらねぇんだ。家の持ち主がこっちに来て洗えと言っているんだ。それともなにか、家の者の言葉に反対するほどおめぇは偉いのか？」

アーグがぶすっとした顔でトコトコと歩いてくると、エンリに並ぶ。

エンリは甕(かめ)から水を汲み、桶に注ぐ。四人分準備すると、意外と冷たい水の中に手を入れ、ごしごしと洗う。爪の間の緑色も落ちるように。十分に落ちたという確信と共に、水の中から手を上げ、鼻先に持ってくる。臭いは――しない。

満足して隣の様子を窺うと、ウンライもゴコウも同じように手を洗っており、水が悪霊犬（バーゲスト）の血で赤く染まっていた。

次にアーグの様子を窺ったエンリはいささか呆れ顔になる。

小さな子供でもしないようなお粗末な洗い方をしている。水に手を入れて、ポチャポチャと動かして終わり。揉むとかこすりあわせるとか、そういったことは一切していない。

自分の手から緑の臭いが落ちてみて気が付いたのだが、アーグからはまだ潰れた草の臭いがする。鋭敏な嗅覚を持つ魔獣などが生息する森の中で暮らすゴブリンにとって、この臭いをさせておくというのは身を守ることにつながるのだろう。そのために水浴びの習慣などがないのかもしれない。

とはいえ――

「こうやって洗うの」

エンリが教えるとアーグは嫌な顔をした。しかし、自分の立場を、先ほどのゴブリンの言葉を思い出したのか、不承不承ではあったが真似て洗う。

「よく、出来ました」

「おい、後はこいつで体を拭えや。血とかは落とさねぇとな」

不満そうではあったが、渡された濡れ手拭いでアーグは体を拭う。

「汚れた水は外に撒いてくれれば良いの？」

「ああ、そうですが、姐さんは先に行って座っていてください。あとは俺たちの方でやっておきますので」

その言葉に甘えてエンリはテーブルに向かう。たくさんのゴブリンが暮らしているだけあって、椅子の数は多い。適当な席を選んで座った瞬間、エンリは自分がくたくたに疲れていることに初めて気が付いた。腕や足は棒になったようだし、頭は酷く重い。

薬草採りもそうだが、特に悪霊犬（バーゲスト）との一戦で一気に疲れたようだ。

（見ていただけなのに……。ンフィーやゴブリンさんたちは戦闘していたのに、普通に動き回っている……。私は戦士なんかには絶対なれないな……。というかンフィーも普通に強かった……）

前から幼馴染が魔法を使えるのは知っていたが、あれほど強いとは思ってもみなかった。

（凄いなぁ……）

別人のような幼馴染に、なんとも言えない思いが湧きあがる。驚きにも似た、ただしそれとはまるで違う何か不思議な思いを。

コトリという音に我に返ったエンリの前に、陶器のコップが置かれていた。なみなみと入った透明の液体からは柑橘系の匂いがする。手に持つと、水を一口含む。

爽やかな甘みと酸味が全身に染み渡り、生命がみなぎるようなそんな気分にさせられる。横ではいつの間にか座っていたアーグがごくごくと一気に飲み干し、お代わりを要求していた。

ルプスレギナは口をつけようとはしていない。

(そういえば、ルプスレギナさんは食べたり飲んだりってしないよね)

「——ん？　なんすか？　しげしげ見ちゃって？　もしかして惚れちゃいましたか？　イヤー困ったなー。というかエンちゃんがレズだとは驚きっす。これは皆に知らせる必要があるっす」

「な！　違います！　そんなんじゃないです！」

「わははははは。冗談すよ。エンちゃんは男好きっすよね」

なんと言い返せばよいのか、とエンリが口を一直線にする。

「というか、遅い……んー、来たみたいっすね」

思わずドアの方を見るが、外に人の気配はない。

「本当にか？　音が全然しないぞ？」アーグが耳の後ろで手の平を広げている。「なぁ、人間は聴力に優れた種族なのか？」

「え、えっと、私は聞こえないかな？　でもルプスレギナさんはそんな嘘は……時折つく人だね……からかうという意味で」

なんだ嘘か、と疑いの視線をルプスレギナに向けたアーグは目を大きく見開く。

「いや、聞こえた。確かに来たぞ。凄いな、お前」

「ん？　あー、そんなことないっすよー。そっちのエンリの姐さんに比べれば、私なんて全然大したことがないっす」

真に受けたアーグが驚愕した表情をエンリに向けてきた。

いや、そんなことないから。ルプスレギナさんは滅茶苦茶嘘くさい笑顔を浮かべているから。とアーグの勘違いをどうやって正そうかと考えているると、その前に扉が叩かれてしまう。

入ってきたのはンフィーレアと革鎧を着た女性だ。

ブリタというこの元冒険者は、村にはンフィーレアの次に越してきた人物だ。元々はエ・ランテルで冒険者をしていたらしいが、色々あって引退したという。とはいってもそれでは食べてはいけないわけで、この村の募集に応じて引っ越してきた。

村では野伏として訓練中だが、将来有望だという話だ。ジュゲムよりは弱いものの、この村ではトップレベルの力を持ち、今では自警団――と呼べるほどのものではないが――のリーダーを務めている。

彼女が呼ばれたのは、そのリーダーという点と、野伏見習いとして森に入るという点からだ。

「あー。本当に新しいゴブリンだ……。いや、うん、どうも冒険者としての視点から……敵と思っちゃうのはいけないよな」

ブリタは苦笑いする。確かに彼女の気持ちも分からないではない。話を聞く限り、ゴブリンは人間の敵だ。発見次第殺して間違いはない。しかし、この村は違う。どちらかと言えば、人間の方が敵だという雰囲気すらある。

「それじゃ、皆さん揃いましたし、話を聞きましょうか。うんじゃ、アーグ。なんで傷だらけで逃げてきたか話してくれや」

「簡単にいえば襲われたから逃げてきた」

「簡単過ぎんぞ……。どんなモンスターに襲われたんだ？」

「東の巨人の手の者だ」

「東の巨人？　なんでぇ、そいつは」

「……お前たちはあいつをなんと呼んでいるんだ？」

「いや、呼び名がどうのの前に聞いたことがないんですけど……ブリタさん、何かご存知ですか？」

この中で最も博識なのはンフィーレアだが、森に関する知識ならブリタに軍配が上がる。しかしそんな彼女も首を横に振るだけだった。

「すまない。私もその東の巨人という存在に関しては聞いたことがない。あと、ラッチモン師匠も知らないと思うぞ。それほど森の奥地まで入って行動はしないから、森の住民ほど詳しくはないな」

「うんじゃ、アーグ、基本的なところから説明しろよ」

「基本って何が基本なんだ……」

アーグの困惑がエンリにはよく分かった。こういったときは具体的に一つ一つ聞いていった方が、聞かれている側も話しやすい。

「じゃぁ、森に住んでいる強いモンスターから聞かせてくれる？」

「俺からすれば悪霊犬(バーゲスト)やオーガも強いんだが……東の巨人に匹敵する強さという意味だとすると、森には元々、三大と言われる凄く強い奴らがいる。まずはこの辺りにいたはずの南の大魔獣。縄張りに入るものは全て殺されるとか言われる凄い奴だ。ただこのところ姿が見えず、縄張りに入っても出てくる気配がないって言われている。どうしたのかは知らない。次が東の巨人。枯れ木の森を抜けた先で勢力を築いている。そして最後が西の魔蛇。魔法を使う気持ち悪い蛇って言われている」

「あれ？　北は？」

「北には湖があるらしいけど、色々な種族がいるらしくて、誰かがまとめているという話は……俺は知らない。でも沼地の双子魔女とかいうのがいるらしい。それで南の大魔獣の姿が見えなくなった時期と重なるように、森がおかしくなったんだ。なんだかよく分からないけど、すごく恐ろしい奴が現れたらしくて、勢力分布が変わったというか追い出されたというか……」

「それが滅びの建物？」

「そうだ。そして滅びの建物の主人こそアンデッドを使役する、暗闇に潜る小さな影と言われている。生き残った者の証言だが」

全員――ルプスレギナだけは別だ――が不安から顔を見合わせる。

まず南の大魔獣。この辺りに縄張りを構えていた、ということから考えて、ンフィーレアと共に来た冒険者たち――その中でも漆黒の鎧に身を包んだ人物が捕えた魔獣のことだろう。確かにあの強大な力を保有すると確信させる外見は、まさに大魔獣という言葉こそが相応しく、それ以外は似合いそうもない。

「大魔獣……森の賢王、ハムスケさんですね」

「あの！　ああ、確かに、あれは大魔獣だ……」

ンフィーレアの言葉に、村に来てからは見たことがなかっただろうブリタが声を上げた。

話を聞けば、エ・ランテルで遠くから見たとのことだ。

あの魔獣に匹敵するだけの存在があと二体もいる。それに驚愕、恐怖しない者はいない。

「それでどうしておめぇさんが逃げることになるんだ？」

「今まではその三体は三すくみの関係だったんだ。確かに南の大魔獣は自分の縄張りから外には出ない。でも本当にそうなのか誰にも保証出来ない。東と西がぶつかり、どちらかが勝利を収めた瞬間、横合いから現れるのではないかという可能性があったため、それぞれの勢力がぶつかることはなかったんだ」

「納得出来るな。だが、東と西が協力して南と……いや、南は外には出ない。ならばわざわざ組んで倒そうとは思わなかったのか。下手にちょっかいを出す意味がない……」

「その辺をそいつらがどう考えていたかはわからない。でも今まではそれぞれが別々に縄張りを持って、王国を築いていたんだ。しかし、滅びの——主人の所為で勢力図が大きく狂った。だから二体の王は滅びの王と戦うことを決心した。そんなわけで二体の王は使い捨ての兵士を集め出したんだよ」

吐き捨てるようにアーグが言う。

「味方になって戦えと脅迫してきたんだ。味方になると言ったって、あいつらはゴブリンの命なんて何とも思ってない。使い捨てされる。下手すれば非常食だ。だから逃げることにしたんだ。だけど――」

「無理だった、ということだよね」

「そうだ。悪霊犬（バーゲスト）やオーガに襲われたんだ。仕方がないからみんなでバラバラに散った。俺は何人かと一緒にここまで逃げてきた。南の大魔獣の縄張りまで入れば、奴らも踏み込むのを躊躇（ためら）うんじゃないかって思って」

何人かという言葉があったが、アーグの他に逃げてきた気配はなかった。

エンリが沈痛な表情を浮かべると、ゴコウが口を開く。

「……森の中に、別働隊が調査に行ってるから、もし生き残りがいて、抵抗さえしないんだったら連れて来るだろうよ」

「だろうな。狼（ウルフ）が匂いを嗅ぎつけるさ。それで……問題になるのはあの悪霊犬（バーゲスト）以外にどんな奴がいるか、ほかにもこっちに来ている奴がいるか、か。下手すりゃ、追っ手がこの村にまで来るかもしれねえ。おい、アーグ。ほかにどんなモンスターがいた？」

「悪霊犬（バーゲスト）、オーガ、ボガード、バグベア達かな。あとは狼（ウルフ）とか……」

「一般的によく知られているモンスターだね。僕としてはそれ以上に、東の巨人、西の魔蛇の詳しい外見や能力などを聞きたいんだけど、何か知らないかい？」

アーグはプルプルと頭を振った。

「詳しくは知らない。東の巨人は巨大な剣を持っているっていうことと、西の魔蛇は頭がお前たちみたいで、魔法を使うというぐらいしか知らない」

全員の視線を浴びたンフィーレアは頭を振った。流石に情報が少なすぎる、と。

「問題はどうするか、よね。あの大魔獣に匹敵するような化け物が現れたら、はっきり言ってどうしようもないわ。自警団が出来ることなんか女子供を連れて逃げてもらうことぐらいかしら」

「そうですね。守りを固めておけば問題がねぇと判断するべきか、はたまたもっと別の手段を考えないといけないのか。森だけの騒ぎで収まるならそれでいいんすけどね」

全員で考え込む。

森の外で暮らしている面々からすれば、森の中だけで問題が解決するのであればそれに越したことはない。しかしそれで完全に森の中に入れなくなっては困ってしまうが、最悪の場合、背に腹は代えられないだろう。

「……しかし、森の中で暮らしていた部族を簡単に薙ぎ払えるんだから、相手はよほど凄い戦力を集めてるんですね」

「違う！　……元々は俺たちの部族だってもっと強かったんだ。だけど、ずっと前に新しい住処を探そうという話が出たとき、うちの部族はオーガに大人のゴブリン達の部隊を送り出したんだ。あれさえなければ、少しは抵抗出来たさ！」

「その大人のゴブリンたちは帰ってこなかったということか」

ブリタの言葉に、ンフィーレアが首を傾げて何かを考えこんでいるようだった。

「あのさ、話は全然変わるんだけど、ちょっと思い出したことがあったから聞きたいんだけど、君の話し方がゴブリンの一般的な喋り方なのかい？」

「どういう意味なんだ？」

「あ、分かりにくかったね。昔、ゴブリン達と会った事があるんだけど、その時は彼らは悪く言えば頭の悪そうな話し方をしていたんだ。でもこの村に来たらジュゲムさんたちは普通の話し方だし、君も普通――流暢(りゅうちょう)だ。だからたまたま見たゴブリン達がそうだった、蛮族的なゴブリンだったのかなって思ってね」

「いや、俺は特別頭が良いんだ。普通はもっと単語をメインにした話し方をしているぞ。……部族じゃ時々話が通じなくて困ったもんだ。俺は別の部族から連れてこられたんじゃないかと真剣に悩んでもいたぐらいだ。なぁ、念のために聞きたいんだが、もしかして俺は元々この辺りの部族の出身なんじゃないか？　俺のことを聞いたことはないか？」

「いや、それは知らんが……お前さんって……もしかして……姐さん、兄さん、ちょっと良いですか？」

カイジャリに連れられて、ンフィーレアと共にエンリは部屋の隅に向かう。

「あのアーグってガキなんですけど、あれってゴブリンじゃなくて、ホブゴブリンじゃないですかね？」

ホブゴブリンはゴブリンの亜種的な存在であり、ゴブリンよりも色々な面で優れている。ゴブリンは大人でも人間の子供サイズだが、ホブゴブリンは人間の大人と同じ大きさまで成長する。

肉体面だけではなく、知性の面でも人間なみの存在だ。ゴブリンと交配出来るために、ゴブリンの部族と一緒に暮らすことが多い。しかしながら、ゴブリン程多くは増えないので、部族の中では親衛隊的立場や隊長的立場に留まることが多い。

「でもお父さんとかお母さんがホブゴブリンなら、彼も自分がそうだって知っているんじゃない？」

「両親はゴブリンで彼だけホブゴブリンか」

「え？　それってまさか物語に出てくるような、どろどろとした話!?」

「……エンリのそんな表情初めて見るよ……。残念だけど違うと思うね。人間でも取り替えっこっていうのがあるように、ゴブリン達にも同じようなのがあるんじゃないか」

「その辺の可能性がありますね。まぁ、だからどうだってことはないんですけどね」

三人で再びテーブルに戻ると、今まで黙っていたルプスレギナが口を開いた。

「それで結論は出たんすかね？　もしなんなら、アインズ様にお願いしてもいいっすよ。問題を解決してほしいって」

それは望むところだ。

この村を救ってくれた英雄なら、大魔獣級のモンスターを相手にしても勝てるのではないだろうか。

しかし――

「甘え過ぎです」

　ぽつりとエンリが言うと、ゴブリンが同意を示した。アインズと面識のないブリタやアーグだけが頭の上にクエスチョンマークを浮かべる。ンフィーレアの表情は、何故かやや複雑そうだった。

「この村は私たちの村です。私たちで出来る限りのことをするべきです。戦う力がない、率先して血を流すことのない女が偉そうなことを言っているとは思うのですけど、それでも……」

「いや、姐さんの意見に賛成ですぜ。この村は姐さんのもの――」カイジャリが「ん？」と首を傾げてから言い直す。「姐さんや俺たちの、も違うな」

「この村で暮らしているみんなのものって言いたいんでしょ？」

「そうっすよ、ンフィーの兄さん。流石、分かってらっしゃる！　まぁ、そんなわけで、魔法詠唱者さんの力を借りるのは最後の最後であるべきでしょう」

「でもその結果、みんな死んじゃうかもしれないっすよー。斬られるのは痛いっすよー」

「はん！　ルプスレギナさん、俺たちがそれはさせねぇよ。盾となって、みんなが逃げるぐらいの時間は稼いでみせるぜ」

　ルプスレギナは鼻白んだようだった。

「そうっすか。なら頑張れっす」

「それでこの村としての行動という意味ではエ・ランテルの冒険者組合に連絡――それとも報告というべきかな、をしておいた方が良いと思うんだ。組合は依頼を受けると最初に調査するメンバーを送るから、非常事態になってから依頼したのでは色々と面倒なことになるからね」

ンフィーレアの提案に元冒険者としてブリタが続ける。

「そうね。冒険者が想定外のモンスターと遭遇して命を失わないように、という配慮でね。ワーカーみたいな頭のおかしいやつらは甘やかしてるとか馬鹿にするけど、欲の皮の突っ張った輩(やから)のくだらない言いがかりね。自分の組合員を守ろうとするのは組織として当然の考えでしょうが」

「ですけどブリタさん。冒険者さんの悪口を言うわけではないですが、非常事態時に依頼をすると依頼料が跳ね上がったり、断られたりする場合があるのはどうしてですか?」

「冒険者だって死にたいわけではない。そして組合だって自分のところの冒険者を死なせたいわけではない。だからこそ急な依頼はたとえ、結果的にそこまでの冒険者が必要じゃなかったとしても、報酬額を高くしたりすることで、より上位の冒険者向けの仕事とするだけのことよ」

元冒険者であるブリタの言葉は、冒険者でもなんでもない村娘、エンリにも素直に呑み込めた。確かに追い詰められ助けを求めている立場からすれば、感情的には承服出来ないだろう。しかし、逆に冒険者の視点から見れば納得出来る話だ。

「まぁ、組合が調べていたって、不幸な遭遇で死んじゃうことも多いんだけどね……」

ブリタは下唇を噛みしめる。

「あの吸血鬼に襲われたときのことを思い出すと、今でも震えが来る……。最初の頃は薬を飲まないと眠れないほどだったんだから……」

「吸血鬼？　なんのことだ？」

アーグの無遠慮な質問に、ブリタは苦笑いを浮かべる。

「内緒。というかマジで思い出させないで。漏らしちゃうから」

「俺は話したのに……」

「いや、おめぇの場合は命を助けた代わりだろうが……」

「一先(ひとま)ずの行動方針としては組合に報告をして、場合によっては依頼したいなぁ、ってところかな？　依頼料が馬鹿にならないだろうけど、見積もりを出してもらうことは必要だしね。あとはこの話をジュゲムさんと村長にも聞いてもらおう。それでいいよね、エンリ」

「自警団の方は私の方から話しておく。正直、ここでの決定がそのまま方針になりそうな気がするわ」

ンフィーレアとブリタの言葉にエンリは頷いた。

「それじゃ、私はもうちょっと村をぶらついてから帰るとするっす。本当にアインズ様にご協力をお願いしなくていいんすね？」

「はい。出来る限り、私たちで頑張りたいと思います。もしよければそう、ゴウン様にお伝えください」

「りょーかいっす」

立ち上がり、一斉に行動を開始するエンリやンフィーレアを見送りつつも、アーグは理解に苦しんでいた。

「なんで、あの女が偉いんだ？」

「はん？」

アーグは大人ゴブリンが危険な声を上げたために、身を震わせる。

この大人ゴブリンは自分たちの部族にいた誰よりも強いと思われる。そんな相手に敵意を向けられると、全身に鳥肌が立つ。

それでも子供特有の好奇心は押し殺せない。

「このカルネ部族は女の方が偉いのか？」

エンリという女はアーグからすれば強そうには思えない。腕も足も、筋肉が少しはついているようだが、全然足りない。オーガ程あるべきだとは言わないが、上に立つならもっと必要だろう。

魔法詠唱者（マジック・キャスター）なら話は分かる。ゴブリンの部族でも女が族長になるのは、そういったなんだかよく分からない得体の知れない力を使う者だ。しかし、あの女は魔法詠唱者（マジック・キャスター）でもないらしい。

正直なぜ、エンリが彼らの上に立っているのか理解出来ない。

「そういうわけじゃねぇよ」

「……後から来た狩人の女の方が強いだろ？」

「まぁ、な。ブリタさんはそれなりの腕だ。俺たちの方が上だがな」

アーグは自分の前に立つ大人ゴブリンをより一層評価する。身長の差があるというのに、それだけのことが言える自信――根拠があるのだろうと感じ取って。

「あと突然、後ろから現れた女もそんなに強くはないのか？　突然現れたのはびっくりしたが」

大人ゴブリンが突然無言になると、アーグをじっと見つめる。

そこに得体の知れないものを感じ、アーグはおどおどと問いかけた。

「な、なんだ。あの女に何かあるのか？」

「突然現れた女……女の人はルプスレギナというんだが、あれは……危険だ。おめぇはしばらく村にいることになると思うが、絶対に近寄ったり話しかけたりするな。これはおめぇのためを思って言っているんだ」

「あ、ああ、分かった」

「それとこれも言っておくぞ。当たり前のことだが、この村の人間に何かしたら……はっきり言うぞ、折檻じゃすまねぇ。命ぐらい覚悟しろよ」

「わ、分かっている。負けた部族の者の扱いを受けるというだけのことだろ？　約束する。カルネ部族の者に害をなしたりはしない」

「それならいいんだがよ……。絶対にあのルプスレギナの近くには寄るなよ？」

アーグはこれほどの大人ゴブリン達が恐怖混じりの警戒心を抱いていることを知り、忠告を心に強く刻み込んでおく。そして最初の質問に答えられていないことを思い返し、再び問いかけた。

「なんであのエンリさんは偉いんだ？」

流石にアーグも勉強位はする。いや、部族で最も賢く、ほかの者と話がかみ合わないことが多かった彼であれば容易だ。

「はぁ。……エンリの姐さん……実はすげぇ、強いんだよ」

「え!?」

「おめぇが弱いから分からねぇだけだ。エンリの姐さんが本気になれば悪霊犬(バーゲスト)とか、片手でひねって、絞り出した血をコップに入れて飲むぐらいすんだぞ？」

「本当か！」

「ほんと、ほんと。ああ、ほんと」

アーグはエンリの姿を思い出す。冷静に思い出すと、下腹に響くほどの気迫ある命令を出していた。あれが本当の姿の片鱗(へんりん)だというのだろうか。

「姐さんは弱い振りをしているんだ。変なこと聞くとぶち切れて、おめぇを片手で捻ったりするからな。あれは掃除が大変なんだよ。周りが血に染まるから」

「そ、そうなのか……な、なんで弱い振りをしてるんだ？　強くて面倒なことはないだろ？」

「強いと馬鹿にすぐに力比べとか挑まれるからだよ。意外に面倒事って多いんだぜ？」

強ければ何でも出来ると思っていたが、そうではないということなのか。

アーグは思考の迷路に囚われる。目の前の大人ゴブリンの、ちょっとした冗談なんだけどな、という表情に気が付かないほどに。

•

夜半、ふとエンリは目を覚ます。周囲に変わったことがないか、目だけを動かし様子を窺う。そこに広がるのは、ほとんど真っ暗な世界だ。窓の鎧戸の隙間から入り込む、月明かりのみが唯一の光源である。そんな貧しい光源に照らし出される中には、一切の異状は見受けられない。

耳を澄ませる。

馬の嘶き、鎧を着た騎士の走り回る音、人の悲鳴。そういったものは何も聞こえない。普段通りの夜だ。

小さく息を吐き出し、目を閉じる。今まで深く眠っていたためか、すぐには眠気は戻ってこない。

今日は本当に色々とあった。あれから村長に話を聞いてもらい、戻ってきたジュゲムにも説明した。

(無事かな……)

ジュゲムたちは新たに得た情報を確かめに、再び森を捜索すると、夜、出発した。夜闇の中、森を進むのは危険すぎる行為だ。ゴブリン達は人間とは違い、夜でもほんの少しでも光があれば問題なく行動することは出来る。しかし魔獣などのモンスターには夜行性のものが多く、活発に行動するのは日が沈んでからだ。

危険度は昼間よりもぐっと上がる。

アーグの後を追ってきているモンスターが他にいないかなど、早急に調査しなければならない案件がなければ、いかなジュゲムたちでもすぐに出発したりはしなかっただろう。

ゴブリン達は確かに強いが、それはエンリなどと比較してというだけのことで、あの大魔獣がそうだったように、森の中には彼らよりも強いモンスターはいる。

喪失の恐怖に思わず身じろぎしてしまったためか、妹が「う、うん」と呟きつつ、身を寄せてくる。

薄目を開けて、妹の様子を窺う。

起こしてしまったわけではないようだ。スースーという微かな寝息が聞こえた。

（ふふ……）

含み笑いが漏れたとき、トントンと扉を小さくノックする音が聞こえた。風の悪戯や空耳では決してない。

エンリは眉を寄せる。こんな遅い時間にどんな用件なのだろうか。しかし、この時間だからこそ、重要な話であるのは間違いない。

エンリとネム――二人の体にかかっていた薄い布を器用にずらして、ゆっくりと寝床から立ち上がる。妹を起こさないよう慎重に動く。

ミシリミシリという床が立てる音が、今にもネムを起こしてしまうのではと思い、すこしばかり心臓の鼓動が速くなる。

ネムはあの事件があってから、寝るときは必ずエンリと一緒だ。あの事件で受けた心の傷が非常に大きかったためだ。

エンリもそれを諫める気はない。なぜならエンリだって妹と一緒に寝ることで安心できるのだから。

ただ二人で揃って寝ても、妹が悪夢に魘され、飛び起きることもあるのを姉は知っている。だからこそぐっすり眠れている時は、そのまま寝かしておいてやりたかった。

静かに、だからこそゆっくり歩いて玄関に向かう間、ノックの音は止む気配がない。

のぞき窓から恐る恐る外を窺うと、月明かりに照らされ、ジュゲムの姿が浮かび上がる。エンリは安堵の息を漏らした。

エンリは妹を起こさないように小さな声で外に声をかけた。

「ジュゲムさん、無事だったんですね」

「ああ、エンリの姐さん。なんとかなりましたよ。起こしてしまって悪いですね。早めにお話しした方が良いと思いまして」

エンリは扉を少しだけ開け、隙間から身をすべらせて外に出た。室内に月明かりが差して妹が目を覚ますことを恐れたのだ。その動きで察したのか、ジュゲムは静かな声で言った。

「ちょっと今から来て欲しいところがあるんですよ」

「今からですか？」エンリはそこでニコッと笑う。「もちろん構いませんよ」

「ほんと申し訳ないんですがね」

謝らないでくださいとエンリは言うと、ジュゲムの案内に従って歩き出す。妹を起こした方が良いか、とも思わなくもなかったが、寝かしたままにしておいた方が良いだろうと判断する。

「歩きながら簡単にご説明させていただきます」

普段はもう少し砕けているが、仕事——ジュゲムがそう判断すると、口調が硬くなる。

単なる村娘が相手なのだからもっと気安く話してくれても良いのに、などと思いながらも、これまで変わらなかったのだからしょうがないと、エンリは諦めている。

「まず、アーグの部族の者は数名発見しました」

「そうなんですか！　良かった！」

「……ただ精神的に衰弱しており、幾日もの休息が必要になると思います。これはンフィー兄さんの力を借りる手はずになっています」エンリが不思議そうな顔をしたのに気づいたのだろう。追加説明を行う。「我々がアーグの部族の生き残りを発見した際、彼らは東の巨人の部下であるオーガ達に囚われ、喰われていたんです。肉体的な傷自体はコナーが治癒の魔法で治したのですが、精神的な傷が残ってしまったというわけなんですね。そこでンフィー兄さんの持つ薬の中に、鎮静効果のあるものがありますので、それを使って治療しよう、という事です。それで、ここからが問題なのですが、一つだけ厄介ごとがあるんです」

ジュゲムはエンリの顔色を窺うように続ける。

「救出の際、五匹のオーガを捕縛しました。これは新しい情報を聞き出すためだったのですが……。オーガは種族的な習性としてゴブリンなどと共に生活する――オーガが戦う代わりにゴブリン達から食事をもらう共存共栄的な関係を築きます。そのため、我々の部族のために戦っても構わないと言い始めたんです。アーグに聞いたところ、こういうことは珍しくないそうなのですが……さて、どうしようかと」

「えっと信用出来るんですか？」

「アーグ曰く信用出来るようです。オーガは自分の部族以外はゴブリン部族のためにしか戦わないという奇妙な習性を持っているようで、東の巨人を裏切るのはゴブリンの部族ではないからだろう、ということです」

「うーん。人を食べるオーガはちょっと怖いんですけど……」

「この村の人間も部族の一員だと納得しましたので、ちゃんと食事を与えていれば問題ないようです。食事も問題なく供給出来ます。雑食で助かりました」

正直、単なる村娘には難しい決定だ。

「殺しますか？」

平坦な声音だった。

「はっきり言って、後腐れがないという意味では殺しても構わないと思うんです。面倒事を抱え込むのは御免ですしね。こうして平気で裏切るような奴らですから、こちらが劣勢になった瞬間、また寝

返るかも知れません。アーグはないだろうとは言っていますが、子供の言うことを鵜呑みにするのは
どうも……」
「ジュゲムさんの意見はどうなんでしょう？」
「戦力はあるに越したことはないです。今後、森を追われてどんなモンスターが来るか分かりません。
盾は何枚あっても困ることは無いですね」
「もう一つ聞いてもいいですか？　人を食べないですか？」
「……エンリの姐さん。オーガは人喰い鬼と言われますけど、結局は単なる肉を食うモンスターに過
ぎません。野生の獣を捕まえるよりは、人間を捕まえた方が簡単だから、人間を襲うだけです」
オーガにとっては兎を追いかけるより人間を捕まえる方が遥かに楽だろう。食料を得るために容易
く狩れる生物を獲物にするのは、言ってみれば自然の摂理だ。
「まぁ、ですから、飯を与えれば、奴らも村の人間を襲ったりはしません。奴らが人間を襲うのは食
うためなんですから。オーガよりは、おれたちのほうが動物は上手く狩れますから、奴らが腹を減ら
すことはほとんどないと約束出来ます。もちろん、しばらくの間は監視をつけ、様子を窺います。こ
の村の人に襲い掛かって、怪我をさせるようなことは絶対に俺たちがさせません」
「……でしたら、信用して部下にした方が良いですよね。今後のためにも」
「理解してくださって嬉しいです。ただ、先ほどと言っていることが食い違っているように感じられ
ると思うんですが、次の件が失敗したら奴らは始末します。実はオーガ達に姐さんこそがトップだと

いうのを理解してもらおうと考えています」

「え⁉」

エンリは思わず、裏返ったような声を出してしまった。彼女からすれば話が飛び過ぎているように思える。なぜ、単なる村娘の自分がオーガ達を含めた一団の主人にならなければならないのか。ジュゲムがボスになればよいではないか。

「これは将来を見据えてです。オーガ達に姐さんが普通の人間だと認識されるのは不味いと考えているんです。俺たちは姐さんの命令に従いますが、オーガ達は俺などのゴブリンを経由しないと言うことを聞かないというのは、場合によっては非常に危険です。前線指揮官である俺の身には何が起こるか分かりません。後ろの安全な場所にもオーガ達に命令を下せる者が必要だと思っているんです」

エンリは村娘的思考を必死に働かせる。

「ようは命令出来る者が二人必要だということですか？」

ジュゲムが首を縦に振った。

「だったら、ンフィーでも」

「ンフィーの兄さんも時と場合によっては前線で働く可能性もありますから」

「なるほど……」

エンリは納得した。そして同意する。安全な場所にいる自分も彼らの役に立つべきだ。それは願っていたことでもある。ただ――

「私でオーガ達を支配出来るんですか？」

「それを今からやります。姐さん。演技してくださいますか？」


案内されたのは外へと続く正門と裏門、二つの門の内、裏門の方だ。門は大きく開かれており、そこには五匹のオーガが平伏していた。風に乗って漂ってくる強烈な悪臭の発生源でもある。

周囲にはゴブリン・トループの姿があり、誰一人として欠けてもいなければ、傷を負っている様子もない。

門の脇にある見張り台には、普段は村人の誰か、もしくはゴブリンがいるはずなのだが、今日はいる様子はなかった。ゴブリン達が一時的に遠ざけたのだろう。

そしてンフィーレアと、少し離れたところにアーグの姿もあった。

「やぁ、エンリ。良い夜って言っていいのかな？」

「ええ、ンフィー。月が綺麗だわ」

「そうだね。大きく見えるね」

「お話中のところ、すいません。早速で悪いんですが、始めさせていただきます」エンリに囁きかけると、ジュゲムが声を張り上げた。「おい、お前ら！　おれたちの姐さんが来たぞ！　てめえらの命が姐さんの言葉で決まるんだからな！」

言葉に反応して、巨体のオーガがそれも五体も揃って頭を上げてエンリに視線を向けてくる。見えざる圧力に押されそうになるが、エンリは後退しそうな足をぐっと堪える。一歩でも下がろうものなら、計画は失敗であり、即座にゴブリンたちが禍根を断ち切るために、彼らを殲滅する手はずとなっている。

実際、周囲を取り巻くゴブリン・トループの武器を持つ手に力が入ったのが目に入る。さりげない素振りでンフィーレアが薬瓶を取り出していた。

緊迫した時間が流れた。

オーガの視線を正面から受け止め、見返す。揺らすことも逸らすことも出来ない。

エンリはオーガ達にあの時の騎士のイメージを重ねる。

ぐっと拳を握りしめる。兜に覆われた顔を殴った、その時の気持ちを思い出して。

(なめるな。みんな村を守っている。私だって村を守るんだ!!)

緊迫した時間——一瞬なのかもしれないが、エンリにとっては非常に長い時間——が経過し、オーガ達の目が揺れた。

互いの顔を窺い、ジュゲムの顔を窺う。

「言っただろ、俺たちのボス、姐さんは最強だ」

「頭を下げなさい!」

ジュゲムの言葉に合わせて、エンリは腹の底から叫ぶ。

自分でも驚くような気迫に満ちた大声に視界の隅でアーグがぶるりと震えているが、今はどうでもよかった。エンリにとってはオーガが全員頭を下げたことの方が重要だった。

オーガはひとまずエンリを自分たちより上と認めたようだ。

「おら、俺たちゴブリンを含んだカルネ村の族長である姐さんに言いたいことがあるならとっとと言いやがれ」

頭を下げたまま、オーガたちは口々に濁声（だみごえ）で言葉を紡ぐ。

「おそろしい、ちいさいののしゅじん。おれたちあやまる」

「おまえのぶぞくのもの、おそった。ゆるせ」

オーガの言っている「おまえのぶぞく」とはアーグの部族のことだ。実際は違うのだが、話を簡単にするために、アーグたちはカルネ部族の一員ということにしてある。そうしないと彼らの脳みそでは思考回路がショートするためだ。

「おれたち、おまえたちのためにはたらく」

「良いでしょう！　私の部族のために働きなさい！」

最後に残った気合と共に命じる。二言三言、話しただけなのだが、非常に疲れてしまった。森の中を散策したときに匹敵する疲労だ。

これ以上はボスとしての態度を維持出来ないと思った丁度のタイミングで、ジュゲムが助太刀してくれた。

「良かったな！　エンリの姐さんが、おめえらの命は助けてやるってよ！」

オーガたちの体から目に見えて力が抜ける。殺される可能性だってあったのだ。自然な反応だろう。

オーガの一体がエンリの方をしっかりと見据えて口を開いた。

「ぞくちょう、おれたち、なにすればいい？」

考えるまでもなかった。分からないことは誰かに任せればいいのだ。

「ジュゲムさん。彼らの面倒をお願いします。好きに使ってください」

「了解です、姐さん」リーダーは頭を一回下げると、オーガの方に向き直る。「よし、ひとまず村の外にテントを作ってやる。そこで暮らしてろ。おい、お前ら、協力してテントを作ってやれ」

ゴブリン達に命令を下すと、オーガとゴブリンたちはひとかたまりになって歩き出した。

「村の外にテントを張っていると、色々と厄介ごとがありえるので、今後、できれば村の中に奴らの居住地を作りたいと思います。とは言っても、村人を襲わないよう教育がすんでからですが」

「村のみんなも受け入れてくれるよう、色々とお願いして回らないと」

「うーん、エンリが言えば問題ないと思うんだけどな。あと明日の件なんだけど――」

予定では、エンリとンフィーレアは何匹かのゴブリンを護衛としてつけて、エ・ランテルに向かって出発することになっていた。

「ごめん。アーグの部族の生き残りの治療をしなくちゃならないんで、僕は行けそうもないんだ」

何しろ自分たちを食ったオーガと一緒の村で暮らすのだ。傷の治療と共に心のケアも必要になるが、リイジーの性格では相手を萎縮させるだけで却って逆効果になるのは目に見えていた。結局ンフィーレア以外に適任者がいないのだ。

「ええ？　ちょっと不安だな……」

エンリはエ・ランテルのような大都市に行った経験はなく、すべきことを考えると、ちょっと荷が重く感じられた。

「じゃぁさ、一緒に行ってもらえるよう村長さんにお願いしたらどうだろう？」

「難しいと思うの……」

村長も村の体制や整備、また新しく受け入れた人々のフォローなどに注意を払う必要があり、遠出は出来ないだろう。

「……村長の奥さんとかは？」

「……うーん。正直、今の村って人手が足りないんだよね。昔からそうだったけど、今は特に」

カルネ村はかなりギリギリのラインでやってきた村だ。そのため、人数が減ったこともあって、村の機能が著しく低下している。だからこそ反対意見を抑え込んで移住者を募集してもいるのだ。

「エ・ランテルに行ったら神殿に行って、村に越してくれる人がいるかの確認もしなくちゃいけないのに……もう、村娘の働きを超えているよ……」

「頑張ってください、族長」

ジュゲムに言われて、エンリは頬をぷくーっと膨らませた。気持ち的には「お前が言うな」である。

ゴブリン達がエンリに仕えているということも、エンリが走りまわらされている原因の一つなのだから。

「本当は僕も一緒に行きたいんだけどね……」非常に残念そうにンフィーレアがぼやき、暗い雰囲気を吹き飛ばすようなわざとらしい明るさで言葉を続ける。「そうだよ。大丈夫、ネムちゃんは僕が面倒見ておくから。心配しないで思う存分働いてきて」

「……もうさ、世界中で私だけなんじゃないの？　いきなり崇められてすごく偉い振りしなきゃいけなかったり、行ったことも無い所に行かされて、やったこともない仕事を幾つもやらなきゃいけないなんて」

「そう悲観しないでよ、エンリ。世界中探せば、きっともう一人くらいいるって」

草臥（くたび）れて肩を落とすエンリに、ンフィーレアとジュゲムは軽い笑い声を上げる。そして最後に、一人離れたところでじっと眺めていたアーグが、誰にも聞こえない程度の小さな声でぽつりと呟く。

「あのゴブリンを力で支配しているっているのは本当だったんだ……。カルネ村の族長、エンリの姐さん……」

3

城塞都市エ・ランテルは、その名に相応しい三重の城壁で囲まれている。その城壁に取り付けられた門は、外周部分にあるものが最も強固かつ巨大であり、のしかかってくるような無骨な重厚感に満ち満ちていた。

帝国が攻めてきても跳ね返せると称される門から放たれる威圧感で、旅人が口をぽっかりと開けている姿は、街を通る者であれば一度は必ず見たことがある光景だ。そしてその人物自身もかつては同じ顔をしたことがあるはずだ。

そんな門の横手には検問所が設けられており、中では幾人もの兵士が日差しを避け、のんびりと寛いでいた。

前線にもなりかねない都市の兵士にしては弛(たる)んでいるように思えるが、検問所にいる彼らの役目は旅人のチェックだ。違法な荷物の運搬や、他国のスパイ等の発見が仕事なので、都市に入る者がいなければ仕事はないも同然だ。

そんなわけで、今のところ仕事の一切ない彼ら一般の兵士は——流石にカードゲームといった暇つぶしの遊びをしている者まではいないが、口からもれ出る欠伸を隠そうともしていなかった。

もちろん、現在は暇そうにしているが、忙しいときは非常に忙しい。特に早朝、門が開いたばかりの時間の忙しさは筆舌に尽くし難いほどなのだが。

太陽が天空の最も高いところに昇りつつある頃、街道にちらほらと旅の者たちの姿が見え始めた。ある程度の人数が固まって旅をするのは、モンスターが出るこの世界では当たり前のことだ。

「来るときは団子のように来るんだよな。さて忙しくなるぞ」などと考えながらぼんやりと桟のみの窓から外を眺めていた兵士は、その一団とは別に、街道を進んでくる荷馬車に目を止めた。

御者台には一人の女性の姿。幌のないむき出しの荷台には人影らしきものは見受けられない。一人旅だ。

女性は武装をしているようには見えない。そこから推測される答えは——

どこぞの村娘か。

——兵士はそう考え、自らの仮説に首を傾げる。

近隣の村の人間がやって来るのはさほど珍しいことではない。しかし、女一人となると話は別だ。エ・ランテル近郊といえども野盗やモンスターが絶対にいないとは言い切れない。確かに伝説級冒険者〝漆黒〟の働きで、危険なモンスターや野盗はあらかた姿を消した。それでもゼロではないし、狼(ウルフ)のような普通の獣だって出没したりもする。

これはエ・ランテル周辺だけの常識ではなく、他の都市でも当たり前の事実だ。にも関わらず、娘一人で旅立たせるだろうか。

野盗などに襲われて命からがら逃げだしたという線もないわけではないが、それにしては緊張感というものがない。まるで安全だと知って旅をしているような、そんな余裕が感じられる。

あの娘は何者なんだ？

兵士はそんな疑問を抱いたまま、視線を動かし、馬を見据える。そしてそこで再び混乱した。

馬はやけに立派で、村娘風情（ふぜい）が所有出来るようなものではない。その体躯や毛並みは軍馬を思わせる。

軍馬は非常に値が張る。そして仮にその金が用意できたとしても、単なる一般人にはなかなか回ってはこない。ワイバーンやグリフォンに代表されるモンスター系の騎乗動物を除けば、乗騎としては最高峰の存在だ。

そんな軍馬を一般人が手に入れたとすれば、何かのコネがあるとかしか考えられないが、そんな伝手（つて）を村娘が持っているはずがない。

持ち主から奪うという手もあるが、それだけの値打ちものを奪った場合、間違いなく報復の対象になる。盗賊でも軍馬らしきものに乗っている人物には手を出すのを控える事さえあるほどだ。

つまり、結論として、単なる村娘である可能性は低いと言えるだろう。となるとあの村娘の格好をした人物は何者か。

ここでヒントとなるのは、一人で旅をしてきたという点だ。つまりは自分の腕に自信があり、村娘の格好——装備品に左右される存在ではないということ。即ち、魔法詠唱者（マジック・キャスター）に代表される、装備と戦闘力に深い相関性を持たない者だ。

　これは納得のいく答えだ。なぜなら魔法詠唱者（マジック・キャスター）に多い、冒険者等であれば、コネや金銭的な余裕もあり、軍馬を手にいれることも一般人に比べて遥かに容易だろうから。

「ありゃ、魔法詠唱者（マジック・キャスター）かなんかか？」

　隣に来た同僚が、同じ推理を口にする。

「かもしれないなぁ」

　僅かに眉を寄せて兵士は返答する。

　魔法詠唱者（マジック・キャスター）は検問対象として厄介な相手だ。

　まず第一に、武器が魔法という内面にあるものなので目で見ることが出来ない。つまりはどれだけの武器を所持しているか確認できないこと。

　次に、魔法によって何らかの危険なものを持ち込もうとしている可能性があるが、それを発見するのが困難なこと。

　第三に、専門的な持ち物が多く、かなり面倒な手続きを必要とすることなどが挙げられる。

　正直に言ってしまえば、最も嫌な相手だ。だからこそ魔術師組合から人員を借りてきて——当然、それ相応の金額が支払われているはずだ——協力を仰いでいるのだが……。

「アイツ呼ぶのか？　いやだなぁ」

「仕方ないだろ？　通した後で問題になったら厄介なんだからな」

「魔法詠唱者（マジック・キャスター）も一目でそうだとわかる格好してくれればいいのにな」

「怪しげな杖を持って、怪しげなローブで全身を包む？」

「そうだな。そりゃ見るからに魔法詠唱者（マジック・キャスター）だ。あとは全員魔術師組合に強制加入で、冒険者みたいな組合員の印を持つ義務があるとかかな」

　顔を見合わせて笑うと、今まで座っていた兵士は立ち上がる。それは今から来る魔法詠唱者（マジック・キャスター）らしき少女を迎えるためだ。

　兵士達が見守る中、馬車は門の前まで進み、動きを止める。

　御者台から少女が降りる。額には汗が僅かに滲み、太陽の下を旅してきたのが一目瞭然だった。日差しを避けるためだろう、長袖長ズボン。そのどれもあまり良い仕立てではない。どう見てもごく普通の村娘だ。

　しかしながら中身は違うかもしれないし、何かを隠しているかもしれない。外見と中身がまるで違うことがあるというのはこの職に就いてから知った事実だ。

　兵士は油断なく少女に近づく。

「まずは色々と聞きたいことがあるので、詰め所に来てもらって構わないかね？」

　柔和な表情で、やや親しみを込めた声で言う。あなたのことを警戒していませんから、どうぞ油断してくださいという気持ちで。

「はい。構いません」

兵士は少女を連れて詰め所に向かう。

〈魅了〉（チャーム）等に代表される精神操作系魔法を警戒し、数メートル離れたところから別の兵士が二人に続く。他の兵士達も少女があやしげな行動を取らないか、さりげなく横目で様子を窺う。

緊張感が漂っているのを感じ取ったのか、少女が首を数度かしげた。

「……どうかしたかね？」

「え？　あ、いえなんでもないです」

僅かな空気の変化を感じ取ったとすると、やはり只者ではないのか。そんなことを考えながら兵士は少女を連れ、詰め所に入る。

「ではそこに座ってもらえるかな？」

「はい」

部屋に置かれていたイスの一つにいそいそと少女が座る。

「まずは名前と出発した場所の名前を聞こう」

「はい。エンリ・エモット。トブの大森林近郊にあるカルネ村から来ました」

兵士達が目配せし、一人が部屋の外に歩いていく。台帳に記載されているかどうかを確認しに行ったのだ。

王国では住民を管理するために台帳を付けている。とはいえ、かなり大雑把（おおざっぱ）なもので、生死に関する情報の更新が遅かったり、抜けていたりする場合も多い。数万件に誤りが見られるという試算もでているほどだ。そのため信頼しすぎるのは不味いが、ある程度の役には立つ。

そんな不確かな台帳の癖に、量だけはしっかりとある。その結果、調べ終わるまでにそれなりの時間が必要だ。それを十分理解している兵士は、別の件から先に済ませていこうと、口を開く。

「では通行料代わりの許可書を見せてもらおうか？」

通常、街に入るには通行料——足税などと呼ばれたりもするものだ——を支払う必要がある。しかし、領内の民にまで支払わせると物流が滞るため、通行許可書を村ごとに配布し、それを持参すれば通行料を無料にしていた。もちろん、領内ごとにその地を治める貴族によって制度は異なってくるが。

「えっと、こちらにある……」

鞄を漁り出したエンリを、兵士は止める。

「いや、こちらで調べさせてもらおう。そのまま渡してくれるかね」

素直に差し出された鞄を受け取ると、兵士は慎重に中身をあらため、羊皮紙を見つけた。

机の上に広げたものをざっと上から下まで眺める。王国の市民の識字率は低いが、当然、検閲所の兵士は読み書きができる。いや、だからこそ配属されるという方が正しい。

「なるほど。間違いないようだ。これはカルネ村に配布された通行許可書だな。確かに確認した」兵士は羊皮紙を丸め、鞄の中に仕舞って返す。「では次にエ・ランテルに来た理由を聞かせてもらおう」

「はい。まず、最初の用件は私の取った薬草を売ることです」

兵士は窓の外——荷馬車に目をやると、壺の確認作業を行っている最中だった。

「その薬草の名前と、壺の数を教えてもらえるかな？」

「はい。ニュクリが四壺、アジーナが四壺、それとエンカイシが六壺です」

「エンカイシが六？」

「はい。そうです」

自慢げにエンリの顔が緩む。それも当然かと兵士は納得した。

検問所に勤める以上、薬草に関する知識はある程度持っている。

エンカイシはこの時期の非常に短期間しか取れない薬草だが、治癒系の水薬（ポーション）生成によく使われる。需要は多く、それ故良い値が付く。それを六壺ともなれば、量にもよるだろうが驚くほどの金額になるはずだ。

「で、どこに持って行くつもりなんだ？」

「以前はバレアレさんのところに卸していました」

「バレアレ？　というとあの薬師リイジー・バレアレのことか？」

今はいないらしいが、最近までエ・ランテルの薬師業界の第一人者で、かなりの有名人だ。その家に卸すとなるとよほど信頼がおける人物だということだろう。

ならばこれに関してはこれ以上踏み込む必要はないと兵士は判断する。

実際、彼らは危険なものが中に入ることを阻止するのが仕事であり、中に入ったものの行く先を追うのは管轄外だ。

兵士はふむ、と頷き、エンリの表情から目をそらす。

今の話に怪しいところはない。エンリの表情にも嘘をついている気配はなかった。

行われている荷物のチェックさえ終わってしまえば、彼の仕事はひとまずは終了だろう。

そんな時、ちょうどよく戻ってきた兵士が一度だけ首を縦に振った。

それはエンリという女性の登録があるということ。

ただ、これはカルネ村でエンリという女性が生まれたという記録にしか過ぎない。目の前にいる女性をエンリという人物だと保証するものでもなければ、エンリという女性がどのような人生を歩んできたかを保証するものでもない。旅をし、強大な魔法の力を手に入れ、故郷に帰った人物かもしれないし、旅の途中で死んだエンリの名を騙る犯罪者かもしれないのだ。

だからこそ、最後にもう一つだけ調べる必要がある。

「了解した。ではあの方を呼んできてくれ」

兵士は頷き、再び部屋を出て行く。

「これから身体検査を行いたいのだが、良いかね？」

「え？」

エンリは不思議そうな顔をした。兵士は慌てて、自らの言葉に補足を入れる。

「あっと、別に何か問題があったわけではない。すまないがこれも規則でね。大したことをするわけではないから、安心して欲しいんだ」

「……そういうことなら、分かりました」

エンリが納得したのを見て、兵士は内心で安堵の息を吐(つ)く。魔法詠唱者(マジック・キャスター)かもしれない人物を好き好んで怒らせたくはない。

部屋を出た兵士が戻ってきたとき、その後ろにはもう一人の男の姿があった。

それはまさに魔法詠唱者(マジック・キャスター)だ。

突き出したような鷲鼻(わしばな)、げっそりと頬のこけた土気色の顔には、暑苦しそうな黒いローブを纏っているせいもあって、びっしりと汗が噴き出している。その鶏がらを思わせる手でねじくれた杖を握り締めていた。

兵士の個人的な感想では、そんなに暑いなら服を脱げば良いじゃないかとも思うのだが、個人的にそのスタイルに思い入れがあるのか、魔法詠唱者(マジック・キャスター)は頑なにその格好を止めようとはしない。その所為か、魔法詠唱者(マジック・キャスター)が入ってきた直後から、部屋の温度が数度上がったような気分さえする。

「その娘かね？」

魔法詠唱者(マジック・キャスター)の静かな声に、いつものことながら兵士は奇妙な気分を抱いた。

外見では二十代後半だろうと思われるのだが、非常にしわがれた声で、声だけでは年齢の推測すらつかない。外見が若く見えるだけなのか、それとも声が嗄れているだけなのか。

「えっと……」

エンリは驚いたように、現れた魔法詠唱者（マジック・キャスター）と兵士を見比べる。兵士は驚くのも仕方がないだろうと、内心頷く。兵士も、魔法詠唱者（マジック・キャスター）の声を初めて聞いた時は驚いたのだから。

「こちらは魔術師組合から来ていただいている魔法詠唱者（マジック・キャスター）の方です。簡単に調べていただきますので、少々お待ちください」兵士はエンリに座ったままでと合図を送ると、そこで魔法詠唱者（マジック・キャスター）に軽く頭を下げる。「ではお願いしても？」

「当然」

魔法詠唱者（マジック・キャスター）は一歩前に出ると、エンリに正面から向き直る。そして魔法を詠唱した。

「〈魔法探知（ディテクト・マジック）〉」

そして魔法詠唱者（マジック・キャスター）の目が細くなった。まるで獲物を狙う獣のようでもあった。見慣れている兵士ですら身構えたくなるような視線に対し、エンリは平常通りだ。

それを見た兵士の心に、やはり、という思いが強まる。

これだけの強烈な視線を向けられてなお、平然としていられる者がただの村娘のはずがない。最低でもモンスターなどこちらの命を奪わんとする者と対峙（たいじ）した経験でもなければ、この視線を受けて堂々としていられるわけがない。そこから、自らの想像がかなり正しかったと兵士は確信を得る。

「我が目は誤魔化されん。そなた、魔法の道具を隠し持っているな。腰の辺りにな」

エンリが初めて驚き、腰の辺りに目を落とす。

兵士は僅かに身構える。剣などの武器なら理解の範疇（はんちゅう）だが、マジックアイテムとかになれば兵士の知識の及ぶところではない。

「これのことですか？」

　エンリが服の下からすっと出したのは、両手で隠せる程度の小さなみすぼらしい角笛だ。兵士ならチラ見で流してしまいかねないものだ。

「……これがマジックアイテムなんですか？」

「左様。外見に騙されてはいかぬ。これは強大な魔力をもっておるわ」

　兵士は瞠目（どうもく）する。この魔法詠唱者（マジック・キャスター）が強大というほどのアイテムだ。どれだけの力を内包しているというのか。

　この少女がまるでわざとみすぼらしい格好をしているようにも思えてきた兵士は、刃物を突きつけられたような寒気を感じた。

「あ、それは――」

「無用。我が魔法は全てを見抜く」

　何か話そうとしたエンリを黙らせると魔法詠唱者（マジック・キャスター）は再び魔法を発動させる。

「〈道具鑑定（アプレーザル・マジックアイテム）〉――むぅぅぅ!!!」

　数秒ほどの間に魔法詠唱者（マジック・キャスター）の表情は刻々と変わっていく。最初に驚愕、次に畏怖、恐怖、そして――混乱。

「な、なんだ、これは？　強大などという言葉では収まらんほどの並々ならぬ力……ありえん！　これは一体なんだぁあ?!」

口角泡を飛ばしながら、顔を紅潮させる。

「お前はいったい何者だ！　そのようななりには誤魔化されんぞ！」

魔法詠唱者（マジック・キャスター）の急変に兵士は驚き、流石のエンリも驚愕からか目を見開く。

「い、いえ、普通の、一般人です。単なる村人です。本当です！」

「村娘ぇ？　キサマ、何故、嘘を吐く！　ならばどうやってこのアイテムを手に入れた！　お前が単なる村娘ではないというのであれば、納得がいくがな！」

「え？　あの、村を救ってくださったアインズ・ウール・ゴウン様が私にくれたもので――」

「――まだ嘘を吐くか！　法国の神官がくれたものだというのか！」

「え？　法国の方だったんですか？」

「兵士！　集めよ！　この娘、あまりに変だ！」

何がどうしてそうなったかは兵士には分からない。しかし、ここまでこの魔法詠唱者（マジック・キャスター）が異様な反応を示したことはなかった。ならば緊急事態として、自身の考えは脇に置いて行動すべきだろう。

「集合！　集合！」

兵士の叫び声に反応し、荷物のチェックを終えていた同僚たちが緊迫感を漂わせながら走ってくる。

「それほどのアイテムをくれたなど信じられるか！　どうやって手に入れた！　お前が単なる村娘のはずはなかろう！」

「いえ、本当にゴウン様が下さったんです！　信じてください！」

兵士は二人を見比べる。確かに同僚として働いていた以上、そして依頼を受けて仕事として来た人物である以上、魔法詠唱者（マジック・キャスター）を信じたい。しかし、エンリという少女はあまりの急変におどおどしている村娘にしか見えなかった。

「何が、何があったんですか？　彼女が怪しいと思う理由を聞かせてください！」

「ふん！　まずその角笛はゴブリンの群れを召喚する——どれだけの数を召喚するかまでは不明だが、そういった力を持つアイテムのようだ」

兵士は顔を顰める。街中で使われたらかなり厄介なことになる。だが、問題はそれだけなのだろうか。冒険者に代表されるような存在は多様なマジックアイテムを持つ。その中にあったとしても変ではないだろう。

「さらに村娘などと言い張るところが胡散臭い。……最低でも金貨数千枚にも及ぶマジックアイテムを、単なる村娘にそなたなら渡せるか？」

「数千!?」

「数千!?」

あまりにもありえない金額に、兵士と、そしてエンリが続いた。

数千枚の金貨など一般人には一生縁がない。それだけの価値が、このみすぼらしい角笛にあるという。

「そうだ。そんなものをなんの理由もなく渡せるはずなかろう。それも村娘に！　無論、この娘が一流の冒険者やあるいは一流の魔法詠唱者（マジック・キャスター）であるというのであれば納得がいく。しかしこの娘は自分は単なる村娘だと言う！　おかしかろう！」

　兵士にも、それは納得のいく説明だった。優れた力を持つ品物は、優れた能力を持つ人物に引き寄せられる。過去あまたの――善悪に関わらず――超人的な能力を得た者たちは、例外なく強大なアイテムを手にしていた。それは運命でもあり、また必然でもある。

「いえ、本当に、私は単なる村娘で……」

「大体、アインズ・ウール・ゴウンなる存在も知らんわ。少なくともこの街の魔法詠唱者（マジック・キャスター）では決してないな。それに冒険者でもなかろう」

「ゴウン様の事は戦士長様が知っています！」

「王国戦士長、ガゼフ・ストロノーフ殿か？　……お前の話は滅茶苦茶だ。なんで単なる村娘がそんなことを知っている」

「それは私の村にいらっしゃったからです！　本当です！　聞いてくだされば分かります！」

　王都にいる王国戦士長と連絡をとるなど無理な話だ。大体、本当に単なる村娘だとするなら、戦士長の記憶に残っている可能性は乏しく、その身元を保証することだって難しいだろう。

「どうしますか？」

「ひとまずは捕縛し、詳しく調べるべきであろう。……角笛のようなアイテムであればどうにかして巧妙に隠せばよいものを、堂々と持ち込む辺り、スパイやテロリストではない気もするが、その保証はないからな」

エンリが慌てふためいたように、周囲を窺っている。

その姿はごく普通の村娘のようだった。これが演技だとしたらかなりの曲者だ。

突如、周囲で状況を窺っている兵士たちから一斉に驚きの声が上がり、それと同じタイミングで、聞き覚えのない声がかかる。

「私たちはとっとと都市に入りたいのだが……何をしているんだ？」

男の声に振り返ると、そこには漆黒の鎧が立っていた。

「うぉお！」

兵士も魔法詠唱者も驚愕の声を上げてしまう。その漆黒の鎧を纏う男を知らない者は、このエ・ランテルにはいないだろう。胸元で揺れるアダマンタイト製プレートが人違いではないことを証明してくれる。生きる伝説、不可能無き男、最強の戦士。

〝漆黒〟のモモンだ。

「こ、これは！　モモン様！　失礼しました！」

「一体、何をして……ん？　その娘は……」

「はい！　怪しげな娘がおりまして少し調査に時間を取られてしまいました。モモン様には本当にご迷惑を――」

「――エンリ、そうだ。エンリ・エモットだったな？」

　場の空気が凍りつく。伝説級の冒険者がなぜ、村娘の名前を知っているのか。

「えっと、あの、どちら様……いえ、そうです。あ、あの時、ンフィーと一緒に来られた方ですね。お話しした記憶はなかったのですが……私の名前はンフィーから聞いたのですか？」

　モモンは口元に手を当て、何か考え込んだ素振りをした。その後で魔法詠唱者(マジック・キャスター)を手招きすると小屋を出ていく。兵士も一緒に出ていきたかったが、彼女を一人にしておくことは出来ない。

　やがて戻ってきたのは、冷静さを取り戻した魔法詠唱者(マジック・キャスター)一人だけだった。

「彼女を行かせてやれ。かの御仁、漆黒のモモン、アダマンタイト級冒険者が身元を保証するという話だ。彼女をこれ以上拘束するのはためにならないと思うのだが、いかに？」

「それは当然の判断でしょうが……しかし、本当に問題ないのですね？」

「かの御仁の言を疑うことになるが良いのか？」

「良くないですよ！　分かりました。すぐに許可を出します。ではカルネ村のエモット、エ・ランテルに入ることを許可する。行ってよいぞ」

「あ、はい。ありがとうございます」

　ぺこりと頭を下げたエンリが小屋を出ていく。その後ろ姿を見送りながら、兵士は魔法詠唱者(マジック・キャスター)に問いかけた。

「モモン様は？」

「先に行かれた」

「では、かの大英雄とあの村娘、どんな関係なんですか？」

「知らんよ。私がモモン殿に言われたのは、先にも言ったように、彼女の身元等は自分が保証するから解放してやれという話だ」

「なら別の質問を。あのエモットという娘。本当にただの村娘だと思いますか？」

「全くそうは思わん。単なる村娘であるはずがなかろう。そうでなければあの大英雄が口を挟んだりはすまい。あれほどのマジックアイテムを持っているのも偶然ではなく……法国と何か関係でもあるのか？」

「アインズ・なんとか・なんとかですね。法国の関係者の知人だとしたら、一応、上の方に知らせた方が良いでしょうか？」

「正直よく分からん。あのモモン殿が身元を保証した人物を、危険性ありと上に報告するのは……お前たちの職種的に正しいとは思うのだが、モモン殿を不快にさせないか？」

兵士は顔を歪めた。

モモンという大英雄がエ・ランテル墓場でなした偉業は兵士が集まれば必ず話題になる。

数千とも数万ともいわれるアンデッドの群れを突破していった英雄譚に胸を熱くしない者はいない。

更には遠目からでも分かる圧倒的な佇まいと英雄的振る舞い。強大な力を持つだろう大魔獣を平伏させ、騎乗する雄々しい姿は兵士たちを熱狂させる。

強い男に惚れる女のように、モモンという大英雄にほれ込む男も多く、同じように武器を振るう兵士たちの大半がモモンのファンだと言っても過言ではない。

兵士だってその一人だ。

モモンのファンであり、肩を叩かれればその感動に誰彼構わず話してしまうほど。だから尊敬する人物の不興は買いたくない。

「そうですね。モモン様が保証されるのであれば問題ないでしょう」

「私もそれが良いと思う。モモン殿の個人的な知り合いに不利益を与えるのはよろしくない。長いものには巻かれ、寄らば大樹の陰。面倒事は御免こうむりたいものだ。……それでは私は待機させてもらう」

「ええ。私も仕事に戻らせていただきます」

•

エンリはエ・ランテルの門を背に馬車を走らせながら、一体何があったのだろうと首を傾げた。おそらくはあの漆黒の鎧の冒険者——エンリの記憶が確かならンフィーレアと一緒に薬草を採りに来た人物が助けてくれたのだろう。

本来であればすぐにでも会ってお礼を言うべきなのだろうが、残念ながら門を潜って周囲を見渡した時には、その姿はもうどこにもなかった。

（今度会ったときにお礼を言えば……許してもらえるかな？）

少し時間を取ってすぐにこの周辺を捜して回るということも考えたが、それは却下せざるを得ない理由があった。それはエンリの心を占めている心配事。服の上から片手で握りしめ、その存在をじかに確かめないと安堵出来ないもの。

――ゴブリンなんとかの角笛。

（これが……金貨……数千枚？　嘘だよね。嘘だって言ってよ……）

ぶわっと冷や汗が流れる。いとも簡単に渡されたからそれほど貴重なものだとは思わなかった。いや、ンフィーレアが高価なアイテムだと言ってはいた。しかし、この金額は想像を遥かに絶していた。

（え？　私はそんなアイテムを使ってしまったの？　大丈夫なの？）

万が一、返してくれと言われたらエンリはどうすればいいのか。

（薬草何千壺必要なんだろう……。一生、薬草採りをするしかないのかな……）

更に、自分はもう一個、金貨数千枚もの価値があるアイテムを持っているのだ。

（ゴウン様はこれほどのものをポンと与えることの出来る偉人なの!?　それとも価値を知らない……ううん、あの御方が知らないはずはない……。でも、もし知らなかったら……）

キリキリと胃が痛んだ。

エンリは周囲をキョロキョロと見渡す。周囲の人影はまばらだが、それでもカルネ村の何倍もの人がいそうだ。誰かがこの角笛を狙ってくるのではないか、そんな嫌な想像が浮かんでくる。

（持ってくるんじゃなかった。こういうところじゃ犯罪が多いんでしょ？　どうしよう角笛が盗まれたら……。あれ？　もしかしてそれで角笛を吹かれて現れたゴブリン達が暴れたら、犯人は私になるんじゃ……）

　冷や汗の量が一気に倍増した辺りで、エンリの座る御者台の横にふわりと降り立つ人物がいた。まるで重力を感じさせない動きであり、確実に魔法の力だ。

（誰――）

　驚きと共に見れば、そこにはより一層の驚きが待っていた。

　漆黒の髪の絶世の美女だ。先ほどの漆黒の鎧の冒険者と一緒に村に来た人物だ。その冷ややかな黒曜石を思わせる瞳がエンリに向けられた。

「下等生物（あぶ）。モモンさんがあなたに聞きたいことがあると――」

「綺麗……」

「そのような世辞はひ――」

「ルプスレギナさんと同じぐらいに……」

　困惑したような揺れる瞳が自分に向けられていることを知り、すぐにエンリは愚かなことを口にしたと後悔する。ルプスレギナと言っても彼女が知るはずもないだろう。しかし、ほかに目の前の冒険者ほど美しい人物に心当たりはない。

（どうしよう。この人、困ってるよ……。当たり前だよね。どうにか……）

「えっと、あのですね。ルプスレギナさんはうちの村に来られる非常に綺麗な方で——」

「——ありがとう」

「え⁉」

眼差はいまだ固く、声音にも柔らかさはない。眉だって顰めている。しかし感謝の言葉は事実だった。

「……はぁ。お前にモモンさ——んが聞きたいことがあるとのことで、私が来ました。答えなさい。あなたは何をしにここに来た？」

エンリに答える義務があるわけではない。しかし、先ほど自分を救ってくれた人のパートナーに当たる人だ。その人物が知りたいというのであれば答えるべきだろう。

「えっと、その前に一つよろしいでしょうか？　先ほどはモモンさんに助けてもらいました。ありがとうございました、とお伝えください」

「伝えます。それで？」

「は、はい。私がここに来たのは、え、えっと色々とやらなくちゃいけないことがあるんですけど、あの、一つは薬草を売りに来ました」

女性は顎をしゃくり、先を続けるように指示する。

「それから神殿に行って、私たちの村に移住したい人がいないかを確認します。それと冒険者組合にお話ししたいことがあって行くつもりです。あとは村では手に入らない物を色々と買い込む必要があって、えっと特に武器とかです。それぐらいなんです……」

「なるほど。あなたの話は分かりました。モモンさんに伝えさせていただきます」

ふわりと重力から解放されたような軽やかな動きで、馬車から女性は飛び降りた。そしてエンリを一顧だにせずに歩み去っていく。

斬りつけるような冷気に満ちた暴風。それがエンリの彼女に対する印象だった。

「凄い女性だなぁ……。ブリタさんを何十倍も強烈にしたような……」

村では決して見ないタイプの女性だ。ああいう性格だからこそ冒険者なのか。冒険者になったからああいう性格になったのか。冒険者組合に行くのは気が重くなってきた。

「あ、しまった！」

いなくなってからようやく気が付いたが、彼女もまた強い冒険者であることは間違いない。かの森の賢王を従えるような人物のパートナーなのだから。であれば、森の中のことを何か知っているかもしれない。

「東の巨人や西の魔蛇、あとは滅びの建物について知らないか、聞いておけば良かった。あー、私の馬鹿。なんで思いつかなかったのかなぁ」

そこまで気が回らなかった自らの迂闊(うかつ)さを責めながら、エンリは馬車に揺られて通りを進み、次の門を抜ける。

エ・ランテルは大きく三つの区画に分かれている。真ん中の中央区画は都市に住む様々な者のための区画だ。いわゆる一般的な街といえる。

冒険者組合もその区画にある。

本来であれば薬草は薬師組合などに卸すのが安全だろう。しかしながら、色々と面倒な手筈が多いので、交渉を代行してくれる冒険者組合を目指すことにしたのだ。最初はリイジーの伝手を頼れないかとも思ったが、親しいとはいえ友人の祖母の名前を借りるというのも図々しいと考え直した。

そんなエンリの意思を尊重し、冒険者組合に依頼するというアイデアを出してくれたのはンフィーレアだ。

彼が来れば冒険者組合を頼らずとも、薬草の売買は簡単に進むだろうが、単なる村娘であるエンリ一人では海千山千の薬師組合員を相手にするには不安がある。だからこそ冒険者組合に多少のマージンを払ってもよいから、仲買をしてもらおうというのだ。

ブリタとンフィーレアに教えられた道順に従って、街の中を進む。

街までの道中はゴブリン達が一緒だったが、今、彼らは街の外でエンリが用事を済ませるのを待っている。村から出て初めて一人であるということを強く意識し、手綱を握る手に思いっきり力が入る。

緊張感からひどく肩が凝っている。思わず首を回しそうになったとき、言われていた建物を前方に見つけた。

「やった！」

小さく歓喜の声を上げてしまう。ここまでくればあとは迷ったりするはずがない。

冒険者組合の門番に馬車を預かってもらうと、ドアをくぐる。

そこには板金鎧に身を包む戦士、弓矢を背負った狩人、神官や魔術師――魔法詠唱者(マジック・キャスター)らしき姿の者たちが何人も行き交(ゆか)っていた。彼らは歓談しながら近隣のモンスターの情報を交換したり、あるいは真剣な表情でボードに張り出された羊皮紙を見つめたり、購入したアイテムの質を手慣れた様子で確認したりしている。

浮足立つような熱気と喧噪、油断の無い眼差に満ちた世界。冒険者たちの世界だ。

村では決して見ることのない光景にエンリは大口を開け、それから慌てて閉じた。

田舎者なのは事実だし、都会の空気に驚くのは恥ずかしくはない。しかし年頃の娘が大口を開けてぼんやりするというのは恥ずかしい。

手と足が同時に出ないよう、笑われないよう注意しながらエンリはまっすぐ歩く。明らかに場違いな村娘が、勇壮な冒険者たちが居並ぶ中を堂々と歩いて良いのだろうかとちょっとだけ不安になったりもする。

カウンターに到着すると、好意的な笑顔が出迎えてくれた。

「いらっしゃいませ」

「はい、いらっしゃいました」

エンリは受付嬢と目を合わせる。それから二人とも思わず苦笑した。エンリは肩から力が抜ける。

もしかするとエ・ランテルに入ってから初めてだったかもしれなかった。

「それで冒険者組合には一体、どのようなご用件でしょうか？」

「はい。えっとまずは薬草の仲買をお願いしたいんです」

「畏まりました。薬草はいまどちらにございますか？」

エンリが外に置いてある馬車に積んであるという話をすると、受付嬢は隣の女性に話しかける。

「鑑定人が向かいますので、しばらく組合内でお待ちいただけますか？」

「はい。それともう一件、お話がありまして……今すぐの依頼ということではないのですが、将来的に依頼するかもしれないという話です」

笑顔の受付嬢にざっと話をしていく。微笑みを受かべた顔が徐々に真剣なものへと変わっていった。

「そうですか……。私は受付であり、依頼の難度などを決定する者ではありませんが、南の大魔獣が森の賢王だとすると、その一件はアダマンタイト級冒険者であるモモン様しかお引き受けできない案件でしょう。そうなりますと非常に高額な費用がかかります」

受付嬢の放つ空気が少しだけ変化したような気がした。やる気がなくなったというか、「説明しても無駄になるのに、面倒くさいな」と思い始めたようだ。

エンリはゴブリンと生活する中で、相手の感情を読むのが上手くなってきていた。これはゴブリン——人からすれば非常に醜く、表情が読みにくい生き物——の感情を読み取ろうと努めてきたことによる成長と言えるだろう。

（村にはそんなお金がないと思っているんだろうな……。うーん、最初に私の服を見ていたみたいだから、その辺からの推測もあるかもしれない……。確かにあの人は良い服を着ているものね）

エンリは受付嬢の服と自分の服を頭の中で比較して、圧倒的に負けていることを認める。

（でもそんな服じゃ、村の仕事をするには勿体ないし、邪魔になるからね）

今回の勝負はドローと「女」のエンリは判定を下す。

「えっと、都市からお金、補助金が出ると聞いたんですが……」

「出ます。ですが、補助金はあくまでも一部であり、残りはご負担いただきます。アダマンタイト級の冒険者の料金は非常に高額ですので、補助金を引いたとしてもかなりの額を払っていただくことになります。もちろん、安い金額で依頼を出すことは出来ますが、組合としてはあまり許容出来るものではありません。規定金額以下であるなら優先順位が下がりますので、引き受け手が見つからない可能性も考慮しておいてください」

立て板に水を流すような流暢な喋り方は、暗記している規則をそのまま告げているからこそだろう。もはや受付嬢はエンリを冷やかしの客と見なしているようだった。

（当たり前だよね。お金払えないお客は客じゃないものね）

受付嬢の言っていることはまさに、ンフィーレアからも言われていたことだった。だからそれほど悲しくはない。弱い者に救いの手が差し伸べられることはそうそうないのが現実だ。

（だからこそ、アインズ・ウール・ゴウン様は村の救世主なんだ。それにこんな価値ある秘宝をポン

と村娘に渡せるんだから）

もしこの角笛を支払いの代わりにすると言ったら、受付嬢はどのような態度を示すのか。どれだけ溜飲が下がるのか、などと思いながらもエンリはそのようなことはしない。このアイテムはかの大魔法詠唱者（マジック・キャスター）が「身を守れ」と言って厚意でくれたもの。村のためだからと言って売り払ってよいものではない。恩義を無にするような真似は決して出来ない。

だからエンリは、こくん、と頷いた。

「分かりました。一応、あとで金額を教えてください。村に持ち帰って相談しますので」

「そうですか。ではそうしてください。仲買担当者の鑑定が終わった後で来て頂ければ、依頼料を算出しておきます」

エンリは受付嬢にお願いしますと言うと、カウンターを離れ、ロビー横にあるソファーに座り、仲買が査定してくるまでの時間を天井をぼんやりと眺めて過ごそうとした。

（疲れた……）

門を潜ってから今まで経験したことがないことのオンパレードだった。いや、考えてみれば、両親を亡くした事件以降、目まぐるしいことこの上なかった。

（何も変わらない、そんな村の生活がずっと続くと思っていたのに……）

失われたものを思い出し、エンリはそっとため息をつく。

その後で増えたもの――ゴブリンや幼馴染を思い出し、プルプルと首を振る。

（早く、来ないかな……）

動いていれば気が滅入るようなことを考える暇はない。頭を空っぽにして一生懸命働くことが出来る。

「エモットさん、査定、終わりましたよ」

売買担当者と思われる人物に呼ばれ、エンリは立ち上がり、そちらに向かった。

「あ、ありがとうございます！」

「えっと金額は――」

その時、耳が速足、いや違う、全力に近い速度で走ってくる音を捉えた。首を巡らすと、受付嬢が目の前にいた。

「はぁはぁはぁ、カルネ村のエンリ・エモットさん。いえ、様。先程の話なのですが、もう少し詳しくお願いしてもよろしいですか？」

先程の受付嬢であるのは間違いない。しかし権幕が違う。目が血走っている。

「え、えっとすいませんけど、今から査定の結果を――」

「私が話をしているの。貴方はちょっとで良いから黙っていて」

受付嬢の言葉に仲買担当が顔を引きつらせる。

「もしよろしければ、応接室の方で飲み物を飲みながらではいかがでしょうか？」

笑顔ではあるが、目の奥は全然笑っていない。異常なまでの必死さがあった。

迷うエンリに何を感じたのか。受付嬢はうるんだ瞳で祈るように指を組み合わせる。

「お願い！　話を聞かせてほしいの！　聞かせてくれないと私が不味いことになるの！」

必死の哀願に、さっぱり話は読めないが、断るのは可哀想だという思いが浮かぶ。ちらりと仲買担当に目を向けると、エンリの思いを察したのか軽くうなずく。

「わ、分かりました。あの、じゃぁ、案内してくれますか？」

その瞬間、受付嬢の体から、目に見えるほど力が抜けて行った。

「ありがとう！　本当にありがとう！　さぁ、案内するからついてきて頂戴」

周囲からの好奇の視線を浴びつつ、エンリは歩く。その右手は先導する受付嬢にがっちりと掴まれている。逃がす気はないという意思表示に他ならない。

（早まったかなぁ）

少し不安にかられつつ、応接室に入った。

無言でエンリは室内を見渡す。誰もいないその部屋は非常に洗練された内装で、ソファーに腰を下ろすのも戸惑うほどの立派な調度品が揃っていた。

「さぁ、さぁ、座って、座って」

座った瞬間、囚われるのではないかと、頭の片隅で声が聞こえる。

しかし、エンリがソファーに座っても何事も起こらなかった。すわり心地の良いソファーが体を受け止めただけだ。

「飲み物は何をお持ちします？　高級酒でも用意しますよ！　お食事は？　まだ早い？　そうですねっ！　なら果物……いえお菓子なんてどうですか？」

「あ、そこまでしていただかなくても結構ですから」

エンリは受付嬢の急変振りが少しだけ怖かった。最初に相談したときの受付嬢の態度を冷たいとは感じなかった。あれがごく当たり前の対応だと思ったし、ネガティブな感情をぶつけられた気もしなかった。少なくとも今に比べればまだまともだ。

一体、この豹変の背景には何があるのだろうか。もしかするとまた角笛の所為なのか。

「いえいえ、そんなことを仰らずに。なんでもいいんですよ。高級酒に合うおつまみもありますから」

「いえ、本当に……えっと、時間もないので、お話を始めませんか？」

「そうですね！　仰る通りです！　お話をしてしまいましょう！」

受付嬢は白くて薄い紙を持ち出す。エンリが目にする紙は分厚かったり、色が混じっていたりするものばかりだ。今、取り出されたような紙は、高級品であるはずだ。それを使っても問題ないというのだろうか。

エンリは話し始める。先程は簡単に終わらせたが、今度は嫌になるぐらい細かく。

やがて、エンリの喉が渇きだした頃、話は終わりを迎えた。

「お疲れ様でした！　何か飲み物を持ってきますので、それを飲んでお帰り下さい。グラスはそのままで構いませんので、今日は本当にありがとうございました」

受付嬢はぱっと立ち上がると、駆り立てられるような素振りで、部屋を出ていく。

「本当に……一体何事なんだろう」

エンリの呟きに答える者はもちろんいなかった。

•

結局エ・ランテルには泊まらずに、エンリはカルネ村まで戻ってきた。

草原で一晩を過ごすことになったが、エンリに不安はなかった。いや、むしろ、よく寝られたぐらいだ。行きとは違う荷物が積まれた荷台に乗っている者たちのおかげだ。

「いやー、やっと見えてきましたね」

進行方向にカルネ村の塀が見えてきた。しっかりとした丸太が立ち並ぶさまは壮観だが、エンリが見てきたエ・ランテルの城壁と比べるとはるかに見劣りするのは仕方がないことだ。

「そうですね。早く村長さんに色々と報告しないと」

エンリは荷台に乗っているゴブリンに答える。エンリを警護してエ・ランテルまで同行してくれたゴブリン・トループの数人——ゴブリンが五人、そしてゴブリン・クレリック（コナー）だ。あと一人、ゴブリン・ライダー（チョウスケ）がいるが、彼は馬車から少し離れたところで警戒に当たっている。

「目的の半分は問題なく終わりましたが、村長から頼まれていた件は上手くいかなかったんでしたっけ、姐さん？」

「そうなんです。司祭さんに聞きましたが、村に移住をしても良いって人はいなかったみたいです」

「そいつは変な話ですよね。ほれ、村に来た人もいるじゃないですか。なんで、増えないんですか？その司祭とかいうのが嘘を言っているとか」

「そういうことじゃないんですよ」エンリは苦笑する。「辺境の村って危険ですから、敬遠されがちなんですよね。三男さんとかで畑を貰えずに、家から飛び出して都市に移った人とかに期待していたんですけど……やっぱり、命令でもなければ行きたがる人の方が少ないんじゃないですか。それとこれまで村に移住してくれた人は、同じような辺境の開拓村にいた方々ですから、ちょっと事情が違うんです」

「そういうもんですか」

「そういうものなんですよ。でも私的には少しほっとしました」

ゴブリンと友好関係を結び、村で共に生活をする。それは普通の人には受け入れがたいことだろう。都市から移住してきた人が良い顔をしないのは間違いないし、いざこざは避けたい。

正直、エンリとしては都市からの移民とゴブリン達、どちらを受け入れるかと言われたら、迷うことなくゴブリン達を選ぶ。

その時、ガタンと馬車が揺れ、後ろの荷台からガチャガチャと金属がぶつかる音が聞こえた。

「あ、すいません。大丈夫ですか？」

エンリは肩越しに後ろに目を向ける。

荷台にはゴブリン達が乗っているが、その片側には袋が置かれており、馬車が揺れるたびに金属のぶつかる音を奏でている。

「ああ、大丈夫ですぜ、姐さん。心配しないでくだせい。それにしてもこれだけ鏃があると猟でガンガン使えますね」

袋を見やるゴブリンの表情は晴れやかで、それを見たエンリは返事をすることも忘れ、ただニコニコ微笑んだ。

麦畑を抜け、片側だけ開いた門を潜る。

村の皆に挨拶しながら、エンリは最初に集会所へ向かう。荷物を下ろすためだ。

集会所の前に馬車を横づけすると、その音を聞きつけたのか、中からゴブリンが姿を見せる。

「おお！　姐さんお帰りなさいませ。ご無事で何よりです」

エンリはニコリと笑う。彼らの出迎えで村に帰ってきたことを実感するほど、ゴブリン達は家族同然の存在となっている。

「ただいま！」

「それでそいつが荷物ですか。この中に入れるんで？」

「そうだぜ、兄弟。悪いが協力してくれや」

「あいよ！」

ゴブリン達は一斉に動きだし、荷物をてきぱきと下ろし始める。こいつはこっち、あれはそっち、とエンリが何か言うまでもなく、完璧に片づけていく姿は、やはりゴブリン達自身もこの村の生活に溶け込んでいる証拠だろう。

「あ、姐さん。あとはこっちでやっておきますので、妹さんやンフィーの兄さんに会ってきたらどうですか？ ンフィーの兄さんはもしかするとアーグのとこのゴブリンの治療の所為で手が離せないかも知れないが」

「ありがとうございます。でもその前に、村長さんに報告に行かないといけませんから」

「そうですか？ おい、わりぃ。念のために俺ついていくわ。ほれ、オーガのこととかもあるからな」

集会所から出てきたゴコウが仲間たちにそれだけ言うと、御者台のエンリの横に座る。エ・ランテルまでの往路を警護してくれたゴブリンたちが妬（ねた）ましげな目を向けているが、反対意見は出ない。それは彼のいう事が正しいと認めているからだろう。

「さぁ、姐さん、行きましょうぜ！」

エンリは苦笑すると、「よろしくお願いします！ それとありがとうございました！」とゴブリン達に感謝を告げ、馬車を出す。

「それで村で何かあった？」

「特に何もありません。とりあえずは村の中にオーガ達が暮らせるような建物を作りました。ストーンゴーレムに木を運ばせたことで、簡素ではありますが、ちょっとした小屋は完成しました。しかし、あいつらのくさい臭いはどうにかならないもんですかね。渡した毛布に臭いがすぐに染み込んじまいましたよ」

「そうなんですか……でも本当に早いですね！」

「ストーンゴーレム様々ですよ。かの大魔法詠唱者様には感謝しないと」

「あとルプスレギナさんにもですよね？」

「……ルプスレギナって人はどうもこう、感謝とか、したくないというか、なんというか嫌なんですよね、あの人」

エンリは耳を疑う。ゴコウの陰口はもしかしたら初めて聞いたかもしれない。

「なんというか……そう、怖いんですよ、魔獣がいつでも襲いかかれるように、静かに観察しているみたいな感じがして……。エンリの姐さんはそんな感じはしてないみたいですが……」

「あの人はこの村を救ったアインズ・ウール・ゴウン様のメイドだそうだし、そんな悪い人だとは思わないいな」

「……困ったっすね」

びくりとエンリとゴコウは肩を震わせる。まさにいま、話題にしていた当の女性の声だった。

慌てて振り返ると、先日と同じように、自然な格好で荷台に座るメイドがいた。

「ほんと、困ったすね。エンちゃんは」

「えっと、何がでしょう？」

「そ、そいつの前にそろそろ教えてほしいんだけどよぉ。あんたはどうやって突然現れてるんだ？」

「うん？　簡単すよ。空から降りてきてるだけっす」

「そいつは解せねぇ。幾ら上からと言ったって、気付けねぇわけがねぇ」

「不可視化とか色々と手段があるからすよ。……出来る限り目立たないように行動しているだけっすよ。なんて私は優しんだろー」

　ゴブリンは顔を前に戻すと、嫌な顔をする。

「で、でもあれですよね。ルプスレギナさんが二日続けていらっしゃるなんて珍しいですよね。どうされたんですか？」

　ルプスレギナがジト目でエンリを見つめる。これほどの美人がやると、そんな顔も可愛いなぁ、などとエンリは考えてしまう。

「まぁ、いいっすけどね。とりあえず、どうなったかなぁ、と思っただけっすよ。そういえばチビゴブリンはどうなったすか？」

「……元気ですよ。今の時間ならたぶん、村長の家にいると思いますぜ」

「なんで村長さんの家にいるの？」

「ああ、部族のゴブリンを何匹か助けたじゃないですか。それで村に住む場所を作るという件で話をしに行ってるはずです」

「あー、確か族長の息子っすね。生き残ったゴブリン達の安全をどーこーする責任があるってことっすか。いやー子供ながら天晴（あっぱれ）っすねー」

ヘラヘラと軽薄そうに笑うルプスレギナではあるが、これだけの美貌の持ち主がやれば魅力あふれる笑顔だった。エンリは同性ながら憧れを感じつつ眺める。

「おっと、前見ていた方が良いと思うっすよ？」

「そ、そうですね！」

耳を赤くしながらエンリは向き直る。

村長の家の前に止め、エンリとゴコウは馬車から降りる。

「それじゃ、私が馬を馬小屋に戻してきてあげるっすよ。お邪魔するのもナニっすからね。だから後で話の内容を聞かせてくれると嬉しいっすね」

「分かりました。それじゃ、申し訳ありませんがよろしくお願いします」

エンリがルプスレギナに頭を下げると「ほいほい」と笑顔が返り、馬車が走り出す。

扉を叩き、中から聞こえてきた声に名前を名乗ると、扉を開けた。

入ってすぐのテーブルには村長とアーグが向かい合って座っていた。

「おお、お帰り。まあそこに座って。街の様子はどうだったね」

村長に言われるままにエンリはアーグの隣に座る。一瞬、アーグが体を固くしたように思えたが、気のせいだろう。

「あ、それじゃ、俺はこれで。では族長、今後もよろしくお願いします」

最初誰に言っているのか分からなかった。この場にいるのはエンリ、ゴコウ、そして村長だ。ならば村長に向かっての挨拶のはずだ。

しかし、アーグは真っ直ぐにエンリを見ていた。エンリは一生懸命その目を観察するが、アーグの真摯な眼差の中に、ついに冗談の色を見つけることはできなかった。

「え？　……え⁉」

何故、自分なのだろうか。

エンリが困惑している間にアーグはぺこりと頭を下げると村長の家を出て行った。

「え⁉　ちょっと――」

「それでエンリよ。話を聞かせてくれるかね？」

「え？　いや、あの……その……あ、はい。分かりました」

気になったが、自分の疑問は後で解消すればよい。それよりも報告の方が重要だ。

エンリはそう判断し、都市であった事を簡潔に村長に説明する。最も重要な点は移住希望者はいないということだろう。ただ、それは村長も予測していたようで、その顔に残念がる様子はなく、平静のままだった。

「なるほどな。まぁ、そうだろうよ。辺境の開拓村、モンスターの出現する確率の高いところに越してくる者は滅多にいまい」

村長はエンリも思っていたことを言う。おそらくは村に住む皆の共通認識なのだろう。

「御苦労だった」

村長が頭を下げ、エンリは「そんなことはないです」と応える。色々とあり混乱もしたが、あれはあれで良い経験だった。

「それでだ――」村長の視線がゴブリンを一瞬だけ捉える。「エンリ・エモットにお願いしたいことがあるのだ」

「は、はい。なんでしょうか？　村長さんがそんなに改まって……」

「……お主に、私の仕事を引き継いでやってほしい」

エンリは顔芸と言われてもおかしくないぐらい、表情を変化させていく。

「はぁあああ!?　なんですか、それ！　え？　もしかしてアーグの台詞って……えぇ!?」

「混乱しているのは……」

「混乱してるどころの話じゃないですよ！　村長ボケが入りましたか!?　なんでそんなことを！」

「ボケって酷いの。ちょっと混乱しているよう――それも分かるのだが、冷静に聞いてほしい」

「冷静にって、冷静になれるわけないじゃないですか！　なんで私みたいな小娘にそんな大役を！というか族長ってなんですか!?」

「落ち着かんか！」

迫力ある声のつもりだろうが、エンリからすれば大きいだけの声だった。それでも少しは冷静さが戻ってくる。いや、村長の話を聞かなければ理解出来ないと、頭の一部が囁いたためかもしれない。

「お主の混乱はよく分かっておる。しかし、冷静に考えてほしいのだ。今、この村の中心的な存在というのは誰だね？」

「それは村長さんじゃないですか！」

「違う。私はね、今のこの村はお主が中心になっていると思っている。ゴブリン達、そして新しく入ってきたオーガはお主をリーダーと認めているんだろ？」

「その通りですね。俺たちは姐さんを中心に考えてます」

「次にお主が助けたゴブリン、アーグとやらに聞いたが、あれもお主をボスと見なしていた」

エンリは口をへの字にする。確かにゴブリン達はそうかもしれない。しかし、それ以外の昔からいる村人はどうなのか。納得するはずがない。

「お主の考えていることは大体わかる。村人は反対するだろう、と思っておるのだろ？　その辺は皆に確認した。昨晩、村の者だけで集会を開いて意見を聞いたのだ。その結果、皆はお主を新しい村長として認めるということだ」

「そんな！　なんで！」

「……あの襲撃で村人が受けたショックはそれほどなんだよ、エンリ。皆、強いリーダーを求めているんだ」

「私のどこが強いというのですか！　単なる村娘ですよ！」

ちょっと腕に筋肉がついた気がするが、それでも武器の取り扱いすら下手くそな村娘でしかない。強さを求めるのであればブリタなどの自警団員の方がずっと向いているだろう。

「強いというのは別にその者の、個人的な武勇という意味ではない。ゴブリン達に命令を下せる、それもまた力ではないかね？　バレアレ家の方々も君は村長に向いていると発言していた」

「ンフィー！」

絞め殺される鶏のような声でエンリは叫ぶ。

「それに私も良い歳だ。そろそろ誰かに代わってもらったとしても可笑しくはないじゃろ」

「何が『じゃろ？』ですか！　村長さんはそんな歳じゃないじゃないですか。さっきから時折、妙な年寄り言葉を使うと思ったら、そういう事ですか！」

四十代半ばという歳は、老境に入ったというにはちょっと早い。まだ働き盛りの年齢だと言ってもいい。

「年寄り言葉の件はさておき、村の周囲は変化している。森の賢王がいなくなったことで、今後、モンスターが森から出てくる確率は高い。そういったときに、安全だったころの経験をもとに判断する私では駄目なんだよ」

「村長さん。失礼を承知で聞きます。逃げているのではないんですよね？」

「……素直に言おう。お主の言葉を否定は出来ない」

エンリに向けられたのは、己の心を素直に吐露する者の目だ。

「あの日のことは今でも思い出す。家族同然だった村の仲間が殺されたあの恐ろしい日の事を。――エモット家の二人だって、私はよく知っていた。もし、安閑と暮らすのではなく、今のこの村のように頑丈な塀を作っていれば、もっと警戒をしていたら、あれほど酷いことにはならなかった。……ゴウン様が助けに来てくれるまでの時間を稼げたんじゃないだろうか」

エンリは、それでも難しかったろうと思う。この村にはあいつらに焼かれた他の村の生き残りが移住してきた。彼らの村はそれなりに頑丈な塀――今のカルネ村ほどではないが――を築いていたにも関わらず、襲われ、大勢が殺されたのだから。ただ、ほんの少しでも時間を稼げれば、もっと多くの命が助かったかもしれないという考えには同意出来た。

「今までの古臭い考えでは駄目なんだ。新しい組織を作り、村の安全を自分たちの手で守る。それが出来るのは……柔軟性に富んだ若者だけだ。そしてその中でも力のある人物しかいない」

告げるべきことは告げた。静かな表情で村長がエンリを見つめる。

エンリは村長の言葉を受け止め、真剣に考える。自分が最初に断った理由は責任の重さだろう。あの時と同じような襲撃があった場合、村人の命に責任を取れないという。だが、それは先ほど村長に言ったように、逃げているだけではないだろうか。

「分かりません。私にその大役が務まるかどうか」

「当然だと思うよ。村の実務的なことは私が、警備についてはゴブリンの皆さんがサポートする。そうは言っても、最終的な決定を下すというのはいつでも恐ろしいものだ」

「村人全員の合議制はどうなんでしょうか？」

「確かに私もそれは考えた。しかし、得てして大事なときであればあるほど、意見が分かれた状態で終わってしまうことが多い。やはり誰か一人が先頭に立たないと、まとまるものもまとまらない」

「平時の時と、緊急の時。二つを別々にしたらどうですか？」

「駄目だ。リーダーが育たない。平時からリーダーシップを取っていくからこそ、緊急時も皆が認めるし、上手く皆を動かせる」

村長の意志は固く、その理屈は筋が通っていた。エンリは苦渋の表情を浮かべながら最後に残った質問をする。

「……いつまでにお返事すれば良いですか？」

「今すぐなどとは言わない。ゆっくり考えてみてくれ」

「分かりました」

エンリは言葉少なくそれだけ言うと立ち上がる。

•

村長の家を出ると、エンリは後ろからついてくるゴコウに向き直る。

「ねぇ、私、少し考えたいから一人にしてくれる？」

「了解ですぜ、姐さん。じっくり考えてくだせぇ。それと俺たちゃ、姐さんの味方だ。何かあったらいつでも言ってくださいよ」

「ええ、その時はよろしくね」

その場から立ち去るゴコウを見送ると、エンリは自分の家へと歩く。

（私に村長の仕事がこなせるのかな？）

自分では無理だろうと思っている。

もしかすると想像もしたくないような命令――大のために小を切り捨てるようなことを言う必要が出てくるかもしれない。

（出来ないよ……）

村のみんなは私のことを過大評価しすぎだ。まず、皆が評価している点の一つ、ゴブリンだが、彼らは別にエンリが交渉して仲間に引き込んだのではない。あくまでも大魔法詠唱者（マジック・キャスター）――アインズ・ウール・ゴウンがくれた角笛から出てきたに過ぎない。

このアイテムも最初に助けてもらったという幸運から――

（あれ？　私が最初に助けてもらったんだっけ？　確か仮面を被ったゴウン様が……ん？　仮面を被っていたよね？）

ふと、何か前後があやふやになっている気がするが、あの極限状況の最中であったための混乱だろう。

　エンリは頭を振って自分の疑問を追い払う。

（とりあえず――）

　角笛を誰か別の人物が受け取っていれば、次の村長の話も自分ではなく、その人に行っただろう。つまりはエンリ個人の資質の問題ではなく、廻りあわせの結果、お鉢が回ってきただけなのだ。

（誰かに相談してみる……）

　エンリの脳内に最初に浮かんだ人物はンフィーレアだった。あの大都市で生活してきた彼ならば、たくさんの人を見ており、エンリが村長に向いているかどうかの判断も出来るような気がした。それに色々な知識を持っているし、的確な答えが聞けるだろう。

　ただ、ンフィーレア――バレアレ家の者は賛成だという話が村長の口から出た。ならばンフィーレアに相談しても、村長になればいいという答えが返る可能性が高い。

（駄目だ……。村の人じゃ駄目だ。そうなるとアーグとかオーガたちだけど、アーグは私のことを族長と言っていたから駄目だろうし、オーガたちはあんまり頭よさそうじゃなかったからなぁ）

　その時、眉間にしわを寄せたエンリに明るい声がかかった。

「ちーっす。お話は終わったみた……おやん？　なんすか、その神妙な顔。厄介ごとっすか？」

　その声にエンリは雷が走った気がした。そうだ。この村の外の人間。冷静に物事を判断してくれる中立的第三者がそこにいる。

エンリはルプスレギナに全力で駆け寄った。

「ルプスレギナさん！」

驚く彼女の肩を、エンリはがしっと摑んだ。

「何っすか！　何っすか！　どうしちゃったんすか!?　ドキドキっす。でも告白なら勘弁してほしいっす。私は同性愛者ではなく異性愛者なんすよ！　イヤー止めてー犯されるーっす」

「ちょ！　待ってください！」

エンリは肩から手を離すと、口を塞ごうとした。それを器用に回避して、ルプスレギナは破顔した。

「いやーごめんっすよー。まぁ、エンリちゃんが興奮しているようなので、ちょっと冷静になるように、ね。御茶目な冗談っすよー」

「きつい冗談です……」

エンリは肩を落とす。が、すぐに気を取り直す。ルプスレギナはふらっと現れ、ふらっと消える人物だ。いるうちに相談しないと、また姿を消してしまう。

「ちょっと聞いてください。どうすればいいのか、良いアイデアをください！」

「なんだか知らないっすけど、とりあえず歩きながら聞かせてくれると嬉しいっすね。村の人に変な目で見られたくはないっすから」

エンリは顔を赤らめる。ルプスレギナの指摘はまさにその通りだ。しかし――

「でしたら犯されるなんて叫ばないでくださいよ……」

「てへ！」

ルプスレギナが可愛らしく舌を出した。

「もう！　ルプスレギナさんってば！」

「ささ。行きましょう。行きましょうっす」

答えを待たずに歩き出すルプスレギナに、エンリも続く。

「ではこのルプスレギナお姉さんに相談をするっすよー。エッチの仕方から、異性をたぶらかす手管(てくだ)まで教えられるっすよ」

「そうなんですか！　ルプスレギナさんは大人なんですね……」

そういった経験が皆無のエンリからすれば、非常に大人だ。何も変わっていないはずなのに、ルプスレギナの横顔がぐんと大人になった気がした。

「えっへん！　これでも耳年増(みみどしま)っすから！」

「……あれ？」

耳年増ってどういう意味だっけ。そんなことを考えていると、ルプスレギナが質問カモンカモンとジェスチャーをしている。とりあえずどうでもよい疑問は投げ捨て、エンリは村長の家であったことを話した。

「それで私はどうしたらいいんでしょうか？」

「ん？　しらね」

それだけだった。

「えー。ルプスレギナさん、相談しなさいって言ってくれたじゃないですか！」

「だからと言ってちゃんと答えるとは……まぁ、いいっすか。あのね。まず誰かに尻を叩かれた結果、村長になったら、後悔するから、それは絶対にやめた方がいい。自分で納得するまで考えるべきよ」

普段の天真爛漫さが影を潜めた——妖艶な美女がそこにいた。普段は丸っこい瞳は薄く細く尖っていた。薄い笑みは背筋をゾクゾクとさせる。

「これはあくまでも私の考えであって、そうしろという話ではない。あなたの中で噛み砕いて考えなさい。まず、はっきり言えることは、村長をあなたがやろうと、だれがやろうと、今後色々な失敗はするわ。完璧に全てを行うなんて、私の知る限りでは四十一人ぐらいしかいないわ。だから失敗がどうこう考えるのは愚かなこと。ただ、冷静に考えるのであれば、この村の中であなた以上の適任者はいないというのも事実だわ」

「それは？」

「ゴブリン達に聞いてごらんなさい。この村を恐ろしいモンスターが襲ってきて、あなた方では勝てないと分かったとき、どうするか、を。村長である場合と、ない場合の二つの状況で」

すっとルプスレギナの表情が変化していく。元の明るい彼女へと。

「つまんねーこと言ったすよ。はぁ、私の趣味じゃないのになー。あーぁ。エンちゃんが村長じゃなくて、悲劇がドカンって襲う方が楽しいのになー」

「ふふーん」ルプスレギナがポンとエンリの肩を叩いた。「エンちゃんが村長になった方が良いと思うっすよ。……あとは……あそこの少年に聞いてみたら？」

肩から手を離すと、ルプスレギナはくるりとその場で一回転する。摩擦がないような軽やかな動きだ。

「――え？」

「うんじゃ、ね」

手をピラピラさせながらルプスレギナが歩み去っていく。その先にはンフィーレアとネムが手をつないで立っていた。ルプスレギナがポンとンフィーレアの肩を叩く。まるでそれで力を注ぎ込まれたように、二人が動き出した。

「おかえりなさい！　おねえちゃん！」

余程心配していたのか、ネムは全力で駆けてくる。一瞬、受け止めきれず倒れそうになったが、足の筋力を総動員して事なきを得る。

「おかえり、エンリ。思ったよりも早かったね。向こうには泊まらなかったのかい？」

「ただいま、二人とも。ええ、そうよ。野宿して帰ってきたから」

「そうか……モンスターに襲われなくてよかったよ。でもあまり褒められた行動じゃないよ。……ゴブリン達は強いけど、それ以上に強いモンスターだっているんだからね。この辺りの草原じゃあまり聞かないけどね」

「お姉ちゃん、危ないことしないで！」

ネムが絶対にもう離さないと言わんばかりに、ぎゅっと服を強く握ってくる。妹にとって、生きている家族は自分一人しかいないのだ。自分の命は自分だけのものではない。それを少し忘れていたようだ。

「そうね。そうだわね。ごめんね」

エンリはネムの頭を優しく撫でる。

「うん！　許してあげる！」

顔を上げたネムが笑う。

「ありがとね。それでネムは良い子にしていた？　ンフィーに迷惑を掛けたりしなかった？」

「もー、お姉ちゃん！　私そんなに子供じゃないもん！　ね、ンフィー君！」

「あはは。僕はアーグの部族の者たちの治療もあってずっとは見てられなかったけど、良い子にしていたと思うよ？」

「もう、ンフィー君まで！　ね、それより聞いてよ、お姉ちゃん。ンフィー君、臭いんだよ！」

「ネムちゃん！　薬草の臭いでしょ！　ネムちゃんだって潰したりして手に臭いが付くって言ってたじゃないか！」

「目に染みるのは薬草なの？」

「……いや違うのもあるけど。薬師として使う錬金術アイテムとか。僕が臭そうな感じで言うのは止めてよ……」

「でもンフィー君も臭いよ？」

ンフィーレアの顔が凍った。

「うん。ンフィーの服に染み込んでいるんだよ。普段は作業着を脱いでいたらいいと思うんだけど？」

エンリが慌てて妹の真意を説明すると、ンフィーレアの顔が若干は緩んだようだった。

「あんまり作業着以外の服って持ってないんだ……。エ・ランテルではほとんどこれを着て過ごしていたからね」

「だったら、今度作ってあげようか？」

「え？　作れるの？」

「ンフィーは私をなんだと思っているの？　簡単な服ぐらい、自分で作れるでしょ？」

「そうなんだ。僕は服は買ってきていたものだから、自分で作れるなんてすごいなぁ、って思ってさ」

「それはありがとう。でも村の人間だったら誰でも……ネムも練習を始めようね」

「はーい！」

「じゃあ、ネム。先に家に帰ってくれる？　私はちょっとンフィーと話したいことがあるの」

ネムは口に手を当てると、目をキラキラさせる。

「うん！　分かった！　先に帰るね！　ンフィー君、頑張ってね！」

手を振ると、家に向かって楽しそうに走り出す。

その後ろ姿を見送り、エンリはぼそりと呟いた。

「やけに聞き分けが良いわね。何か隠し事かしら」

「いや、そういうわけではないと思うよ……。それよりさ！　どんなことを話したいのかな？　なんとなく予想はつくんだよね、昨日の村の会議に参加した人間としてさ」

ならば話が早いと、無駄な前置きを省略して、エンリはンフィーレアに村長の家であったことを話す。

それだけではない。自分の不安や先ほどのルプスレギナとの話まで、全てを。最後まで聞いていたンフィーレアはじっとエンリを真正面から見据えて、告げた。

「エンリの思うようにしたらいいと思うよ。僕はその答えがどっちであっても応援するよ……なんてお決まりのことは言いたくないな。僕はやってほしい」

「どうして？　私は――」

「単なる村娘じゃないよ。ゴブリン達のリーダー、エンリ・エモットなんだ。ゴブリン達は自分の力じゃないって言っているよね。でも、結果としてゴブリン達は君の力なんだ。ルプスレギナさんがゴブリン達に聞いてみたらって言っていたこと、僕の口から言ってあげるよ。彼らは君が村長でなければ、緊急時には戦力が低下する前に君だけを攫（さら）って逃げるだろうね」

「そんなことはしないわ！」

「……彼らは安全な状況であればそう言うさ。でもその時が来たらやるよ。これは僕が彼らから聞いたことだからね」

「嘘……」

エンリは信じられない思いでンフィーレアを見つめる。彼が嘘を言っているのではないかと思った。しかし、そこには偽りの空気は微塵も感じられない。

「彼らにとって最も重要なのは村ではなく、君なんだ。ただし、君が村長であるならば、この村も君の持ち物ということで、ギリギリまでは留まって戦うだろう。それぐらいの差でしかないけど、それだけの差があるんだ。ちなみに僕は、妹さんを守って後ろからついてきてほしいと言われたね。エンリ……彼らに確認してもらってもいい。でも、出来れば僕から聞いたということは秘密にしてほしいな」

「聞かない」

エンリが言い切ると、ンフィーレアが髪を掻き上げて、丸くなった目を見せた。

「良いのかい？　僕が嘘をついている可能性だって——」

「——ないよ。ンフィーは そんなことは言わない。信じるよ。でもそれほど召喚主って大切なんだね」

「エンリだからというのもあるんじゃないかな？　ゴブリン達に買ってきた武器を渡すんでしょ？ゴブリン達からすればそんな主人こそ一番大切だと思うのもごく当たり前じゃないかな？　……こん

な言い方は色々な意味でよろしくないけど、村の人からはゴブリン達は何かもらったわけでもないし、君の召喚した単なるモンスターと見なされている部分はあるんだ。個人として見ない相手と、個人として認めてくれる人物であれば、後者を選ぶのはごく当たり前でしょ?」

もちろん、村の人間だってそういう気持ちで見ているわけではないだろう。ただ、思い返せば感謝の気持ちを形であらわしているところを見た記憶がない。

「……でも、村の人たちが彼らにお昼をご馳走することだってあるわ」

「それは君へのお礼さ。食費とか手間とか、こっちで負担するよって意味だよ。ゴブリン達が、村の誰かから名前で呼ばれてるの、見たことある?」

無かった。単に誰が誰だか見分けがつかないだけなのだと思っていたが、ひょっとしたらはじめから見分けるつもりが無いのかも知れない。

そう思うと、エンリの胸に言い知れぬ寂しさが去来した。

「そっか」

しかしエンリの声に混じったのは寂寞(せきばく)の思いだけではなかった。瞳には、覚悟を決めたような意志の光が灯った。

「そうさ。……僕は個人的にはエンリは良い村長になると思うよ。ゴブリンの件だって、君が村長になればどんどん変わっていくさ」

「……みんなも協力してくれるよね」

「もちろん。というより君に協力しない人間はいないね」

「分かった。それじゃ、私、ちょっと村長さんのところに行ってくる。覚悟を決めたなら早い方が良いしね！」

エンリの宣言にンフィーレアが笑った。

それは後押しをしてほしいと思っていた彼女の気持ちを理解したような、柔らかく、そして厳しいものだった。

「よし！　いってらっしゃい、エンリ！」

うん、とエンリは答えると、踵を返し、カルネ村の新しい村長としての道を踏み出した。

•

じっと空から村を眺めていたルプスレギナは、ぞろぞろと人が広場に集まっていくのを目にした。

皆の前にエンリが出て、何かを話している。しかし、流石にこの距離では声を拾うことは不可能に近い。

エンリの話が終わったのか、村人たちが拍手し始めている。

「は、はーん。やっぱりそういうことっすか。そうなったすか。これはたまらんものっすね。うひひひひ」

「――何がそんなに楽しいのかしら？」

　後ろからの声にルプスレギナは顔だけで振り返る。

「おんやー、ユリ姉じゃないっすか。空を飛んでいるのはマジックアイテムの力っすか？」

「そうよ。アインズ様よりお借りしたマジックアイテムの力。それで何が……カルネ村でしょ。あなたが叱られる原因となった」

「その通りっすよ。いやー最高に楽しくなってきたっすよ」

「何が、かしら？」

「今、村では新しい指導者が生まれた。……これは村の人間からすれば、新しい歴史、可能性の始まりということになる。でも、その最高のタイミングで村が襲われ、全てが炎の中に消えるとしたら、あの村人たちはどんな顔をするんだろう」

　明るい美貌には罅(ひび)が入り、その隙間からは目にした誰もが邪悪と断言出来る、おぞましさが溢れだしていた。

「あなたはあの村の人間と仲良くやっていたと思ったのだけど、それは本音？」

「そうよ、ユリ姉さん。本音。私が仲良くしていた人間どもが虫けらのように暴力で潰されていく姿を想像すると、すっごくゾクゾクしてくる」

「サディストここに極まれりね。ソリュシャンに並ぶわ。なんでこんな妹しかいないのかしら。私の救いはシズ位ね、まったく。……エントマもそんなに悪い子じゃないけど」

眉を顰めた姉の小言に、ルプスレギナは嗤う。

「あー、村、滅んでくれないかなぁ」

4

「あうー、疲れた」

エンリは持っていた小さな黒板をテーブルの上に投げ出し、ぐったりと体を預ける。かすかな笑い声に顔だけ動かすと、先生（ンフィーレア）が予測した通りの笑顔で眺めている。

「お疲れ様、エンリ」

「疲れたよー。頭を使うのって苦手なんだから……」

「でも、簡単な文字の読み書きや算数は出来ないとね」

エンリはうめき声を上げる。

村長ならば最低限の教養が必要だと言われ、ンフィーレアに個人指導を受けているのだが、頭が破裂しそうだった。

「なんでこんなに文字ってあるのよぉ。私を苦しめるために誰かが考えたんだぁ……」

「そんなこと言わないで。自分の名前はちゃんと書けるようになったじゃないか。それにネムちゃんのも」

「うー。それは少し嬉しかったけど……。もうこれだけ出来れば良いんじゃないかなー」

「残念！　まだまだ基礎の基礎です。というか勉強を始めて五日しか経ってないんだから、全然重要なことは教えてないよ」

エンリは信じられないことを聞いた人間に相応しい表情を浮かべる。

「あー。そんな顔をしないでよ。基礎さえちゃんと出来れば、あとはその応用だよ。だからここが重要だとも言えるね、うん」

「……うー」

「だいぶ疲れたみたいだね。じゃぁ、今日はこのぐらいで終わりにしようか」

待ってましたとばかりにエンリは立ち上がる。

「それが良いよ！　明日も早いしね！　さっすがンフィー」

苦笑いを浮かべたンフィーレアが、黒板に書かれたミミズがのたくったような字を消していく。

「それじゃ、ゆっくり休んでね。明日も同じ時間から勉強を始めるからね」

「実験をする時間を私に割いてくれるのは凄く嬉しいの。でも全然感謝出来ない……」

「うん、うん。そういうものだよね。生徒に感謝されるよりは恨まれる方が良い教師だと聞いたことがあるよ」

「嘘よ！　絶対に嘘、それ！」

「あははは。さぁ、それじゃお暇(いとま)しないとね。お休み、エンリ」

「うん、ンフィーもお休み。帰って実験とかしないで寝たほうが良いよ」

笑顔で了解の意を示すと、ンフィーレアが玄関から出ていく。遠ざかる魔法の明かりを少しの間見送ったエンリが家の中に戻ると、暗闇に沈む我が家は急に寂しくなったように思えた。

「あー、疲れた……」

ノタノタと服を脱ぎ、そのまま布団に入る。あれだけ煩くしていたのに、横からはくーくーと妹の可愛い寝息が聞こえた。エンリは静かに目を閉じる。

脳をあれだけ酷使したのだから、すぐに眠れるはずだと確信しながら。実際、予想通りだった。目を閉じて数秒しただろうか、その時にはもはや意識はなかった。

眠りについてどれだけの時間が経過したか、遠くから聞こえる音が浅い眠りまでエンリを覚醒させる。

三連打。続いて少しの間を置いて繰り返される三連打。

そのリズムが意味するところに思いが至り、エンリの目が夜闇の中、くわっと見開く。異常なほど覚醒が早い脳が、今いるのは自分の家だと認識し、飛び起きる。同じタイミングで妹も飛び起きた。

「大丈夫?」

「うん」

声に怯えはあるが、それでも行動出来ないほどではない。

「すぐに準備するよ!」

「うん！」

明かりを点ける時間も勿体ないと、エンリとネムは逃げる準備を始める。

風に乗って鳴り響く鐘の音の中、非常に短い時間で用意は整った。何度も繰り返し練習してきた避難訓練の賜物であり、かつて村を襲われたときに染み込んだ恐怖からだ。それとアーグの話を聞き、もしかしたらという予感が心にわだかまっていたためもあるだろう。

「ネム！　貴女はすぐに集会所に逃げなさい！　私は務めを果たすから！」

返事を待つよりも早く、妹の手を引いて家を飛び出す。

未だ煩く響く鐘の音が意味するのは緊急非常事態。それも何者かの襲撃を確認した時の合図だ。心の隅では何度か行ってきた訓練の一環という願いにも似た思いを捨てきれないが、このひり付いた空気はそれを否定する。騎士たちに村を襲われたときにも感じたことのある空気が。

集会所の近くまで来ると、エンリはネムを押しやる。

「さぁ、行って！」

小さく返事をするとネムは振り返りもせずに、一目散に集会所へと駆けだす。

エンリもその後ろについていきたい気持ちに駆られる。せめて妹が無事に集会所に駆け込むまでは、と。

しかし、数日前の集会で新たな村長となった以上、エンリは村全体の事を考えて行動する必要があった。

自分が就任する前なら、もしくはずっと後だったらという気持ちが湧きあがる。

「まるで悪い神様が見張っていたみたい」

思わず心の声が言葉となって漏れてしまった。本当に最悪のタイミングだ。

「姐さん！」

エンリの元に一匹のゴブリンが駆けてくる。

「どうしたの！　何があったの！」

「モンスター共が森の端に見えました。もしかすると村を襲撃してくるかもしれません」

「分かりました！　行きます！」

ゴブリンに先導され、エンリは正門に向かって走る。門の手前には夜の間のみ置かれる柵が鎮座し、その周囲にゴブリン達が揃っているのが目に入った。エンリが購入した武器や防具で身を固めるその勇姿は、まさに百戦錬磨の戦士といった風情だ。

近寄ると空気に乗って漂ってくる悪臭に、エンリはオーガたちもいることに気が付く。オーガたちは真新しい凶悪な棍棒をしっかりと握りしめている。

エンリ達が到着するのとほぼ同時に、息を切らしたンフィーレア、それにブリタや自警団のメンバーたちも村のあちらこちらから集結した。更にはアーグと彼の部族の構成員の中で、なんとか精神的に回復した二人のゴブリンもついてきている。

「これで全員か？　リイジーさんは？　遅れてくるのか？」

ンフィーレアの祖母、リイジーもかなり腕の立つ魔法詠唱者だ。本来であれば正門の守りに向かって来ていてもおかしくはない。

「いや、おばあちゃんはここには来ない。集会所の方に行ってもらったよ。あっちも大切だからね」

ンフィーレアの返答を聞き、村人は得心がいったように頷いた。集会所には自分たちの家族が逃げ込んでいるのだ。あちらの守りも強化しておく必要がある。

「うちのメンバーでもあまり弓が得意でない者はそっちに行ってもらった。あんた達の手があまりそうなら、何人か安心させるために行ってほしいんだけど？」

「そいつは無理だな」

ブリタの要請をジュゲムは迷うことなく拒絶した。

ジュゲムたちと共に暮らしてきた村人たちには、彼が悪意を持って言ったのではないことはわかった。高まる緊張感によってエンリが唾を飲むのと同じタイミングで、リーダーが言葉を続ける。

「モンスターの数は多い。しかもオーガのみならず、いろんな輩がいる。分散させるのは非常に危険だな」

「正確な数字は不明なのか？」

「ブリタさんよ。相手は森の中だ。正確な数字は分からねぇ。それを頭に入れた上で聞いてくれよ？……オーガ七匹、ジャイアント・スネークが数匹、魔狼が数匹、悪霊犬らしき影、あと後方に巨大な何かがいるらしい」

「ヴァルグや蛇がオーガと一緒に行動している？　森祭司（ドルイド）でも後ろにいるのか？」

ヴァルグは狼（ウルフ）に似た魔獣であり、一回り程大きなモンスターだ。狼（ウルフ）よりも知性があり、森で出合ったら非常に厄介なことになる。

「可能性は高いね。魔法詠唱者（マジック・キャスター）がいるとなると非常に厄介だ。相手も遠距離攻撃の手段を持っているという事だからね。こちらも総力戦にした方が良い？　だったらおばあちゃんも呼んでくるけど？」

「それは……難しいところだな、ンフィーの兄さん。集会所はこの村でも最も堅固な作りの建物だ。いざとなったとき、立て籠もれるような、いわばこの村の城だ。そこを守ってもらえる人がいるに越したことはない」

「……撤退戦もありうるということだな？　私はどこで戦えばいい？」

「ブリタさんは自警団のまとめだ。俺の指示を彼らに分かりやすく伝えてほしいのと、状況に適した行動を取らせてほしい」

「作戦は侵入者対策二番で良いんだな？　弓の次はバリケード後ろからの槍攻撃、とにかく敵を狙わないでかまわないから突く」

「ああ、そいつで頼む。ただし、ヴァルグや悪霊犬（バーゲスト）は機敏だ。奴らを自由にさせると被害が拡大する。そいつらを狙ってくれ。それと森祭司（ドルイド）がいた場合は下がってくれるか？」

「異論はないが、自警団を下げて、手は足りるのか？」

「……運が良ければなんとかなると思うがね」

「なるほど……。やはり皆には覚悟してもらうように言ってこよう。せめて後方の我々が攻撃されないように、森祭司などの遠距離攻撃を持つ相手は優先して倒してもらえるか？　しかし、冒険者をしていたけど、こんなに勇敢な村人を見るのは初めてかもしれない……。まぁ、この村に来て弓の訓練を見たときからそう思っていたんだけど」

「一度襲われたから……。無力な自分たちを恨んだから」

黙って聞いていたエンリが口を挟む。自警団の全員の思いを代弁して。

実際、青い顔をしていても逃げようとする者は誰一人としていない。立ち向かわなければならない。自分たちの村を守らなければならない。なにより後ろに自分たちが愛する者たちがいる。

「ところで、たくさん攻めてきたということは、それなりの手数を揃えることの出来る存在、もしかして東の巨人か西の魔蛇の可能性もあるとみているのか？」

「ないとは言い切れねぇな」

ブリタの疑念を、小さな声でジュゲムが肯定した。

そうだとしたらアーグがモンスターを引き寄せたと考えることも出来る。だからこそ小声なのだろう。自警団の敵意がアーグ達に向かったりしないように。

東の巨人や西の魔蛇といったモンスターがいるということは既に村人たちには伝えている。そしてその強さがかの森の賢王に匹敵するということも。

漆黒の戦士が捕えた姿ではあるが、強大な力を持つ魔獣の姿は村人に強い印象を与えている。そんなモンスターに匹敵する、勝算皆無な敵と対峙しなくてはならないと思えば、恐怖がこみ上げてくることだろう。

「西の魔蛇はなんかよく分からない魔法を使うんだって？　厄介ね」

ブリタがぼやくとンフィーレアが同意の声を上げた。

「モンスターが種族的に使う魔法は十種類もないぐらいだけど、習得していくタイプだと多様性に富むから非常に厄介だね。塀を乗り越える魔法とかもあるかもしれないし……」

「ンフィーやゴブリンさんたちが使えるのは嬉しいんだけど、魔法って敵が使うとイカサマ臭いよね」

エンリが不満げに言うと、村人たちから苦笑が漏れた。

「……ゴウン様には内緒だよ？」

続けての言葉に、多くの村人が笑みをこぼした。

少しだけ緊張が解けたかな、とエンリは思った。緩み過ぎるのも困るが、緊張感があり過ぎるのも普段の力を発揮する妨げとなる。これぐらいが丁度良いのではないか、そんな空気だ。

ジュゲムが感謝の視線を送ってきたのはその辺りを分かっているからだろう。

「自警団の人たちは安心してくだせぇ。遠距離から弓で射てくれりゃいいんです。前衛は俺たちがやります」

ゴブリン達は自警団をそういう目的で鍛えてきたのだから、それが最も適切な配置だと言える。

剣や防具などを人数分揃えるというのはこの小さな村では非常に困難であり、自警団に前衛を任せるには装備が足りなかった。第一、自警団とはいっても所詮は村人だ。鍬(くわ)や鋤(すき)を普段から使っているために、それなりに腕力はあるが、だからと言って剣の使い方が上手いわけではない。畑仕事の合間の片手間の訓練で、モンスターを倒せるレベルにまで成長出来るのは、天才と呼ばれるような人物だけだ。

以上の点から、前衛が務まるレベルまで鍛えることは不可能と判断したゴブリン達は、弓矢を教えることで後衛として戦えるようにしてきたのだ。

腕が上がり、それなりに的に当たるようになった彼らだが、貫通力に優れた強力な弓は引けないので、厚い皮膚を持つモンスターにダメージを与えるのは難しいだろう。ただし、運が良ければ一斉射撃が防御の弱い箇所に当たる場合だってあるだろう。

「それじゃ、訓練したように正門を越えた辺りを狙えるように、並んでもらいますぜ！　アーグ、お前らの働きは門がぶち破られてからだ。自警団の皆さんと並んで槍を使ってもらうぞ。ブリタさんの言葉をエンリの姐さんの命令だと思って、指示に従え」

「おう！　任せてくれ！」

「その意気だ。いいな、ここから逃げることだけは許さん。死に物狂いで戦え」

「勿論だ！　命を助けられた恩は絶対に返す！　オーガと一緒に最前線を受け持っても構わないぞ？」

「アホガキ！　お前らに任せたら簡単にそこから抜かれちまう。そんなセリフはもっと強くなってから言え！」

リーダーに一喝され、悔しそうな顔をしたアーグたちを自警団が慰めている。

エンリはほっとする。まず、アーグがモンスターを呼び寄せる原因になったと村人たちに思われていないことに。そして次に、アーグたちが受け入れられつつある事に。

彼らは最後に村に来た外様だ。虐げられたり、敬遠されるようなことはないが、かといって完全に垣根をなくすまでには至っていない。だが、あの様子であれば近い将来——この戦いを乗り越えたときにはその垣根はほとんどなくなっているだろう。皮肉なことに、戦場はお互いの絆を強めるに最適な場でもあるのだから。

そして垣根を肌身で感じているからこそ、アーグの戦闘に対する熱意は強い。村に貢献することで自分たちの立場の向上を狙っているのだ。人間の社会だって率先して血を流す者には敬意が集まるものだ。アーグ達三人の働きに部族全員の今後の地位がかかっていると思えば、あの熱意も当然のものだ。

「ンフィー。一つお願いがあるの」

エンリはンフィーレアの横に立つと耳元に口を近づける。

「うっ。いや、もう少し離れて——あ、うん。了解。分かったよ。それじゃ——それだったらアーグ達に一つやってほしいことがあるんだけど、良いかな？　僕の持ってきた錬金術アイテムを貸してあげるから、これを使ってほしいんだ」

ンフィーレアが鞄を開けると、多数の瓶や包み紙が入っていた。

「これを敵めがけて投げるんだ。あまり離れたら当たらないから中距離での戦闘になるけど……覚悟はいい？」

「任せてくれ！　その役目、俺たちが完璧にこなして見せる！」

アーグが鞄を受け取るのを待ち構えていたように、見張り台からゴブリンの声が聞こえる。

「奴ら、移動を開始しやがった。間違いない。確実に村に向かってくるぞ！」

耳を澄ませば、多数のモンスターたちが上げる獰猛(どうもう)な唸り声が風に乗って聞こえてくる。

「それじゃ、自警団の方々、準備をしてくれ！　エンリの姐さんも注意してくれよ！　ンフィーの兄さんもな！」

「ええ！　分かった！　誰も死なせないようにお願いします！」

「任せてよ！　じゃぁ、エンリ行こう！」

エンリは警護役のンフィーレアとともに走り出す。目的は家々を回り、事態に気が付いていない者がいないかを確認することだ。


走り去ったエンリを見送り、ゴブリン達は戦闘態勢へと移行する。

「まずは自警団の皆さんは所定の位置に着いてくだ――くれや。相手をターゲットレンジに入れるぞ」

塀の向こうにいるモンスターに対しては射線は当然通らない。見えざる目標を射抜くために曲射を求められるのだが、これは素人にはできないことだ。そのレベルに到達するまでの練習となると時間がかかり過ぎる。だからこそ指導を請け負ったゴブリンは一つの事に特化することを決めた。

それは門向こう丁度に落とせる感覚を養うことだった。つまりはどれぐらいの力で、どの角度に弓を引けば、的確に落ちるかだけを練習させたのだ。特定の場所以外では役に立たない練習方法だ。しかし、相手が門破壊を狙ってくると予測出来るなら、一方的に攻撃出来るという意味で、かなり有効な訓練だろう。

モンスターたちの雄叫びが迫り、ゴスン、ゴスンと正門に衝撃が走る。連動してビリビリと塀が震えた。

「良し！　目的地点に目標到着！　牽制射撃——開始！」

「開始するぜ！」

ジュゲムの怒鳴り声に答えた見張り台の上にいるゴブリン・アーチャー——シューリンガンとグーリンダイの二人が射撃を開始した。射線が通るならば、弓兵の名を持つゴブリンが外すわけがない。

門の向こうから苦痛に塗(まみ)れた叫び声が上がる。

大気が鳴動するような戦場の空気に呑まれた自警団が緊張と恐怖で震えあがる。そんな中、ジュゲムが怒鳴る。

「自警団はまだ射つんじゃねぇぞ!?　命令するまで弓を下ろしておけや！」

繰り返し練習した場所に敵が到達したのにも関わらず、射つのを止めた理由は、次の瞬間、見張り台を目にした誰にでも理解出来た。

塀の向こうから見張り台に向かって投石が開始されたのだ。一つ一つの石が、人間の頭部よりもはるかに大きい。

殆んどは外れたが、運悪く当たった一発だけでも見張り台が揺れる。

「投石攻撃確認！　敵の投石はあと何回ぐらいありそうだ！」

「一匹につき三つほどはあるので、総数二十一発前後と――うぉ！」

再び命中した投石が見張り台上部の板を破壊した。

攻撃をしていれば、自警団にも岩が飛んだだろう。

確かに敵からは見えない位置にいる自警団に石が命中する確率は非常に低い。しかし、運悪く当たれば、一撃で絶命に追い込まれるのは確実だろう。勢いを殺さずに転がる石だけでも、大怪我はありえる。

自警団に攻撃を指示しなかったのは、安全策を取ったとも言えるが、これから続く長い戦闘において、誰一人として死なせないという決意の表れとも言える。

「石を投げれば、ぶるって射らないと思って舐めてんじゃねぇぞ！」

グーリンダイが怒鳴り、石の飛ぶ中、勇敢に射撃を再開する。当たればかなりの傷を受けると知っても怯えない勇敢な攻撃に自警団の誰もの目がくぎ付けになる。しかし、ジュゲムは違った。全体を見渡して、新手の敵を瞬時に発見する。

「キュウメイ！　左側面の塀を攀じ登ってきた蛇を相手にしろや！　お前ひとりで大丈夫だろうな!!」

「問題ない！　リーダー任せてくれ！」

後ろで待機していたキュウメイが狼を駆って走り出す。向かう先には塀を乗り越えてきた蛇の姿があった。

「十五、十六！　二人とももう少し気張れや！」

ジュゲムに言われるまでも無く、傾きつつある見張り台に立つ二人の弓勢には少しも怯んだ様子はない。放っておいてもそのまま櫓は自壊しただろうが、彼らの奮闘が投石の無駄撃ちを誘発させていた。左側に視線を送れば、蛇との戦いはキュウメイの優勢に進んでいるようだった。

やがて投石攻撃によって半壊した見張り台が大きく傾き、持ち堪えられなくなったシューリンガンとグーリンダイが飛び降りる。着地の衝撃を殺せずにゴロゴロと大地を転がった。

「自警団射撃準備！」

声に反応し、自警団は弓を構える。

「深呼吸！　吸って――吐く！　吸って――引き絞れ！」

普段と同じ掛け声が、一瞬だけではあるが、自警団にこれが訓練と錯覚させる。ミシミシと木が上げる悲鳴すら忘れ、訓練の時とまるで変わらない動きが出来た。

「射て！」

十四本の矢が綺麗に同じ放物線を描いて、空を飛ぶ。塀の向こうに消え、モンスターの悲鳴が響いた。

アーグが感心したように「凄い」と呟いたが、そちらに気を回す余裕は今のジュゲムにはなかった。

「二射目準備！　——慌てんな！　——深呼吸！　吸って——吐く！　吸って——引き絞れ！」

そのタイミングで治癒魔法をもらったシューリンガンとグーリンダイが自警団の端に並ぶ。

「射て！」

再び十四本の矢が飛んだ。遅れて二本。再び怒号が上がり、門の上げる悲鳴がより一層大きくなる。

相手の怒りや苦痛はパワーに変換されているようだった。

「後退！　武装変更！」

自警団はいっせいに正門の内側に配置してある馬止めの後ろに移動する。門から突入してきた者は、この頑丈な柵に行く手を塞がれることになる。その配置はL字通路を形成するようになっており、誘導された敵を待ち受けるのはオーガ達、そしてジュゲムの部下たちだ。侵入者にとっては門を破ってからの方がより死地に飛び込むというわけだ。

「もし魔法詠唱者（マジック・キャスター）がいたら、その直線上からは避難すること！」

「リーダー！」

「なんだアーグ！」

「ンフィーの兄さんから渡されたアイテムの中に粘着剤があるんだが、どこに撒けばいいんだ？」

「土に吸収されたりゃしねぇのか⁉」

「吸収されるが、効果時間が短くなるだけだと考えれば良いって言っていた！」

「そうか。ならタイミングを見計らって、今塞いでいる門のところに投げろ」

了解したと、アーグが部族の者を連れて動き出したころ、蛇を倒し終えたライダーが戻ってきた。すぐにゴブリン・クレリックが走り、傷を癒す。

バキンという音が響き、片側の門扉が破壊される。最初になだれ込んできたのは敵側のオーガ達だ。

「くく、脳味噌なしのあんぽんたんども」

ジュゲムが嘲笑う。お前たちは決定的に間違えたぞ、と。

この、門の片側だけが壊れるというのも、こちらの仕掛けだ。片方が壊れれば、もう片方も壊そうとはせずに突入してくるだろう。特に矢を射かけられていれば。しかし入り口が狭ければ、一度に入ることが出来ず、立ち往生する者が多くなる。対してこちらはL字型の馬止めに沿って兵を配置しており、一斉に攻撃することが出来る。

「必殺の陣形にようこそ」

武装が若干良い味方のオーガが敵オーガに対し優位に立って殴り合い、それを自警団が槍で支援する。馬止めを破壊しようとするオーガに対してはアーチャーやソーサラー、そしてアーグの錬金術アイテムが乱れ飛んだ。乱戦の隙間を縫って中に躍り込もうとする獣たちはゴブリン達が抑える。

圧倒的に有利な状況だ。後ろには予備戦力としてライダーたちを控えさせている。相手に魔法詠唱者（マジック・キャスター）がいないのであれば、勝利は間違いない。だが——

「——なんだ、ありゃ!?」ジュゲムの押し殺した声に畏怖が混じった。「あいつは妖巨人（トロール）なのか?」

オーガと見た目は違うが、同じぐらいの大きさを持つ巨人が奇妙なぎくしゃくとした動きで迫ってきていた。その手には異様な雰囲気を放つ巨大な大剣が握られていた。

刀身中央を走る溝からぬらぬらとした液体が刃へと流れているのは魔法の力なのだろうか。

「ボスってところか？　……まさかあれが……東の巨人？」

そう思ってみれば納得するだけの雰囲気がある。強靭そうな肉体はまるで鋼のごとく鍛えられており、リーダーの知る妖巨人（トロール）にも似ているが全くの別物にも思えた。あの時に見た魔獣と同格だというのもうなずける。

妖巨人（トロール）一体でも全員でかかる必要があるほど。ならばそれよりも強そうに思える奴はどれほど厄介な相手か。

「だとしたら……」

どうするか、ジュゲムは考える。

ならば勝算はないにも等しい。最善の手はエンリを守って逃げることだ。嫌がるだろうが、その時は無理矢理にでも——。

「……いや最善じゃねぇな。最悪の手であり、最後の手段だ」

ジュゲムは吐き捨てるように言う。

「……お前ら、これから俺たちは死ぬぞ。後ろに下がるとか甘ったれた考えは捨てろ。俺たちの雄姿(ゆうし)をこの場にいる全ての者たちの目に焼き付けてやれ！」

ゴブリン達の戦意に満ちた咆哮が上がり、一瞬だけその場にいた敵も味方も呑まれたように動きを止める。

「行くぞぉ！　エンリの姐さんの一の子分である俺たちの力を見せてやるぞぉ！」

•

一通り村を回ったが、誰も残っていなかったことに、エンリは安堵の息を吐き出す。その時、何かが壊れていく音が正門の方から聞こえた。続けて雄叫びと雄叫びがぶつかり合い、臓腑を震わせるような重低音が響き渡る。

門を破ったモンスターたちとゴブリン達の戦闘が始まったのだろう。心配から逆流しそうになる胃液を飲み込む。苦い味が喉から口へと広がるが、それを無視してエンリはンフィーレアを見る。

「ンフィー。それじゃ、私たちも正門に」

「分かった。でも君は集会所に行って、みんなを安心させた方が良いんじゃない？」

ンフィーの言葉には邪魔にならないようにという意味も含まれている。

エンリも弓の訓練は受けているが、正門が打ち破られた段階で、槍に持ち替えての戦闘に移行しているはずだ。正直、今からエンリが行ったところで出来ることは少ない。

「駄目よ。私はゴブリン達を指揮する権威を持つ、力ある村長だから選ばれたの。後ろに下がるのが正しいんでしょうけど、今回ばかりは駄目よ」

絶対に一度は前で戦うところを見せる必要がある。エンリの瞳に宿る力を認めたのか、髪を掻き上げたンフィーレアが硬い顔で同意した。

「確かにその通りだ。分かった。僕が君を守るよ」

穏やかな幼馴染らしからぬ、凜々しくかつ真剣な表情に、エンリは心臓が変な鼓動を打ったのを感じた。

「ん？　どうしたの、エンリ。確かに僕はゴウンさんのように立派じゃないかもしれないけど、君よりも先に死んだりはしないよ」

「……死ぬとか言わないで」

「あ、ごめん。えっと……えっと……」

何を言うべきかと迷う幼馴染に普段の姿を見出し、エンリは小さく微笑む。

「行きましょう、ンフィー！」

「あ、え、うん！　そうだね。こんなところで話している時間はないね！」

二人で正門に向かって駆け出す。一番遠い裏門まで来てしまったため、戻るとなると全力で走ってもいささか時間がかかる。息が切れた状態で到着しても、すぐには戦闘に参加出来ないわ、ぶつかり合っている状況下では邪魔になるわと良いことはないので、ちょっとだけセーブして走る。

ただし実際に走ったのは数秒程度。

二人とも嫌な音を聞きつけ、立ち止まる。

振り返ると裏門の上部にひょっこりと姿を覗かせているものがあった。

巨大で、異質であり、人のそれとは大きく異なっているため、見た瞬間は理解出来なかったが、その正体は指だ。四メートルの高さにもなる裏門の上部を手で摑んでいる。

頭を殴られたような衝撃を受けた二人は、脱兎のごとく駆け出し、家の陰に隠れる。

「——何、あれ？　巨人？」

「分からない！　で——」

ンフィーレアが言葉を閉ざすと、喘(あえ)ぐように口を丸くした。エンリも慌てて裏門へと視線を動かし、まるで同じ表情を作る。

ゆっくりと壁を乗り越えて姿を見せた者がいた。

それは人間ではありえないような巨体を持つ者。

「まさかあれは妖巨人(トロール)？」

喘ぐようなンフィーレアの言葉にエンリは姿を見せたモンスターを凝視する。

「あれが？」

「実物を見るのは初めてだけど、聞いた話とそっくりそのままだ。もし本当に妖巨人（トロール）だとしたら不味い……。妖巨人（トロール）は金級冒険者たちでようやく相手に出来るような相手だ。正直言ってジュゲムさんたちでも厳しいかもしれない」

　村で最強の存在よりも強いというンフィーレアの言葉に、エンリは自らの血が一気に下に流れ落ちる気分だった。

　姿を見せた妖巨人（トロール）は鼻を鳴らしながら、周囲をゆっくりと見渡し始める。

　エンリは手を引っ張られ、家の陰に隠れる。そこで口を塞がれると、押し殺した声が耳のすぐ横でした。

「エンリ、妖巨人（トロール）は鼻が利くんだ。いまはこっちが風下だから大丈夫だとは思うんだけど、安心するのは早い。できるだけここから離れて……ゴブリンさんたちと合流しよう」

　エンリもンフィーレアの耳に口を近づける。

「駄目よ、ンフィー。今あいつが正門に行ったら、みんな挟み撃ちされて死んじゃうわ」

「それは確かにそうかもしれない。でも、どうしようも——」

「——ここには私たちしかいない。だったら私たちで止めるしかないわ」

　ンフィーレアの伸びた髪の隙間から、狂人を見るような色が湛（たた）えられた目が覗く。確かにエンリも自分がとんでもない発言をしているというのは理解している。しかし、それ以外手段がないのだ。

「勝ったり、倒したりする必要はないわ。少しだけ時間を稼ぐの。ンフィー、力を貸して」

「――どうやって時間を稼ぐの？　あいつをここにくぎ付けにする方法は？　僕が戦っても良いけど、たぶん……一撃しか耐えられないよ？」

静かなンフィーレアの言葉には覚悟があった。エンリもまたそれに応えるべく、詭計（きけい）を口にする。

「私、作戦を思いついたわ。まずはオーガを作りましょう」


妖巨人（トロール）は暫（しばら）くの間、木で出来た人間の家を眺め、それから移動を開始する。

どの家からも柔らかそうな人間の臭いがしたが、残り香に過ぎないと理解したためだ。周りにはそれ以外の臭いがないことを確認し、戦いの喧噪が流れて来る方へと歩み始める。人間たちと彼の同胞の戦いの音に、彼の口内に唾（つば）が溜まる。きっといるだろう人間の姿を頭に思い浮かべて。

柔らかで綺麗な人間はめったに食べられないご馳走だ。

妖巨人（トロール）の中でも彼はグルメで、手足のような肉が詰まった部分を好物としており、苦い腹部は好きではない。だからこそ腹が一杯になるまで食べるには獲物の数が十分でないと難しいが、この場には彼を満足させるだけの数がいるように思われた。

涎（よだれ）が垂れるのと同時に、歩幅は大きくなっていく。

だが、足を止め、妖巨人（トロール）は周囲を睨む。正確に言えば家の陰を。

オーガだ。

　そこからオーガの臭いが漂ってくる。

　彼は顔を顰めた。オーガは彼の同胞にもいるが、微妙な臭いの差があり、彼の記憶にない者たちの臭いだ。それが彼を包囲する形で家々の陰にいる。

　もちろん、そこまで嗅ぎわけられたのは彼の嗅覚が犬ほども鋭いからというわけではなく、仲間にオーガがいるために、種族的な臭いとして覚えていたからだ。だからこそ、その場に何人いるかというところまでは分からない。

　それに一つ疑問があった。それは謎の臭いが同時に立ち込めていることだ。青い臭いは踏みつぶした草から立ち上るものに似ているが、それよりも遥かに強い。

　このオーガは草を潰した汁を塗っているのか？

　彼は疑問を抱きながらどうしようかと迷う。漂ってくる草の臭いで鼻が刺激され、涙が浮かびそうになる。これほどの強い臭いに我慢出来るとは、オーガの鼻は詰まっているのだろう。

　正面から打ち破ることは出来る。妖巨人（トロール）である彼はオーガよりも強い。しかし、それは無傷でいられるという意味でもなければ、時間がかからないということでもない。

　妖巨人（トロール）は種族的な能力として再生能力を持つため、傷は時間の経過とともに癒える。しかし、時間のロスは不味い。彼の仲間のオーガ達に人間が全て食べられてしまうかもしれない。

　相手が散開しているのは、彼が真正面から行ったら、一斉に襲い掛かってくるつもりだからなのだろう。

相手の狙いを見破った己の閃(ひらめ)きに満足しながら、彼はゆっくりと回り込むような形で移動を開始した。

狙いは短時間での殲滅。ならば相手が散開しているこの瞬間がチャンスではないか。端っこのオーガから各個撃破していけばよいのだから。

音をたてないようにゆっくりと動いていくと、突然、家の一つから小さな影が飛び出した。

ゴブリンなどではなく、彼の大好物である人間だ。

驚きに身を竦ませた彼に対して、マントを棚引かせた人間は何かを浴びせてきた。

「オゴォオオオアア」

激臭に彼は悲鳴を上げる。かけられた緑の液体から鼻をもぎ取らんばかりの強烈な臭いが立ち込めた。オーガ達が漂わせている草の臭いを数倍以上にもしたものだ。

再生能力があるとはいっても、これは傷ではない。耐え切れない臭いに目の端に涙を浮かべた彼は足で蹴りつけようとするが、既に人間は家の中に飛び込んでいた。

鋭い嗅覚を持つ彼が、この距離まで忍び寄ることを許してしまったのは、人間の臭いを草の汁の強烈な臭いが上書きしていたためだ。

怒りを刺激されながらも人間を見失った妖巨人(トロール)は標的を最初の狙い――オーガに戻す。まずはオーガを殺して、次に餌(人間)だ、と考えて。

憤怒の表情で家を回り込んだ妖巨人（トロール）は目標であるオーガの姿を発見することは出来なかった。まるで消え失せたかのように、その場には誰もいなかったのだ。

「グウウ、ドコ？」

見渡すが、自分よりは小さいとはいえ、巨体であるオーガをどこにも見いだせない。幾らなんでもあれだけの巨体が動けば、視界の端に捉えることが出来たはずだ。オーガごときが自らの主人と同じように不可視となったというのだろうか。妖巨人（トロール）は理解不能な状況に遭遇したことに混乱しつつも、鼻を鳴らす。

しかし、自らの体から漂う、その強烈な草の臭いが邪魔で、どこからオーガの臭いがするのかさっぱり分からない。

「グウウウウ」

うなり声を上げた妖巨人（トロール）は自分の体に付着した汁を手で拭うが、今度は手から臭いが立ち上る。

そのとき妖巨人（トロール）は大地に落ちている一枚の布を発見した。

これで拭えば良いと考えた妖巨人（トロール）が好奇心からその布を取って鼻に近づける。鼻はろくに利かないが、ここまで近寄せれば少しはかぎ取ることが出来る。

妖巨人（トロール）はその布からオーガらしき臭いをかぎ取った。ここまでされれば妖巨人（トロール）にだって理解出来る。

このオーガの体臭が染み込んでいる布のせいでオーガ本人がいると勘違いしたのだろう。

これが偶然であるはずがない。

「ニンゲン！」

激怒から咆哮を上げて、妖巨人(トロール)は周囲を見渡す。人間はいない。ならばまだ家の中にいるはずだ。

その拳に怒りを乗せて、家に叩きつけた。幾度も繰り返すことによって家の屋根が抜け、内部に倒壊する。

慌てたように飛び出してくる人間を引き裂いてやると妖巨人(トロール)は追った。


目標(トロール)が自分を追いかけてくれるということは計略の成功を意味し、感謝するほかないが、それでも心臓に悪いと泣きそうになる。巨体で、人を食うモンスターが後ろから迫って来るという、真剣勝負の鬼ごっこ——敗北は胃袋の中——に泣きそうにならない村娘は普通いない。

それにこの鬼ごっこの終わりが、何時(いつ)になるのかわからないという点も泣きべその要因の一つだ。

終了時刻がきっちり決まっていれば、それを励みに最後の最後まで逃げ続けようという意志も湧きあがる。しかし、正門の戦いがいつ終わるのか、それにこちらの追いかけっこにみんなは気が付いているのかという不安が頭をよぎるたびに、気力が目減りしていく。

準備に時間がかかり過ぎて、どちらかが正門のところまで報告に行けなかったことを悔やむ。

エンリは必死に走りながら、ンフィーレアの待つ家に飛び込む。代わりに同じようなフードつきマントを着たンフィーレアが裏口から飛び出した。息を飲み、自分の策に敵が嵌(は)まったかどうかを固唾を呑んで見守っていると、妖巨人(トロール)は別人に替わったことに気づく様子もなく、ンフィーレアを追いかける。

乱れる息を整えながら、エンリは喜びで両手を握りしめた。

妖巨人(トロール)と人間ではスタミナ、歩幅、肉体能力と全てに差があり、一人で追いかけっこをしたら絶対に捕まるだろう。だから相手に気が付かれないように交代することで、疲労を回復しながら長期戦に対応する心づもりだった。一つは時間稼ぎのため、もう一つは人が集まっている集会所に行かせないためだ。

ここで問題になるのはこちらが一人であると勘違いさせる手段だ。

妖巨人(トロール)はどこで人間を見分けるのか。確かに長い時間をともにすれば幾らでも見分けられるだろうが、そうでない場合はどこか。考えられるのは外見、特に服などだろう。だから、同じ雨具用のマントを羽織っているのだ。

次に嗅覚で見分けられないように、その敏感な鼻を殺すために薬草の汁を用いた。

エンリは臭いを使うことで、二つの罠――オーガの臭いで立ち止まらせ、薬草の臭いで自分たちの臭いを誤魔化す――を仕掛けたのだ。

ようやく息が整ったエンリはこっそりと次の家へと移動を開始する。

暗い屋内に入り、外の様子を静かに窺う。ドスンドスンと重い音が近寄ってくるのと同時に、必死の形相のンフィーレアが飛び込んでくる。タイミングを合わせて、エンリは自分が入ってきた裏口から飛び出す。

走り出して、妖巨人(トロール)が自分を追ってこないことに気が付く。鼻を鳴らしながら、こちらと家を交互に見比べている。醜い顔はさらに歪められている。なんとなくだが、訝しげなものを湛(たた)えているような気がした。

エンリの喉を冷たい汗が流れる。そして汗を無意識に手の甲で拭い、濡れた感触で直感する。

「……鼻が慣れちゃった？」

薬草の臭いに慣れ、汗の臭いで違和を感じ、妖巨人(トロール)は人間の臭いが二つあることに気がついたようだった。

拳が持ち上がり、家に叩きつけられる。ンフィーレアが転がるように外に飛び出してきた。しかし、足を止め、逃げる気配がない。

「エンリ！　逃げて！　僕が時間を稼ぐ！」

「——馬鹿！　一緒に逃げた方が！」

「絶対に追いつかれる！　家を盾にしたって同じだ！」

目を見開いたエンリにンフィーレアが笑った。

「僕の方が強いから、僕が囮(おとり)になった方が生き残れる確率は高い！」

ンフィーレアが魔法を発動すると、彼の体がぼんやりとした光を纏った。

正論を口にされ、言葉を失ったエンリを見てンフィーレアが笑ったようだった。

「それに――好きな人ぐらい守らせてよ」

ンフィーレアは凶相を作る化け物に向き直ると、握り拳に親指だけを立て自分自身を指し示す。

「遊んでほしいなら、相手してやるぜ！　かかってこいや！　〈酸の矢(アシッド・アロー)〉！」

ンフィーレアには似つかわしくない罵声に続き、緑の矢が妖巨人(トロール)めがけて飛ぶ。当たった瞬間、焼けただれる音と蒸気が上がった。それに倍する妖巨人(トロール)の苦痛の叫びが轟く。

目に強い険を宿した妖巨人(トロール)がンフィーレアを見据える。もはやエンリは視界のどこにもいないようだった。

「早く行ってよ！　それで助けを呼んできて！」

ここでぐずぐずしている方が愚かだ。

「無事でいて！」

その言葉を最後にエンリは駆けだす。

妖巨人(トロール)が追ってくる様子はなかった。

正直言って、生き残れる可能性は皆無だ。能力的なスペックに圧倒的な開きがあり、金級冒険者でなければ相手にもならないようなモンスターにンフィーレアが勝てるはずもない。

一分でも時間を稼げれば賞賛される、そんな絶望的な戦いだ。

「うん、間違いなく死ぬね」

警戒しながらゆっくりと動く妖巨人（トロール）の姿に、ンフィーレアは苦笑する。

酸や炎などの攻撃によって受けた損傷に対しては再生能力は働かない。だからこそ自らの最大の能力を打ち破る攻撃を放ったンフィーレアを用心しているのだろうが、的外れな心配だ。普通に突っ込んで来ればそれだけで妖巨人（トロール）が勝利するという状況下では笑うほかなかった。

「まぁ、僕には好都合だけどさ。〈催眠（ヒプノティズム）〉！」

妖巨人（トロール）の敵意に変わりはない。放った魔法は抵抗にあったようだった。

自分に魔法が放たれたと知った妖巨人（トロール）が突撃してくる。

巨体が見る間に迫ってくる姿は殆ど悪夢と言ってよかった。

「効けば時間稼ぎは成功したのに……そんなに運はよくないか。ああ、残念だったなぁ」

諦めという感情がンフィーレアにはある。勝てるはずがない勝負であり、勇敢を通り越し無謀の領域だと知っているがためだ。それでも――。

――エンリのために時間を稼がないといけない。

その思いが体を動かす。

眼前に立った妖巨人（トロール）の左腕が持ち上げられたのを視認したンフィーレアは左前方に走る。死中に活を求めるという言葉があるように、最も危険な道の先にある安全圏に飛び込んだのだ。拳が後ろを走り、風が髪に触れたのを感じたンフィーレアの目の前に、巨大な足が壁のごとく迫ってきた。

視界がぐるん、と回る。体からペキペキと枝をへし折るような音が聞こえた。

地面に激突し、ゴミ屑のように転がる。

大地に転がったンフィーレアの体の中を痛みが駆け巡る。激痛なんて生易しいものではない。今までの人生でこれほどの痛みを経験したことはなかった。

「で、でも生きているんだから凄いや。僕ってなんて凄いんだ……」

かけていた防御魔法の効果と、崩れた姿勢からの妖巨人（トロール）の蹴りという二つの要因が重なり合ったお陰だ。咳をするたびに激痛に襲われながらも、ンフィーレアは立ち上がり、魔法を放つ。

「〈酸の矢（アシッド・アロー）〉」

追撃しようとしていた妖巨人（トロール）が足を止める。足の先——大地を焼いた酸を警戒して。

（うん。狙い通りだ）

時間稼ぎこそがンフィーレアの狙い。相手が警戒で攻撃する手を拱（こまね）いているのであれば、そのままいつまでも警戒していてほしいぐらいだ。

大体、次の一撃で間違いなく自分は死ぬ。

「……痛いよぉ。死にたくないよ……」

思わず泣き言が漏れてしまった。

人生なんてこんなものだ。

認めたくはないのだが、認めざるを得ない状況というのはいつでもある。ンフィーレアの場合は今だ。

ここで死ぬ。間違いなく自分はここで死ぬ。

逃げたい気持ちはある。必死に逃げればもしかしたら逃げられるかもしれない。しかし、その場合、どれほど悲惨なことになるだろうか。

ンフィーレアはエンリを思う。

エンリがいるからこそ、ンフィーレアは戦える。

「エンリに言えたから……ううん。答えを聞くまでは死にたくないよ……」

ジリジリと寄ってくる妖巨人（トロール）にそんな恋する少年の心は理解してもらえないだろう。

もう時間稼ぎは無理だ。

妖巨人（トロール）の醜い表情から今何を考えているのかが何故かはっきりと読み取れた。相手はダメージ覚悟でこちらを殺すつもりだ、と。ならば――

「――〈酸の矢（アシッド・アロー）〉！」

ここに来て妖巨人（トロール）と対峙する者のため、少しでも傷を与えておくことがンフィーレアに出来る最大の働きだろう。

放った酸の矢が体を焼く痛みに顔を歪めながら妖巨人（トロール）が拳を振り上げる。激痛に立つのが精一杯のンフィーレアに防ぐ手段は浮かばなかった。

「急いでください！」

エンリの先導で三匹のゴブリン達がンフィーレアの救援に走る。

合流できたのはエンリが正門まで辿り着いたからではない。エンリ達がいつまでも戻ってこず、更には後方から聞こえた謎の雄叫びに、心配したリーダーが乏しい戦力を割いてまでゴブリンを三体送り出してくれた結果だ。

もう少し粘っていれば、ゴブリン達が助けに来てくれた。そう思うとエンリは罪悪感から胸が張り裂けそうになる。

ほんの少し運が悪かった。

それさえなければ——

「あそこ！」

エンリが指さした先、そこにいるのはンフィーレア。その前には拳を構えた妖巨人(トロール)。

助けは届かない。あまりにも距離があり過ぎた。

妖巨人(トロール)が上から下へ振り下ろした拳が叩きつけられる。家を破壊する一撃だ。即ち、ンフィーレアの死は確実だ。

目を閉ざしたエンリは暗闇の中、ゴブリンたちが息を飲み込んだのを耳にする。それは驚愕の息。

この場に相応しくないゴブリン達の反応に、恐る恐る目を開いたエンリは——

「いやー、体力レッドゲージって感じっすね。大丈夫っすか？」

――巨大な武器を手にした美女を目にする。

ルプスレギナの持つ聖印を象ったような巨大な武器が盾になるように横から突き出され、妖巨人の拳を受け止めていた。サイズや腕の太さを考えればありえないような光景ではあるが、夢でも幻でもない。

「うんじゃ、こいつは私が相手をするっすよ。……あぁ、ンフィーちゃんは傷を受けてるんすね。〈大治癒〉」

妖巨人が理解不能な現象を見るように一歩下がる。自分の渾身の一撃を突然現れた謎の人間が受け止めたのだからそんな顔になるのも当然だ。いや、もしかすると魔法で生み出された何かと考えているのかもしれない。

呆けた表情で、ンフィーレアが妖巨人に背を向けて歩き出した。あまりにも無防備な姿だが、妖巨人からの攻撃はない。いや、代わりに立ちはだかる相手を無視してそのような行為ができるはずがない。

「ンフィー」

エンリはンフィーレアをぎゅっと抱きしめる。

「ああ、エンリか」

未だ夢の中にいるような頼りない返事に、彼がいた極限の状況を悟る。死地から脱出出来たとはいえ、精神に受けたダメージは深いのだろう。

「無事でよかった」

「――君もね」

エンリは心の中に温かいものが帰ってくるのを感じていた。ンフィーレアが死ぬと悟った瞬間、感じた冷たいものの代わりに。

「本当に無事でよかった！」

強く抱きしめる。

「君もね」

ンフィーレアの手が回り、向こうからも抱きしめてきた。きつい抱擁だが心地良かった。

ぽろぽろと涙が溢れ、頬を伝う。

「……どうしたの？」

「……馬鹿」

「あー、いちゃついているところ悪いっすね」

「ルプスレギナさん！」

エンリが力を抜くのと同時にンフィーレアの腕からも力が抜ける。それを少しだけ寂しく感じながらルプスレギナに向き直る。

「妖巨人（トロール）は――」

視線を動かしたエンリは形容しがたいものを見た。

「ああ、あれっすよ。焼く前のハンバーグみたいなのがそうっすね。あとはちょっと炎であぶって終わりっすね」

血に濡れた聖杖を向けた先、そこには血塗(ちまみ)れの肉玉が転がっていた。その肉玉がかつて妖巨人(トロール)だったことをうかがわせる形のあるものはどこにも残っていない。しかし、そんな肉の塊がゆっくりと再生していくさまは悍(おぞ)ましいを通り越し、吐き気がこみ上げる。

「いやー二人とも無事でよかったすよ。あっちも問題なく解決したみたいっすしね」

エンリの耳にこちらに近づいてくるゴブリン達の声が聞こえた。正門の戦いは勝利に終わったみたいだ。

「ほいっと」

まるで空から炎が降ってきたかのように赤い柱が妖巨人(トロール)を包み込み、生肉が焼けるような臭いが立ち込める。

「これで妖巨人(トロール)の方は終わりっすね。それじゃ、お役目も終了なんで帰るっすね。あ、ンフィーちゃん。アインズ様が紫水薬(ポーション)の開発に成功したことを褒め称えて、自宅に招かれるそうっす。首を洗って待っていてほしいすね。あ、首を長くしてっすか」

言いたいことは言い終わったとばかりに、ふらっと踵を返し、裏門に向かってルプスレギナが歩き出す。

「ありがとうございました！」

エンリの大声に、奇矯（ききょう）のメイドは振り向くことも足を止めることもなく、ただ手をひらひらと振るだけだった。

「……姐さん、ンフィーの兄さん。俺たちはちょっとみんなをこっちに誘導してきますよ。二人はその辺りで休んでいてくだせい」

答えも聞かずにゴブリン達が走り始める。一人ぐらい残ってくれてもいいんじゃないか、とは思わなくもなかったが、それ以上にンフィーレアが心配だったエンリは肩を貸して歩き出す。

そして妖巨人（トロール）の死体からちょっと離れたところに二人で腰を下ろした。

「はぁ」

我知らずため息が重なる。そしてほぼ同時に二人で夜空を見上げた。

「助かったね」

「うん」

「運が良かったよ」

「うん」

「もう二度とこんなことしたくはないね」

「うん」

二人の間に静寂が流れる。エンリはふと思い出したことを口にする。

「好きかどうかは分からないけど、ンフィーにはどこにも行って欲しくないよ」

「……うん。……うん」

「それが好きってことなのかな？」

「……僕には分からないや。でも、だとしたら嬉しいな」

エンリとンフィーレアはそのまま黙って、ゴブリン達が来るまで二人で肩を並べて夜空を見上げ続けた――。

エピローグ

「エンリの姐さん、準備が整ったようですね」

エンリの家に入って来たジュゲムがエンリの格好を眺め、そう言った。

「ええ、そうなんだけど……変じゃないかな」

エンリは自分が着ている一番良い服──収穫祭など祝いの時しか着ない服をしげしげと眺めながら、ジュゲムに問いかける。

「変なところなんかどこにもないですぜ、なぁ、ンフィーの兄さん」

「うん。綺麗だよ、エンリ」

「もう！」

顔を赤らめたエンリの視界の隅に入ったのは、ネムとジュゲムのニヤニヤ顔だった。ニヤニヤというよりニタニタといういやらしい笑いだ。

エンリとンフィーレアの関係が一歩進んでからというもの、頻繁に見せる彼らの表情に一言言ってやりたい気持ちに駆られる。しかし、そんなことをすれば一層顔を赤らめる結果に終わりそうだと賢くも悟った彼女は口を噤（つぐ）む。

だが、放置しておくのも危険だ。特にネム。

妹はあまりにも答えるのが難しい質問を投げかけてくるときがある。

（なんだかこの数日で、急激に精神的な面で成長したような気がする……。ここはンフィーに助けを……）

エンリの助けを求める視線を受け、恋人（ンフィーレア）は口を開く。

「えっと、ゴホン！　それにしてもその魔法の剣の使い勝手はどう？　前聞いたときは今までの剣との違いに苦労しているみたいだったけど」

ジュゲムが持つグレートソードは、数日前の襲撃の際、手に入れた魔法の剣だ。

「剣の重さや重心の位置などにようやく慣れてきましたんで、前の剣なみには使えるようになりました。流石は魔法の武器だけあって切れ味等は前のものよりも良いですね。ただ……溝から流れる毒によって、傷を負った相手の筋力を低下させるっていう効果はちょっと微妙ですけどね」

「そうなの？　すごい効果みたいだけど」

「さほど強力な毒じゃないんですよ。俺クラスならほとんど抵抗に成功しますね。格下にしか効果がないっていうのはね……」

ふっとジュゲムが暗い顔をした。

「どうしたの？」

「あー」ジュゲムが天井を眺め、それから嫌そうに口を開いた。「この剣を持っていた妖巨人なんですがね、どうも変な奴だったんですよ」

「死体を見た限り、普通の妖巨人とは違う――亜種の妖巨人だと思ったんだけど……」

「いや、そういう意味じゃないですぜ、ンフィーの兄さん。……体の動き、再生能力が不能、切った感触……どうも変な感じ……そう。まるで既に死んでいる肉体が動いているような奇妙な違和感があったんですよ」

「死体が動く？　ゾンビだっていうの？」

「わかりません。そういう種類の妖巨人だという可能性もありま――」

「――お待たせっすよー」

ばんと勢いよく扉が開かれた。

日光を背にルプスレギナがエンリの家の中に無遠慮に入ってきた。思わず呆気にとられた一行の心の内を代弁するように、「スパン！」という軽快な音がルプスレギナの頭部から鳴り響いた。

「あ、痛！」

「このおバカ。そんな失礼な態度がありますか。失礼しました、皆さま」

頭を押さえたルプスレギナをぐいっと引っ張って後ろにやると、後ろにいた女性が扉の前で一礼する。

「アインズ様のメイド、ユリ・アルファと申します。ンフィーレア様、エンリ様、そしてネム様をお迎えにあがりました。失礼してもよろしいですか？」

「あ、はい。どうぞ、えっとルプスレギナさんもどうぞ」

感謝の言葉とともにルプスレギナと入ってきた女性もまた天上の美を持つ者だった。

「では、準備がよろしければすぐに転移の準備に入りたいと思います」

「て、転移？　転移なんて出来るんですか！」

ンフィーレアが大きな声を上げた。エンリにはなぜ、ンフィーレアが驚いているのかはわからなかったが、凄いことなんだろうな、とは理解出来た。

（戦士長たちが転移したのも凄いことなんだよね？）

「あ、いえ。これは私の力ではなく、アインズ様よりお借りしたマジックアイテムの力によるものです」

「……角笛もそうだし、水薬（ポーション）もそう。凄いよね、ほんとなんというか凄すぎてよく分からないや」

ぐったりとンフィーレアが力なく肩を落とす。エンリはずっと抱いていた質問を投げかけるチャンスだと思い、声を上げた。

「あの、本当に私も行ってよろしいのですか？　それに妹まで！」

今日は、村の救世主、アインズ・ウール・ゴウンの家にンフィーレアが招かれているのだが、単なる村娘である自分が行っても良いのだろうかと話を聞かされてからずっと不安を抱いていた。相手は強大な魔法詠唱者（マジック・キャスター）であり、生きる世界の違う相手だ。何か失礼なことをしてしまうのではないかと考えるたびに、胃が引きちぎれそうになる。

「大丈夫っすよ。ンフィーちゃんが水薬（ポーション）を開発したというお祝いを兼ねてっすから、彼女のエンちゃんが来ることに問題はないって言ってたっすよ。礼儀とか作法なんて、別にそんなに問題じゃないっすよ」

「……ルプス、言葉使いをどうにかしなさい」

「ユリ姉。良いじゃないっすか。友達みたいなものなんすからねー、エンちゃん」

「え？　え、ええ。はい。そうですよね、はい」

はぁ、とユリと名乗ったメイドは溜息を吐（つ）くと、壁の前まで歩く。突然、そこにまるで空間から取り出したかのように大きな木枠が現れた。人が余裕でくぐれるほどのサイズで、細緻な模様が彫刻されており、額縁のようにも見える。

「……まさか〈小型空間（ポケットスペース）〉？　いやあんなに大きなものは入らないはずだからより上位の魔法なのかな？」

「さぁ、どうぞ。お入りください。ルプス、ここの守りは任せますよ？」

「りょーかいっす」

枠の向こうに見えるのは、見慣れたいつもの壁のはずだ。しかしながら、まるで別の世界が向こう側には広がっていた。

ユリが先導するように歩き出す。枠の向こう側へと。

続いてンフィーレアが歩き出す。遅れてエンリ、そして手を繋いだネムだ。

抵抗すらなく抜けた先、広く荘厳な通路の左右には今にも動き出しそうな像が並んでいる。

「うわー」

感嘆の吐息を吐き出しつつ、ネムが口を大きくあけながら、天井を必死に見上げようとしている。

転ばないように支えながら、エンリも見上げた。

「凄い……」

そこは磨き抜かれた大理石の床に絢爛たる絨毯が敷かれた荘厳な通路だった。エンリは少し呆然としながら、きっと王宮とはこんな所なのだろうと思った。

「この先でございます」

ユリの声に我に返り、少し先に行った二人を追いかけて走ろうと考える。しかし、あまりにも場違いすぎる行動のように思われ、エンリは小走りに抑えた。

少し歩くと、その先の壁に同じような枠がかかっていた。ただし二つほど違うところがある。まずその大きさが先ほどの数倍以上で、幾人もが並んで進めそうなほどだということ。次が向こう側の光景が映っておらず、七色に輝く薄い膜のようなものが広がっていたということだ。

「先ほどと同じようにどうぞお進みください」

エンリはンフィーレアと視線を交差させる。

「じゃあ、一緒に行こうか」

エンリとンフィーレアは手をつなぐ。左から順にネム、エンリ、ンフィーレアという並びで枠の中に足を踏み出す。

一瞬だけ、ピンクの花が散る中、下が赤で上が白の服を着た女性を幻視し――

「いらっしゃいませ」

一糸乱れぬ声が歓迎を伝えた。

見渡せばそこは先ほどよりも一層豪華な作りの通路で、左右に美貌を誇るメイドたちが並んでいる。一番奥には奇怪な仮面をつけ、光を吸い込むような深みのある漆黒のローブで身を包んだ人物が立っている。村を救ってくれた救世主たる魔法詠唱者（マジック・キャスター）、アインズ・ウール・ゴウンだ。

エンリは口を開けたまま放心して立ち尽くした。

天井からはキラキラと輝くシャンデリアが下がっており、白亜の床には塵ひとつ無い。壮麗な通路と居並ぶ美女。まるで幻想の世界に入り込んだようだった。

ふわふわと夢の世界にいるような気持ちで呆然と佇んでいると、不意にネムの手が離れていった。それをぼんやりと意識の片隅で認識したエンリは、次の瞬間、急速に現実に引き戻された。

ネムが突然走り出したのだ。

「凄い！　凄い！　凄い！」

大声を上げながら全力で走り出す。居並ぶメイドたちの前を駆け抜けて、アインズの元まで。

感情のキャパシティーを超える世界が広がったせいで、理性で抑えきれずに暴走したのだろう。

「凄い！　凄い！　凄い！」

「ネム！　戻ってきなさい！」

エンリも遅れて走り出す。妹のあまりに失礼な態度に、全身からびっしょりと汗が吹き上がっていた。

しかしここは美しいメイドがずらりと並ぶ神域の如き空間。そのど真ん中を自分のような村娘がバタバタ駆け抜けるのはどうにも躊躇われた。エンリの脚は二律背反の思いをダイレクトに表現し、結果として瀕死の蛙のような歩法で移動する羽目になった。

そしてエンリがギクシャクしている間に、ネムは村の救世主の元まで難なく到着していた。

「……そんなに凄いかね？」

「凄い！　こんなの凄すぎるよ！」

「そうか。凄いか。……いや、そうだな」アインズはそっと手をかざすと、静かにネムの頭を撫でた。

「凄いだろ？　私の住む場所は」

「うん、凄い！　ゴウン様がお作りになったんですか！」

「ははははは。その通りだ。私の仲間たちと一緒にな」

「すごーい！　ゴウン様のお仲間の方たちもすごーい！」

「はっ――ははははは！」

朗らかな笑い声が響き渡る。

その時ようやく、ンフィーレアとエンリはおっかなびっくりで二人の元まで到着した。ネムの手を、エンリはぎゅっと握る。もう絶対に離さないという意志を込めて。

「このたびはお招きいただきましてありがとうございます！」

「そんな堅苦しい挨拶は必要ないさ。今回は君が新しく水薬(ポーション)を生成したことを祝ってのもの。気を楽に過ごしてほしいな」

「ゴウン様、申し訳ありません。うちの妹、ネムがご無礼を働いてしまい」

「本当に気にすることはない。私の住む場所を見て感動してしまったのだろう？　ならば私が悪いということになってしまうじゃないか」機嫌よさそうにアインズが答える。「さて……予定ではこのままンフィーレア君から話を聞こうかと思っていたんだが……ネム。どうだね？　私の、いや、私たちの作った家を一緒に見て回らないかね？」

「うん！　見たいです！　ゴウン様とお仲間の方々の作った凄いお屋敷を見せてください！」

エンリが断ろうとするよりも早く、ネムが答える。

「ははは。そうか、そうか！　ならば色々と見せてあげよう」

あまりにも機嫌の良さそうなアインズを前に、エンリの口からはもはや言葉は出なかった。

ネムを案内する間、応接室で待っていて欲しいと言われ、エンリは長椅子にちょこんと浅く腰掛ける。

借りてきたというよりも、塒から攫われてきた小動物のように、落ち着きなく周囲をきょろきょろと見回してしまう。横に座った——これだけ広い場所にも関わらず、二人は身を寄せるように座っていた——恋人というよりはやはり小動物のようなンフィーレアも落ち着かない様子だった。

エンリも村の救世主であるアインズ・ウール・ゴウンという魔法詠唱者が凄い人だということは理解していた。だが、そんな想像すらもまだ生易しかった。

お姫様が出てくる物語に入り込んでしまったような、夢のように煌びやかな世界。

暖炉の上、左右に飾られたガラスで出来た今にも飛び立ちそうな鳥の細工。これ一つ壊しただけで自分の一生をかけても弁償出来ないほどだろう。

座っているソファーは綺麗で、自分の服の汚れが付かないだろうかと心配になる。

エンリの短い人生で初めて見たシャンデリアから降り注ぐのは、松明でもランタンでも蠟燭でもない魔法の光。この前行った、エ・ランテルの冒険者組合にもあったような気がしたが、あれはまだ明かりが灯ってなかったし、これほど立派でもなかった。

置かれた調度品は趣のあるものばかりで、とても立派だ。特にエンリの前にドンと置かれた黒檀の漆塗りのテーブルの重厚さ。こういう物の価値の分からないエンリでさえ、とんでもなく高いものだということぐらいは分かる。

飾られた絵はまるで生きている綺麗な女性をそのまま塗り込めたような精密さ。

床に敷かれたカーペットさえ、靴を履いたまま歩くことも躊躇われる。ソファーにかけたまま軽く足を上げて、出来るだけ接地面を少なくする努力をした方が良いのだろうか、などと思ってしまうほどの柔らかさ。

エンリは緊張のあまりに倒れてしまいそうだった。

「やっぱり一緒に行った方が良かったかなぁ」

アインズに押し切られてしまったが、ネムを一人で行かせたことへの不安で胃がでんぐり返りそうだった。

「ゴウン様にご迷惑をおかけしてないと良いんだけど……」

「大丈夫だよ、きっと。ゴウン様はとても寛大な御方だもの。小さな女の子がちょっと失礼なことを言ったからって、あまり気にもされないと思うよ？」

「うーん、でも、ほら、貴族様を怒らせて手打ちにされるってことも……」

「そういう話は聞いたことがあるけど、実際に見たことは無いんだよなぁ。エ・ランテルの近郊って王様の直轄領だから、そんなふうに貴族が暴れたためしがないから。……ゴウン様は貴族なのかな？」

「違うの？　こんなに凄い部屋やあんなに綺麗なメイドさんたちを集められるなんて、有力な貴族様ぐらいじゃないと無理だろうと思うんだけど？」

「うーん？　どうなんだろう。大体、あんな綺麗なメイドさんたちを集めるのは、もう貴族どころじゃ済まないと思うんだけどなぁ」

エンリはこっそりと眉を危険な角度に吊り上げる。

綺麗なメイドと自分が言ったにも関わらず、ンフィーレアの口から聞くと不快感があった。ジロリとンフィーレアの横顔に目を向けた瞬間――ノックの音がした。

「ひぅ！」

びくんと肩が竦んだのが、肩の触れ合う距離だったンフィーレアまで伝わり、彼も大きく体を震わせる。

再びノックが繰り返される。自分は何をすることを求められているのかと必死にエンリが考えていると、ンフィーレアが口を開く。

「あ、えっと、どうぞ、お入りください」

「失礼いたします」

正解を導き出すンフィーレアの冷静さにエンリが惚れ直していると、入ってきたのは銀のサービスワゴンを押す一人のメイドだった。シミひとつ無いほど清潔で、素人目に見ても上等な仕立のメイド服を着た綺麗な女性。その顔に浮かんでいるのは、優しげな笑顔だ。だが、こちらを見た瞬間、一気に「な……なんてことをしてくれたんです！」と激怒した表情になるのでは。そんな不安がエンリの胸を締めつける。

「――お飲み物をお持ちしました」

「け、結構です！」

すさまじい早さで返答するエンリに、呆気に取られたような表情を一瞬だけ覗かせるメイド。エンリからンフィーレアへと視線が動き、再びエンリへと戻ってくる。

「……あ、左様ですか？」

「は、はい」

緊張してガチガチになっているエンリとおどおどしているンフィーレアの気持ちが伝わったのだろう。作り物ではない優しげな笑顔を浮かべると、失礼しますと言ってから、エンリの横に腰掛ける。そして緊張に凍りついたエンリの肩に優しく手を置いた。

「エモット様、そんなに緊張しないでください。エモット様もバレアレ様もお客様です。のんびり何も気にせずに待っておられれば良いんです」

「で、ですけど……。もしここにあるものを壊したらと思うと……」

「ご安心ください。ここにある物なら、たとえ壊してしまったとしても、アインズ様のご機嫌を損ねるようなことはありません」

「そ、そんな。ここにあるもの全てですか？」

見渡すエンリの目からすれば、どれも金額を考えれば頭が痛くなりそうなものばかり。それが大したものではないというのか。

「はい。アインズ様は非常にお金持ちなんですよ」

「そ、それは知ってます」

角笛という凄いマジックアイテムをポンとくれた相手なのだから。

「ですからご安心ください。故意に破壊したのであれば兎も角、事故であれば笑ってお許しになられるかと思います。それに壊れたものを魔法で元通りにも出来るかと思われます」

「と言われましても……その……」

「畏まりました。では何かお飲みください。そうすれば少しは気も楽になると思います」

「ですけど……」

銀のワゴンの上に載ったカップに目を走らせる。白い陶器の逸品だ。ふちは金。側面には深く鮮かな青色で、模様とも絵ともつかないものが描かれている。それはエンリが持つだけで壊れるのではと怯えてしまうほど繊細なつくりだ。

「エンリ、頂こうよ。断るのも失礼だよ」

「あ、それじゃ、あの、お願いします」

「畏まりました。……そうですね。ハーブティーは香りや味で好みが分かれるところですので、一般的な紅茶でよろしいでしょうか？」

「お、お任せします」

笑顔を浮かべたメイドが流れるような手つきで紅茶の準備を整える。注いだお湯を捨てるという意味不明の行為を行った後で、二人の前に紅茶が差し出された。そしてそれとは別に二つ小さな壺が置かれた。

「お好み、というのもありますので、ミルクと砂糖は別に準備させていただきました。こちらからお使いください」

エンリが砂糖壺を開けると、粉雪のように白く、その上立方体に固まっているのが姿を見せた。村娘は機械仕掛けのような動作で角砂糖を幾つもカップに投下し、溶けきるまでぐるぐるとかき回す。その後でミルクをどばどばと入れた。そして口に含む。顔がとろけそうになった。

「甘ーい」

「うん。それだけ砂糖を入れればそうだと思うよ。村だと甘味は限られているからね。養蜂もしてないし……シロップ系ぐらい？　僕が香辛料を作る魔法を覚えていれば別なんだろうけど」

エンリはどこにいるかも忘れて、強い声を発した。いや、発してしまった。

「頑張って覚えて」

あ、うん、はい、という声を耳にしながら、紅茶をもう一杯飲み、その味に頬を緩ませる。

「ほんと、甘くて美味しい」

そのタイミングで扉が数度ノックされた。メイドが静かに動きだし、ドアを軽く開ける。

「アインズ様、妹様が戻られました」

扉が開かれ、満面の笑みを浮かべたネムが飛び込むように入ってくる。後に続くのはアインズだ。

「お姉ちゃん、すごかったよ！　ピカピカしてて、綺麗で、凄いんだよ！」

胸の中に飛び込んできた妹の足がソファーを汚したりしないように注意を払いつつ、エンリは立ち上がるとアインズに頭を下げた。

「ゴウン様！　妹が何か失礼なことをしなかったでしょうか！」

「いや、それよりも長い時間連れまわして悪かったね」

「そんな滅相もありません。ありがとうございました」

アインズは気にするな、と手を振る。

「それではンフィーレア君と今後のことに関して話し合う前に食事でもしてきなさい」

「え？　そこまでお世話になるつもりは」

慌てて口を開いたンフィーレアに、まぁまぁ、とアインズは答えた。

「ンフィーレア君との取引を有利にさせてもらうためだからね」

「取引というのは」

「……食事の前に簡単に説明させてもらおうか」アインズは向かい側のソファーに座る。「まず君の作った水薬（ポーション）を私は外部に公表するつもりはないんだ。というのも私が提供した材料を使わない限り、君は紫色の治癒水薬（ポーション）を作ることが出来ない、という認識で合っているね？」

「そうです。現在はゴウン様から頂いた素材を使ってようやく、という感じです。まだどういう力が作用しているかなど、不明な点が多い状況です」

「だから、水薬（ポーション）を公開した場合、面倒事しか起こらないと思うんだ。材料の出どころを問われるぐらいならば問題ないが……力でそれを狙ってくる相手もいないとは限らないだろ？　……君たちの村がつい最近モンスターに襲われたとルプスレギナから聞いたが、あれは追い立てられたモンスターたちが、強固な防壁に守られた、安全な場所を求めて、君たちの村を襲ったという線もありえるんじゃないかね？　……何故、そんな行動に出たかたずねられるよう、捕虜は取ったのかね？」

取れなかった。エンリは心の中で答える。背後からモンスターの咆哮――エンリ達と遭遇した妖巨人（トロール）のものだ――があった状況下では、流石のゴブリンたちにも敵を捕縛するような余裕はなく、ただひたすらに戦闘を終わらせることだけに全力を傾けた結果、敵側に生存者はいない。

（それに魔法の大剣を持った相手も強かったみたいだし……）

「そうか。それは残念だ。……私は君たちの村が襲われたのはそういった理由では、と考えたんだ。村の防備が強固になったから、逆にそれが問題を呼び寄せる。高い価値がつけばそれを狙う者が現れるのは道理だろ？　同じように水薬（ポーション）の情報を流せば……」

「……秘密にした方が良いですね」

「分かってくれて嬉しいよ、ンフィーレア君。村の周囲にある材料だけで私が持つような赤色の治癒水薬（ポーション）の生成に成功したら、秘密にする理由はグンと減るかもしれないけどね。……つまり食事の後にしたいのはそういった、情報の機密性に関する相談。守秘義務に関しての話さ。さて、食事の準備は終わっているはず。それでは行こうか？」

「い、いいえ、食事は結構です。私たちではこんな凄いところ……」

エンリはプルプルと首を振る。

「……まぁ、無理にとは言わないが……折角、ドラゴンステーキをメインとしたコースを用意していたんだが？」

「どらごんですか？」

ドラゴン。エンリの聞いたことのある色々な物語に出てくる悪役でもあり正義の味方でもある。ただ、どの話でも強大な力を持つとされる存在だ。そんな存在を食材にするというのだろうか。

ありえない。からかっているだけだ。

もしアインズが言っているのでなければそう思っただろう。

だが、眼前の偉大なる魔法詠唱者(マジック・キャスター)ならば真実である可能性の方が高い。

「甘い食べ物もあるぞ。アイスクリームというものは食べたことがあるか？　エ・ランテルにはあったんだが……食べたことはないようだな。冷たくて、それでいて甘くて……口の中で蕩(とろ)けるんだ。甘い氷とか雪みたいなものさ」

エンリもネムも思わずごくりと唾を飲み込んでしまう。

「あれは高級嗜好品(しこうひん)ですから。三食分ぐらいのお金が簡単に飛んじゃいますね」

「ンフィーレア君は食べた経験があるようだな。ならば君の思っているものよりも格段に美味しいアイスを出すとしよう。あとは――コースの内容はどうなっている？」

メイドははいと返事をしてから、長い台詞を口にした。

「本日の予定は、一皿目オードブルはピアーシングロブスター、ノーアトゥーンの魚介をヴルーテソースで。二皿目オードブルはヴィゾフニルのフォアグラのポワレをご用意させていただいております。スープはアルフヘイム産サツマイモと栗のクリームスープ。メインディッシュは肉料理を選ばせていただきました。これはさきほどアインズ様がおっしゃっていたヨトゥンヘイムのフロスト・エンシャント・ドラゴンの霜降りステーキ。そしてデザート。インテリジェンスアップルのコンポート、ヨーグルトをかけて。それにアイスとのことで、黄金紅茶のアイスクリーム添えです。食後のお飲み物ですが、コーヒーは好みがあると思いましたのでこちらの方でルレッシュ・ピーチ・ウォーターがよろしいかと思いまして準備しております。以上でございます。もし何か変更すべき点がありましたら、すぐに変えさせていただきますが」

（魔法の詠唱だ!!）

何を言っているか理解出来ないエンリはそう確信した。

「……フォアグラは好き嫌いがあるんじゃないのか？　子供が好きとは思えん。それにしつこいメニューばかり並んでいるように思える。さっぱりしたものでは他には何がある？」

「はい。でしたらオードブルサラダとしてホタテガイのサラダ、プラムスターのコンフィ添えがございます」

「そうだな……先ほどのよりもこちらの方が良くないか？」

「え⁉　私ですか⁉」いきなり振られたエンリは慌てて答える。もはや何を言っているかさえ意味不明なのに話を振られても困る。「あ、あの。い、いえ、お任せします」

なんとかその一言を搾り出すのが精一杯だ。アインズはそのままさらに食事についてメイドと話し続ける。

そんなアインズをネムが憧憬の眼差しで見つめ、凄いと呟くのが聞こえた。エンリも同感だ。あまりにも自分達と生きている世界が違いすぎる。

嗜好品に金を出せる人間は裕福だ。食べれば消えてしまう、食事に贅を尽くすことが出来るのは、その中でも一握りだ。

財力、知識、そして力。そんな全てを兼ね備えた魔法詠唱者。

エンリのような単なる農民が相手に出来るような人ではないのだろう。恐らくは王とか言われるような雲の上の人を相手にするのが相応しいほどの人物。この仮面を被った魔法詠唱者はそれほど凄い人なんだろう。

「では行こうか。とはいっても私は同席はしないつもりだ。三人で——そう、家族水入らずでマナーなどを気にしないで食べてくれたまえ。終わったら取引の話をしよう。あ、ルプスレギナにはもう一人追加だと言っておかなくてはな」

「え？　なんですか、ゴウン様」

「いや、なんでもないさ、ネム」

アインズが立ち上がると、瞳の中にキラキラとした憧憬の輝きを宿したネムが喜色満面でそれに続く。

家族と言われて少し顔が火照ったエンリは隣でのろのろと立ち上がるンフィーレアの様子がおかしいことを感じ取る。

口は一直線に結ばれ、解ける様子はない。しかしエンリは結び目を断ち切る方法を知っている。それはじっと眺めることだ。数度、髪の隙間から見える目が左右に動き、ンフィーレアは諦めて思いを吐きだす。

「勝てないなぁ、と思って。いや、僕が勝てるはずもないんだけどさ。男としての格が違う」

「でも私が好きなのはそんなンフィーだよ？」

そんなに男としての格というのは大切なものなのだろうか。女の自分にはまだまだ分からないなぁ、と思っていると、ンフィーレアが顔を赤らめた。そして手を取ってくる。

「行こうか」

その言葉にはもう暗さはなかった。

恋人の感情の変化の理由がピンとは来なかったが、明るくなったことは素直に嬉しい。手を繋ぐと、アインズといっしょに妹の後を追った。

第2話 ナザリックの一日

Story 2 | A day of Nazalic

プロローグ

ナザリック時刻　５：１４

　金の蛇口の先に小さな水滴が生まれると、徐々に膨らみを増したそれは、やがて重力に引かれ、浴室の床に落ちる。

　ナザリック地下大墳墓には幾多もの湯浴みできる場所があるが、ここもその一つだ。

　数人が同時に入れるような大理石の大きな浴槽に、人影は一つ。

　白く滑らかな体の上を、青の雫が流れ落ちる。青というのは比喩ではなく、まるで着色されたような、わざとらしい青さだ。

　白磁の体の足元まで舐め尽くした青の液体はぬるりと重力に逆らって、今度は下から上へと、水が広がるのとは異なる動きで這い上る。

「——ふぁ」

　無意識のうちに漏れたと思われる濡れたような声は、音が反響しやすい浴室だからこそ、大きく響く。

自分の声に羞恥（しゅうち）を感じたのか。青の液体の中からにゅっと、ほっそりとした腕が浮かぶ。本来聞こえるはずの雫の落ちる音や、水面に広がる波紋などは決して起こらない。粘度が異常に高いために。

持ち上がった繊手（せんしゅ）が、多くの者から賞賛される美貌を持つ面（おもて）を撫でた。

「はぁ――」

ため息を吐き出すと、体を後ろに投げ出す。しかし、その体は水面下に潜ることはなかった。青の液体がそのほっそりとした体をゆっくりと受け止めたのだ。まるで柔らかなウォーターベッドに抱かれるような、そんな弾力と動き方。

液体にははっきりとした意思があった。

それを明確に証明したのは次の瞬間だ。

青の液体が蠢（うごめ）くと、指一本か二本分の太さを持つ幾本もの触手が持ち上がる。それが人影を抱きしめるように動き出した。もちろん、青の液体の中でもそうだ。

顔、胸、腹、腕、脚――そして腰部。

獲物を拘束し、満足したように液体が蠢いた。その正体は蒼玉の粘体（サファイア・スライム）。上位の粘体（スライム）だ。

蒼玉の粘体が、巻き付けた細い触手を動かし出した。

腰の微妙な部分、その中にまでずるりと触手が入り込む。

「――あぁ」

再び声が上がる。先ほどよりも大きかったが、今度は抑えようとする意識は無かった。粘体が体の中を蠢く感覚に、意識を向けているように。

浴室に独り言が響く。

「――あぁ、たまらん。この感覚はなんともいえないな」


浴室の人物、スライム風呂に浸ったアインズは呟く。

スライムを掬(すく)い上(あ)げ、頭の上から垂らす。骨盤に開いている閉鎖孔の辺りを一生懸命掃除していたスライムは、主人がどの辺りを次に掃除してほしいと思っているかを理解したのだろう。頭を這いずり回られる感覚がアインズに走る。

「ふぅ、極楽、極楽」

アンデッドであるアインズの体を構成しているのは完全な骨だ。

老廃物を排出しないために、垢(あか)などで体が汚れたり、臭ったりということはない。しかし、だからといって風呂に入らなくて良いということにはならない。というのも埃や土煙などが体に付着するし、場合によっては返り血だって浴びる。汚れはするのだ。

それに風呂に入らないでいるのは、日本人として我慢できなかった。

「向こう(元の世界)ではスチームバスしか入れなかったのにな。入れると分かると、全身を湯船につからせたくなるのだから……入浴という行為は、日本人の心にしっかりと根付いているのかもしれないな」

ふぅと息を吐く真似事をしつつ、粘体の中により一層体を入れる。ぬるぬるとした感触が体を受け入れてくれる。

粘度の高い液体だと思えば、違和感はなかった。

(普通に入ると風呂が面倒なんだよな)

アインズは己の体でもっとも面倒な部分を見下ろす。

視界に映るのは肋骨だ。

これを一本一本洗うとなると、嫌になるぐらい手間が掛かるのだ。経験者はその時の手間を思い出し、ため息——呼吸はしてないが——を吐き出す。

面倒な部分はそれだけではない。

背骨だってそうだ。突起にタオルが引っかかり、さっと簡単には洗えないのだ。細かな作業が必要となってくる。

アインズも最初は丁寧に洗っていた。しかし、精神的にタフなはずのアインズでも、その作業には直ぐにうんざりしてしまった。体を洗うのに最低でも三十分以上掛かるなど、冗談じゃないという気持ちで一杯になったのだ。

次には石鹸水を入れた風呂に入り、ぐるぐると洗濯機が回転するように動いた。これは悪い手ではなかった。問題は綺麗になったという手応えがないということだ。やはり体を何かでごしごしと洗わないと、汚れが落ちた気がしなかった。

その後は柄の付いた掃除用ブラシを用意して、ごしごしと洗う作戦に出た。これは非常にうまくいった。

確かに周りに石鹸の泡が飛び散るが、アインズが掃除するわけではない。掃除するのはメイドの役目であり、彼女たちはやりがいがあることを喜んでいる。一石二鳥の手段と言えた。

だが、この名案にも、たった一つだけだが問題があった。

本当に全部綺麗に磨けているのか分からないという点だ。

丁寧に歯磨きしているつもりでも虫歯が出来るように、全身を磨いているつもりになっていてもどこかに磨き残しがあるのではないだろうかと不安になったのだ。

やがてアインズは最終的に、粘体に体を這いずり回らせるという現在の方法に行き着く。

「やはり……これは画期的かつ独創的、言うこと無しの完璧なやり方だ」

青い粘体が体の表面をはい回っていく様を眺めながら呟く。

自らの考え出した体の楽な洗い方に、惚れ惚れしつつ頷く。もしかするとこの世界に来てから、最も完璧な考案ではないだろうか。

「我ながら見事じゃないか！」

自画自賛を繰り返しつつ、アインズは己の体のいたる所で一生懸命に動く粘体を眺めた。

（なんとも可愛らしい……）

酸で溶解する能力や、鉄の棒すら容易く曲げる締め付け力を持つ凶悪なモンスターではあるが、アインズからすれば自分の体を綺麗にしてくれる三助(さんすけ)だ。ある意味ペット的な愛着すら感じていた。

（しかし、スライム風呂も悪くないが……たまには普通の風呂にも入りたいな）

ナザリック内、第九階層には様々な施設がある。その中には大浴場すらあった。スパリゾートをイメージして作られた浴場で、たくさんの風呂の複合施設だ。

「行ってみるか……」

とはいっても一人でというのも味気ない。ならば——

「よし！　守護者でも誘ってみるか。全員が暇な時があれば良いな」

己の中に浮かんだ名案にアインズは破顔した。

1

ナザリック時刻　7：14

ナザリックのメイドたちは二種類に分かれる。

ユリ・アルファに代表される戦闘メイドと、戦闘能力を一切持たない一般メイドだ。後者――人造人間（ホムンクルス）であり、種族レベルと職業レベルを合計しても一レベルしか持たない彼女たちの仕事は、ナザリック第九階層および第十階層の細々とした作業だ。特に清掃関係――至高の存在と言われる主人たちの部屋の掃除を最重要任務としている。

そんな一般メイドの一人、シクススは、急ぎながらも決して早足にはならない、というメイド的技術――別に特殊技術（スキル）ではない――を駆使しつつ従業員食堂へと向かっていた。

朝のこの時間に食堂に行く理由などただ一つだ。

彼女が目的地に到着すると、既にほとんどの仲間たちが集まり、食事を始めていた。

白を基調とした無味乾燥な食堂に、女性たちの騒がしくも明るい話し声が、波紋のように幾重にも重なり広がっている。一人一人はそれほどでもないのだが、多様な声が混じり合うと、意味の汲み取れない雑音へと変わる。そこに食器の音も加わるのだから、なかなか騒がしい。

シクススは親しい友人の姿を探す。

食堂にいるメイドたちは大きく四グループに分かれていた。

まず、同じ至高の存在に作り出された者同士の三グループだ。彼女たち、一般メイドの総数は四十一人だが、これは至高の四十一人全員が一人ずつ作り出したわけではない。三柱――ホワイトブリム、ヘロヘロ、ク・ドゥ・グラースが生み出した。

そして最後のグループ――これをグループと呼ぶには語弊があるが――はそれらの集まりから離れた者たち。一人で静かに食事がしたい、本を読みながら食事がしたい、他の至高の存在に作り出された者たちとおしゃべりがしたい、という者たちだ。

遅れて食堂に到着したシクススは、最後のグループに属していた。

同じ至高の存在に作り出されたメイドたち、ある意味姉妹ともいえる者たちに軽く手を振って、朝の挨拶としながら、彼女はいつものテーブルに向かう。

そこにはいつものメンバー、フォアイルとリュミエールが座っていた。

シクススは二人の前に食事が置かれていないことを目にすると、悲しそうな顔を作る。

「おはよう。もう……食べちゃった？」

「おはよう。うん。もう食べちゃった。美味しかったなー。トロトロでフワフワー。あー、美味しかったなー」

棒読みの、嘘をつくのがあまりにも不得意な割に、嘘をよくつきたがるフォアイルは、活発そうな外見——髪は短く切り揃えられていた——で、メイド服を自分で弄って裾を若干短めにしていた。

対して眉を少し上げたのはもう一人のメイド、清楚な面持ちのリュミエールだ。金の髪には不思議な光があり、星の輝きが宿っているようにも見える。

「おはようございます。——フォアイル、では二回も食べる必要はないでしょうし、あなたはここで待っていてください。私はまだですから取りに行きます。さぁ、シクスス、行きましょう」

リュミエールが立ち上がり、「嘘だよ、嘘だよ」と言いながら慌てて続くフォアイル。

よくやるやり取りを終え、三人は連れ立ってビュッフェ台へと歩き出す。もちろん、その前に隣で静かに本を読んでいたインクリメントに席を確保しておいてもらうよう頼んで。

ビュッフェ台でシクススが取ったのはまずはカリカリのベーコンだ。〝柔らかベーコンは邪道〟派である彼女にとって、これは最初に絶対に取るべき食べ物だ。次にスープだ。本日のスープ、コーンスープ、オニオンスープの三種の中から、オニオンスープを選ぶ。その後でソーセージ、フライドポテト、デニュッシユをこんもりと取り、オニオンを中心にサラダを別の皿に溢れんばかりによそう。

最後に向かったのは覆面の男性使用人の前だ。

「えっと、チーズトリプル、オニオンダブル、マッシュルームでお願いします」

男性使用人は頭を下げると、オムレツを焼き始めてくれる。

シクススはひとまず席に戻ると、料理を置く。それからミルクを注いだコップを片手に男性使用人のところまで戻ると、丁度オムレツが焼き上がるところだった。

「ありがとうございます」

焦げ目の無い綺麗なオムレツを持って帰ると、同じタイミングで友人たちも着席するところだった。

「では頂きます！」

「いただっきまーす」

「頂きます」

三人は黙々と食事を始める。平均的な女性からすれば多すぎる食事の量だったが、見る見るうちに皿の上の料理の山は胃の腑に収められていく。彼女たちが自らの種族の選択ペナルティの一つ、食事量の増大を保有しているためだ。

そのために仲の良い友人同士であっても、食事中は決して会話をしようとはしない。

大きく頬を膨らませながらもぐもぐと食べるフォアイル、清楚な食べ方ではあるがフォークの往復する速度が異様に速いリュミエール、そしてシクススは二人の中間という感じだ。

やがて驚くほどの速さで皿に置かれた食べ物は無くなり、三人はそろって、ミルクを飲み干す。

「ふぅ――」

三人のミルクくさい息が重なった。そして目を見交わす。

「……もう一周、行ってくる？」

「そうね。でも少しぐらいは休憩してからにしましょ」

「さんせーい。ちょっとはお腹もふくれてきたしね！　――ところで、シクスス、今日はアインズ様当番の日でしょ？　普段よりびっと決まっているね」

ニヤニヤとフォアイルが問いかけてくる。釣られてシクススもニヤリと笑った。

「良いですね。私の番まであと何日かしら」

指を折って日数を数えだすリュミエール。


ナザリックの最高支配者である者たちの部屋は広く、一人で丁寧に掃除すれば半日は容易く潰れる。確かに数字の上では毎日の清掃は可能だ。現在アルベドが使用している予備の部屋などを含めたとしても。しかし幾人かは休みなく一日中フルで働かなくてはならないことになる。

だが、それは彼女たちにとって問題にはならない。彼女たちはナザリック地下大墳墓の支配者〝アインズ・ウール・ゴウン〟に作り出されたのだ。彼らに尽くすことは当然のこと、神への奉仕なのだから。

しかしながら狂信者のごとく働こうとする彼女たちは、神のごとき存在、アインズ・ウール・ゴウンによって止められた。

ブラック企業に勤めることの苦労を知っている彼からすれば、友人の娘のような存在にそのような働き方をさせることはできなかったためだ。

アインズは彼女たちに「使用されていない部屋の掃除頻度を下げるよう」という指示を出し、次に

「休憩をいれるためのチーム分け」を行った。

こうして現在ではナザリックの一般メイドたちは朝番と夜番の二チームに分かれている。前者が三十人で後者が十人だ。そして残った一人が交代で休みをとる。つまりメイドたちの休日は四十一日に一日しか回ってこない計算になるが、これに対して不満の声が上がった。

休日が少なすぎるというのではない、逆だ。休日などなくしてほしいという嘆願が出されたのだ。もともと、至高の存在のために働くのは彼女たちの存在意義そのもの。何もしないで良いと言われた時、彼女たちは己の価値を見失い、自分は必要とされていないというマイナスの感情しか感じなかった。

だからこそメイドたちはアインズに直談判(じかだんぱん)した。「自分たちから仕事を奪わないでほしい」「一日中働きたい」と。

それをアインズは即座に却下した。ユグドラシルの頃にも疲労という概念はあったが、魔法によって容易く回復することができた。しかし、この世界でも同じように出来るとは限らないと判断したからだ。魔法で治癒しても、少しずつ歯車がすり減ったり、噛み合わなくなったりする事態を恐れてのことだった。

頑として譲らない主人の決定には従うほかない。涙を呑んだ彼女たちに、アインズは一つの仕事を提案した。

それがアインズ当番だ。

メイドたちには一人一人順番に、アインズの側近く侍(はべ)って一切を手伝う仕事を与えると宣言したのだ。

至高の存在に仕えるのが最大の幸福と感じる彼女たちにとってこれは、砂糖の上から蜜を垂らしたようなものだった。迷うことなく即座に飛びつき、それと引き換えに「至高の存在の御側仕えの前日に休息を取り、全力で仕えることができる状態にしておくこと」という命令を受け入れたのだ。

「しっかり栄養とって全力で働かないとね。場合によっては一食抜く可能性が高いんだからねー」

「勿論よ。アインズ様当番は脳に栄養を大量に送り込まないといけないんだから」

「甘いものが欲しくなるのよね」

うん、うん、と三人は揃って首を縦に振る。ちなみにメイドたちは甘味の強い補給食を何食分も携帯している。アインズ当番の際は、暇を見つけてこれを齧(かじ)ることになるのだが、運が悪い――もしくは運が良い――とその暇を見つけることもできない。だからこそ朝にしっかりと食べることが非常に大事なのだ。

「そういえば聞いた? 今度、外の世界で集めた食材で料理を作るらしいけど、その試食会を行うそうよ」

シクススの発言に、友人の二人が驚きで息を飲んだ。

それは当然だろうと、シクススも思った。

外――ナザリック外に対して良い感情を抱いているメイドは少ない。下界を下に見ているメイドもいないわけではないが、やはり「外は怖い」という意見が多数派だった。かつて、第八階層、彼女たちのいる階層の真上まで侵攻してきた者たちがいるのだから。

「それはメイド全員参加できるの？　やっぱり一部の者だけ？」

フォアイルの質問にシクススが答えようとしたとき、食堂内の空気が一変した。熱気溢れるざわめきとでも言うべき何かだ。

メイドたちの視線を辿った時、ちょうど歓声が上がった。

「シズちゃーん！」

「シズちゃんだ！」

食堂に入ってきたのは戦闘メイドの一人であるシズだ。

戦闘メイドは一般メイドたちからすれば憧れのアイドル的存在だ。中でもシズは最も人気がある。彼女を巡っての席の奪い合いは珍しいことではない。

「あ、ペンギンもいる」

見ればシズは小脇にペンギンを抱えており、その後ろに困惑した様子の男性使用人がついてきている。執事助手はバタバタと暴れているが、所詮はバードマン一レベルの彼の力ではシズの腕から逃れることはできない。必死の抵抗は彼女たちが見ている間に力無いものへと変わっていった。

やがては完全に力が抜けて、だらんとした、本物の縫いぐるみのようになっていた。

「シズちゃん、こっち、こっち。こっちで一緒に食事をしましょう！」

「いや、こっちに来てください！　シズちゃーん！」

「執事助手はその辺にポイしてください！　ポイですよ」

「いらない鳥は料理長のところに持って行って、せめてナザリックのために役立てましょう」

執事助手とシズへの対応に明白な温度差があるのは、仕方がないことだ。副執事長はナザリックを支配するという妄言をしばしば口にするために、あまり好かれてはいないのだ。たとえ、至高の存在にそうあれと創造されたとしても、頻繁にそんなことを口にされては我慢できなくなるというものだ。

皆の声にシズがきょときょとと食堂内を見渡している。誰かを探すような、もしくは何処に座るか迷っている子供のような様子に胸を打ち抜かれているメイドたちの姿が多数見られた。

「シズちゃんが持ってると、なんか可愛い気もするから不思議よね」

「私、シズちゃんに代わりに抱き枕作ってあげようかな。アルベド様がそのあたり詳しいみたいだし、教えてもらえないかな」

「アルベド様なら優しいから教えてもらえると思うよ。今度頼んでみたら？」

パタリと本を閉じる音が隣のテーブルから起こり、そちらを振り返ったシクススの視線が、席を立ったインクリメントの視線とぶつかった。

「私はうるさくなってきたからそろそろ帰る。あなたもアインズ様当番だというのであれば、早く食事を終わらせて行った方が良いと思う。あなたの失態は私たち全員の失態ということになるのだから」

言うべきことは言ったという態度で返事を待たずにインクリメントが歩き出す。その後ろ姿を見送りながら、シクススは自分の持っている懐中時計を見る。時間はまだあるが、お代わりをして、身だしなみを整えたりしていればギリギリの時間になるかもしれない。

「よし。シズちゃんのお陰でみんなが争っている間に、さっさとお代わりに行こう！」

シクススの提案に、二人の友人たちも同意した。

「おおー、それはナイスアイデアっすねー」

突然真横からかけられた声に、三人のメイドは飛び上がって驚いた。

「ル、ルプスレギナさん！」

ドキドキの収まらない胸を両手で押さえ、シクススは声の主を振り返った。そこには一瞬前まで誰もいなかったはずだった。しかしシズに気を取られて目を逸らしたほんのわずかな隙にルプスレギナが出現したのだ。足を組んで椅子に横座りし、テーブルにはご丁寧に自分の分の食事まで置いてある。

「驚かせないで下さいよー。もー」

情けなく眉を八の字にしたフォアイルは、まだリュミエールに抱きついたままだった。

「心臓が口から飛び出るところでしたよ」

リュミエールの方もフォアイルの抱擁に頓着する余裕が無いらしく、放心したように呟く。

三人はルプスレギナを口々に糾弾（きゅうだん）するが、その顔は嬉しそうでもあった。戦闘メイドの中では唯一、友達の距離感で皆と接するルプスレギナだが、その行動パターンは気まぐれだった。日ごと違うグループを渡り歩いている彼女が寄りつくのは、言ってみれば幸運の印とも言えるのだ。その証拠に、シクススたちの様子に気付いた一部のメイドたちは、羨望の眼差で彼女たちを眺めている。

「にっしっし。村で実験した甲斐があったっす。三人とも、いいリアクションを見せてくれたっすね」

テーブルに頬杖をつくルプスレギナは、物語に登場する猫のようにニヤニヤ笑いを浮かべる。意地の悪そうな笑い方だが、それが妙にチャーミングに見えるのだから不思議だと、シクススは戦闘メイドの笑顔に僅かな間見惚(みと)れた。

他の二人も似たり寄ったりな感情を抱いていたようだったが、いち早く立ち直ったのはフォアイルだった。

「村って?」

小首を傾げたフォアイルのショートボブがリュミエールの顔面をくすぐっている。

くしゃみを堪えたような表情をしたリュミエールはフォアイルを押しやってから、居住まいを正してルプスレギナに正対した。

「ルプスレギナさん、確か外で仕事してらっしゃるんですよね?」

「そうっす。人間の村でのお仕事っすよ」

「人間の……。大変なのですね」

リュミエールは同情的な眼差をルプスレギナに向けた。

「そんなことないっすよ。アインズ様から直々に命じられたことだし、やりがいあるっす。……でも正直言うと退屈っす。なんかこう、パーッと蹂躙（じゅうりん）されてくれれば面白いのに」

その言葉を聞いても、シクススは何とも思わない。人間の村がどうなろうと埒外の話で、繁栄しようが滅亡しようがナザリックの役に立ってくれるなら何だって良い。

「大体、アインズ様は価値があるって仰（おっしゃ）るけど、いまいちピンとこないっすね」

「アインズ様のことですから、きっとその村に住む、とるに足らない人間たちにも慈悲をかけられたのでしょう」

「いやいや、アインズ様と言えば死の暴風のようなお方なわけだし、やっぱ頃合いを見て蹂躙するんじゃない？」

「何言ってるのよ。アインズ様は叡智（えいち）の結晶とも言うべき方よ？　何か大きな計略の一つなのよ」

「おっと、聞き捨てならないっすね。力こそアインズ様の真骨頂っすよ？」

むむむ、と四人の美しい娘たちが睨み合う。

「アインズ様は美しく、お優しき方です」

「アインズ様は現世に顕現（けんげん）した死そのものよ」

「アインズ様は比類なき英傑に決まっているでしょ」

「おお、皆、それぞれアインズ様に抱いているイメージが違うみたいっすね。なら、勝負っす。誰が最もアインズ様に似合った二つ名を付けるか」

一瞬の沈黙。ルプスレギナはいつも通り笑っているが、自らの主人の本質をどれだけ見極めているかについて後塵を拝するつもりはない様子だった。しかしそれはシクススも、そして友人たちも同じだ。

一般メイドは一レベルの弱い存在かもしれないが、主人への敬意と崇拝についてまで他に譲るとは思っていない。

「ではお先に御三方どうぞっす」

ならば、と最初に口を開いたのはリュミエールだ。

「私は先ほど言わせてもらったけど、アインズ様の美しさを讃えるべきだと思うの。だから耽美(たんび)なる白磁の顔(かんばせ)、いと眩しき最も情け深き慈愛の君はどうかしら？」

次にフォアイル。

「アインズ様を讃えるなら、やはりその偉大なる力！　死の支配者ゆえに、メメント・モリしかないでしょ」

三人目はシクススだった。

「アインズ様はかつて至高の御方々をまとめ上げる地位に就かれていたのだから、組織を維持管理運営していく能力に優れていたはず。だから智謀の王」

どれも自らの主人には似合った名前だ。それでも自分のものこそ最も適しているという思いは揺るがなかった。シクススの、そしてフォアイル、リュミエールの視線が最後の一人に集まる。

順番が巡ってきたルプスレギナは「こほん」と咳払いをし、得意満面で言い放った。

「やっぱり絶対最強無――」

「…………ここにいた」

静かな声がかかる。視線を動かすとそこにいたのはシズだ。小脇に抱えた執事助手のエクレアの姿はどこに行ったのかなかった。

「…………一々、完全不可視化まで使わないで」

「ごめーんっす。どうも癖になっちゃったんすよねー」

「…………さらに既に食事まで始めている」

シズのあまり変わらない表情の下に、陽炎のごとき怒りが透けて見えた。シクススはこの場にいるのは身のためにならないと直感する。

「……あ、私、アインズ様のところにもう行かないと」

「じゃぁ、私も」

「私も途中までご一緒します」

シクススたちは静かに席を立つ。ルプスレギナの助けを求めるような視線には気がつかない振りで。

結局お代わりし損ねてしまった。色々後悔はあるが、ここからは気を引き締めていかなければならない。

後ろから漂う剣呑（けんのん）な雰囲気を意識から追い出すと、両頰をペシペシ叩いて気合を入れる。戦場に赴（おもむ）く兵士のように勇ましい顔つきで、だが足取りは心持ち軽く歩き出した。

•

ナザリック時刻 9：20

ナザリック地下大墳墓第六階層。

墳墓を徘徊するアンデッドの姿が見受けられない代わりに、アウラが支配する魔獣を代表とする、通常であればPOPしないモンスターたちによって守られている、地下墳墓内最大の敷地面積を誇るこの地は、大半を鬱蒼と茂る木々が支配しており、まさに樹海という言葉こそが相応しい領域だった。とはいっても、かつての〝アインズ・ウール・ゴウン〟の凝り性なメンバーたちが、緑一色で塗りつぶす程度で終わらせるはずがない。

闘技場、巨大樹、木々に呑み込まれた村跡、湖、蠱毒（こどく）の大穴、歪みの木々、塩の樹林、底無し沼地帯などが存在し、樹海に多様性を作り出していた。最近では新たな住人たちを迎え入れたため、小さな村すら作られている。

そんな見どころがいろいろある樹海の中央には、大きな――とはいえ第四階層の地底湖エリアからすれば小さいが――湖があり、周囲は樹林ではなく草原が取り囲んでいた。草原も湖も第六階層全体からすれば猫の額程度でしかないが、それでも十分に彼女たちにの目的にかなうだけの広さを持っていた。

彼女たち――まずはこの階層の守護者であるアウラだ。漆黒の毛並みの巨狼の背に乗っている姿は堂に入(い)ったもので、見るからにもの慣れた様子だ。

とはいえそれも当然だろう。この広大な敷地の巡回に――桁外れの肉体能力をもってすれば自身が走っても容易だが――彼女は基本的に自らの支配している魔獣の背に乗って移動することを好んでいるのだから。

残りは二人。

一人は守護者統括のアルベドだ。普段の白く美しいドレスではなく、戦闘用の黒色の全身鎧(フル・プレート)に身を包んではいるが、両手には武器も盾もなかった。

もう一人はシャルティアだ。彼女は普段となんら変わるところはない。瞳には興味深そうというか楽しんでいるような奇妙な色があった。


「では、始めるわ。――来なさい、私の騎獣」

アルベドが発動した特殊技術(スキル)は〝騎獣召喚〟。

何もなかった空間からゆらりと滲み出るように、鎧と同じ色の魔獣が姿を見せる。

白色の前髪と尾を棚引かせるそれは、馬にも似た魔獣だ。馬用全身鎧(フル・プレート)を着用し、鞍(くら)や手綱(たづな)を着けている。

　体は馬よりも若干小さい。しかし、馬にはありえない迫力を漂わせている。そして、決定的に違うのは頭部。二本の角が前に突き出しているのだ。

　出現した騎獣に即座に反応したのは、この中で最も魔獣に関する知識を持っているアウラだ。

「おお！　普通の双角獣（バイコーン）とは違う！　角が立派だし、体も引き締まっているね」

　ふふん、とアルベドが笑う。

「そうよ。私の能力に合わせて強化されているこれは、戦用双角獣王（ウォーバイコーンロード）ともいうべき存在。……実際は双角獣（バイコーン）百レベルともいうべきものなんですけどね」

「空も飛べたりするの⁉」

「いえ、それは無理だわ。基本的な能力は双角獣（バイコーン）と何も違わないの。特殊能力が増えたわけではなく、体力や筋力、敏捷性が強大化したに過ぎないわ」

「やっぱり、ライダー系の特殊技術（スキル）とかがないと騎獣強化は無理かー。とするとあたしたち百レベル級の戦いに参加すると、特殊能力が弱くて足手まといになりかねないね」

「ええ。でも私の特殊技術（スキル）でカバーすることで、この子を守ることができるから、長期間の戦闘は可能になるわ」

「でもそちらにリソースを割くことになるんでありんすね？　戦闘中に無駄が多くなるんではない？　装備品を変更して強化するのは？　騎獣系のモンスターは鎧と蹄鉄（ていてつ）に類するものが装備できると聞い

たことがありんすよ？」

「そうね。特殊技術（スキル）による召喚騎獣でも一部の装備変更は可能だわ。先程のアウラの質問にも関係あるけれど、例えば、飛行能力を保有している蹄鉄を装備させれば飛行できるようになるでしょうね。でもすでに移動速度向上のマジックアイテムを装備させているから……難しいわ」

アルベドが隣に並ぶ魔獣の体を軽く叩く。力が入っていたのか、双角獣（バイコーン）がよろめくような素振りをした。

己が召喚した魔獣がその程度の腕力でよろける筈がない。嫌味か何かかと、アルベドが眉間（みけん）に皺を寄せたタイミングで、アウラから質問が飛ぶ。

「へー。それでなんていう名前なの？」

「双角獣（バイコーン）よ？　先ほどあなたが言っていたじゃない」

「違うって。種族名じゃなくって、個体名」

「必要かしら？」

意見を求めるように顔を向けると、吸血鬼は黙って肩を竦（すく）める。

「必要でしょ？　だってアルベドのペットじゃん」

「別にペットというわけではないんだけど……大体、召喚されたものって毎回同じものなのかしら？」

アルベドの疑問にシャルティアが名案があると声を上げた。

「なら恐怖公に聞いてみたらどうでありんしょうかぇ？　あれは同族の召喚能力にかなり長（た）けてあり

んすし、その辺りにも詳しいでありんしょう」

「……勘弁してちょうだい。一応、ナザリックの仲間ですし、嫌うのも悪いけど、どうも……」

「あー、確かに。悪気はないんだろうけど、服の隙間から入ってこようとするんだよね。エントマとかは時々行っているみたいだけど」

「気持ち悪い――ムズムズするようなこと言んせんでくんなまし。……まさにあの部屋こそ恐怖の部屋だわ。自分の階層だけど、わらわは絶対に行きたくないわ」

「……シャルティア、知っているかしら？　エントマはあそこをおやつの間と呼んでいることを」

「うひぃいい！　本当に？　本当に⁉　うわー、エントマには近寄れないわ」

アルベドも同意する。流石にあれをおやつと言い切る人物には近寄りたくない。変な空気が立ち込めだす中、アウラが雰囲気を変えようというのだろう、少しばかり大きな声を発した。

「それで話を戻すけど、名前は付けてあげないの？」

「そうね。付けた方が良いと言うのであれば付けましょうか」

アルベドはぶつぶつと呟きながら考え込む。自らが騎乗する魔獣に折角付けるのであれば、恥ずかしくないものが良い。色々な単語や文字が浮かぶ中、閃くように歌が頭の中で響き渡った。

「何をブツブツ言ってありんすのでありんすか？」

「ああ、ごめんなさい」夢から覚めたようにアルベドが返事をした。「そうね。アインズ様の御許可さえもらえるのであれば、私の気持ちを込めた名前、トップ・オブ・ザ・ワールドと付けようかしら」

「ふーん。良い名前でありんすね。世界の頂点とはアインズ様のことを指すのでありんすか？」

　アルベドは微笑むだけで答える気はなかった。

　シャルティアの眉が危険な角度に吊り上がる。

　一色即発の空気の中、いつものように二人の間に割って入ったのはアウラだ。

「まぁ、いいじゃん。それで双角獣（バイコーン）を召喚したんだから、次の実験に移ったら!?」

「ええ、分かったわ」

　すかされたシャルティアがジト目で睨む中、アルベドは双角獣（バイコーン）に向き直り鐙（あぶみ）に足を掛けた。鎧を着用しているとは思えない軽やかな動きで跨（また）がる。そして鞍に体を預けた瞬間、接触した部分を通して、双角獣（バイコーン）の体が震えたのを感じ取った。

「どうしたの！」

　アルベドは焦りから思わず大きな声を発してしまう。百レベルモンスターである自らの双角獣（バイコーン）がこうも容易くよろめいたことに思い当たる節は無い。ふと、先ほど軽く叩いた時のことを思い出す。あの時から何か問題が生じていたのか。だとしたら理由は何だというのか。

「アウラ！　シャルティア！　私の双角獣（バイコーン）の様子が変なの。ちょっと見てくれない」

　その頃には双角獣（バイコーン）は立っていられないかのようによろめき始めており、流石の二人にも異常事態だというのが理解できた。

「と、とりあえずすぐに降りなよ、アルベド！」

「え、ええ」

アウラの声にようやくその考えに至ったアルベドは飛び降りる。

よろめいた双角獣(バイコーン)はその場に体を伏せた。息は荒く、皮膚にはびっしょりと汗をかいていた。

「……アルベド、重くなりんしたんではない？」

シャルティアの言葉は決して嫌味だけとは言えない。というのも傍から見れば、そんなふうにしか思えなかったのだ。

「失礼な！　筋肉多めであることも考慮した、適正体重の範囲内に収まっているわ！」

「普段から乗ってないから、その子の筋肉が衰えたとか？　ちなみにうちの子たちは放し飼いだし、頻繁に六階層を巡回させているよ？」

「え？　そんなわけ……大体、〝騎獣召喚〟――召喚モンスターと同じ扱いでしょ？　なのにそんなことが起こるはずがないわ」

「わたしが乗ってみようかぇ？」

「残念ながら無理ね。これは私の騎獣だわ。他人が乗ることはできないの。無理に乗ろうとすると帰還するわ」

「なら本人に聞いたらどうなの？　ねぇ、双角獣(バイコーン)、何があったの？」

アウラが問いかけた。これはアウラに馬と会話する能力があるというのではなく、双角獣(バイコーン)と言う魔獣は知性もそれなりに高いはずなので、それを期待したのだろう。しかしながら、言葉を持っていない双角獣(バイコーン)は馬にも似たいななきを上げるだけだ。

「言葉は無理……だったら字も書けないかな？」

同意するように双角獣(バイコーン)がいななきを上げる。

三人は顔を見合わせる。

「アウラ、あなたの力でなんか凄いことできない？」

「無理。というか凄いことって何よ。ずっと前に個人面談してあたしたちがどんな力を持っているかって聞いたじゃん。守護者筆頭殿はその辺のことも忘れちゃったの？」

「あら……フェンリルとは普段どうやって意思疎通をしていんすの？」

「普通に、ああやれこうやれって」

「言葉で、でしょ？　なら頑張ればこの双角獣(バイコーン)ともどうにか出来るんではないでありんしょうかぇ？」

「あたしの支配下の魔獣たちに出来るからって、それで全ての魔獣と意思疎通できると考えるのは無理があるよ。大体、実はもうやっているんだよね。ほら、蜥蜴人(リザードマン)の飼っていたロロロがいたじゃん。あれもそうだったんだけど、なんていうか繋がらないんだよね」

三人は顔を見合わせる。

「……困ったときはデミウルゴスでありんすね」

「残念だけどデミウルゴスは現在、アインズ様のご命令に従って外で働いているわ。彼はこのごろナザリック内にいる方が珍しいぐらいね。連絡位は出来るけど、正直、仕事に絡んだこと以外で相談はしたくはないわ」

シャルティア、アウラの瞳に嫉妬の色が宿る。主人のために走り回って役に立っているデミウルゴスは、守護者からすれば垂涎(すいぜん)の的だ。

「あー、羨ましいよね。ナザリックを守護するという役目も重要だって分かるんだけど、侵入者がいないと結果が出せないし、本当にお役に立てているか疑問なところがあるからな。あたしも外でどかんばかんってアインズ様のために頑張りたいなぁ」

「わたしなんて失敗しかしてないんでありんすが……」

「大丈夫だよ、シャルティア。そのうち、アインズ様のお役に立てるようなことを多分――いやきっとできるよ。でもちょっと賢くならないと難しいかもしれないけど」

「言ってること……酷くない？」

「あら、でもあなたが失敗しているのは事実でしょ？　守護者に相応しいだけの結果を出しなさい」

ぎぎぎ、と歯ぎしりをしているシャルティアだったが、頭にランプが灯ったかのように明るい表情になる。

「ふっふっふ。なんでわたしに不利益な話題になってありんすのかしら。もともと、デミウルゴスがいないから調べらりんせん。そんな貴女たちにわたしが救いの手を差し伸べてあげる、といわす風に話を持っていきたかったんだわ。仕方がないから、わたしが調べてあげるわ！」

シャルティアが書物を取り出す。千ページはくだらないであろう書物は分厚く重い。しかし、見た目は少女だが中身はまるで違うシャルティアからすればその程度の重さは何ともない。

「ふぉおおお！　それってまさか、まさかなの！」

「くうぅ、アインズ様よりいただいた秘宝ね！」

アウラのみならず、アルベドも思わず嫉妬と羨望の視線を向けてしまう。

「そうよ、これこそエンサイクロペディアバイペロロンチーノ様！　アインズ様のご命令を遂行したご褒美(ほうび)に頂いたのよ！」

敢闘賞兼残念賞兼慰労を兼ねてというものではあったが、シャルティアにとっては最高の褒美であり、勝ち誇った笑みが浮かんでいた。いや、それも当たり前だ。自らを創造した至高の存在のアイテムはどんな褒美よりも貴重だ。

百科事典(エンサイクロペディア)という名を持つこの本は、プレイヤー一人一人にゲーム開始後与えられるアイテムで、持ち主が破棄を選択しない限り奪うことも消失することもない一点物だ。

ユグドラシルは未知を楽しむゲームであり、未知を既知としていって欲しいという製作側の意図を体現しているアイテムと言える。

というのも、百科事典(エンサイクロペディア)にはプレイヤーが会ったことのあるモンスターの画像データが登録されていくからだ。ただし、能力——モンスターとしての数値が判明するわけではなく、一般的な外見と名前、そして神話が出典のモンスターであれば、その神話の内容などしか記載されない。

この本型アイテムを有効活用したいのであれば自分で調べたことを書き込んでいく必要がある。相手の特殊能力や弱点、そういったものを。

シャルティアが持つ百科事典（エンサイクロペディア）はかつてペロロンチーノと呼ばれた男が持っていた、そして書き込んでいた物だ。ゲームを止める際に置いて行ったものが宝物殿にあることを思い出したアインズが、それをシャルティアに渡したのだ。

ただ、本来であれば彼が書き込んでいたはずの内容のかなりの部分が消えていた。まるでそれが残ることを恐れたペロロンチーノが消したかのように。

そのため利用価値は低いが、そんなことはシャルティアにとっては関係の無い話だ。彼女にとってはかつて自らの創造者が使っていたということの方が重要なのだから。


バ――、バイ――、バイコ――、などと言いながらシャルティアがページをめくる。

横からアウラとアルベドが覗き込もうとすると、本を体で隠して後ろに下がる。そして鋭い目で牽制した。

「ふーんだ。別にいいですよー、だ。あたしだってアインズ様から腕輪を頂いてるんだから」

アウラは銀のバンドを手で優しく撫でる。同じようにアルベドも左手薬指にはめた指輪を撫でた。

とはいえ、この指輪をもらっている者は他にもいる。

（私だけの特別な何かを頂きたいものだわ。アインズ様の特別なアイテムを――）

アルベドが己の下腹部辺りを撫でまわした辺りで、シャルティアが叫ぶ。どうやら目的のページを発見したようだ。

「双角獣（バイコーン）！　いたわ、何々……」

急に動きを止めたシャルティアが驚いた様子で顔を上げ、アルベドを凝視する。

「な、何？　何かあったの？」

再び本に目を落とし、読み返しているシャルティアにアルベドは恐る恐る声をかけた。

「……一角獣（ユニコーン）の亜種。純潔を司る一角獣（ユニコーン）に対して、双角獣（バイコーン）は不純を司ると言われている。一角獣（ユニコーン）は清らかな乙女しかその背に乗せないとされるが、双角獣（バイコーン）はその逆で、清らかな乙女を乗せることは決してありえない……はぁ!?」

口にしたシャルティアとアウラが零れ落ちそうな程、大きく目を見開いた。

「嘘……。アルベドが？」

「嘘ってどういう意味よ。あなたたちの中での私ってどういう立ち位置なの」

「え？　いやでも、ほらアルベドって、サキュバスだよね!?」

「サ――、サキュ――、サキュバス――、サキュバス」

シャルティアは混乱しているのか、サキュバスの項目を探してページをめくっている。

「そうよ、サキュバスよ！　でも異性経験がなくてごめんなさいね！　仕方がないじゃない！　だって、私は守護者統括としてずっと玉座の間に詰めていたのよ！　誰かと会うのだってほとんどなかったんだから！　大体、アインズ様は私のことを全然ベッドに呼んでくれないし……アインズ様以外の男なんてまっぴらだし……」

ブツブツと言いながら下を向いていたアルベドがばっと顔を上げた。

「そんなに言うなら……」

アルベドはアウラをチラ見して首を振る。アウラがそうじゃなかったら問題だろう。

「シャルティア、あなたは如何(どう)なの？」

「……異性経験はないでありんす。同性経験なら……」

一瞬、理解できないとアウラは顔を傾げ、その後で理解したのか眉間にしわを寄せつつ、顔を引きつらせ「うわー」とドン引きの様子を見せた。

「ほら！　良い男がいないのよ！　死んでいる方が好きなんだけど、さすがに腐っているのは……ね！　ね！」

「相槌を求められても、異常すぎる性癖を持つシャルティアに同意は難しいかな」

視線を交わした三人が揃って視線を逸らせる。無言のうちにこの話は終わりにしようという同意と共に。

「……まぁ、双角獣(バイコーン)に乗れない理由は分かったわ。……ありえないでしょう。何よこれ」

アルベドが不快げに顔を歪める。叱られたと感じ取った双角獣(バイコーン)が体を小さくした。

「うーん。アルベドの能力の一部が封じられるようなものだしね」

「でも別に騎乗戦闘が得意といわすわけでもなく、あくまでも能力の一つが使えないだけでありんすね？　もし双角獣（バイコーン）が無理ならアウラから魔獣でも借りればいいんではありんしょうかぇ？　一角獣（ユニコーン）なんていいと思うんでありんすけど？」

「うーん、一角獣（ユニコーン）はいないなぁ。欲しいけどね」

「もっと良い手があるじゃない。双角獣（バイコーン）に乗るためにアインズ様のご協力を仰げばいいのよ！」

　これ以上の名案はないとアルベドは満面の笑みで二人に告げる。

「ずるいでありんす！」

「はっ！」アルベドがシャルティアを鼻で笑う。「失礼なことを言わないでくれるかしら、シャルティア。これはナザリック地下大墳墓の守護者統括の力を十分に活用していただくために、必要なことよ」

「くうう。はん！　仕事でなければ抱いてももらえないなんて……女として情けありんせんわぇ。自分の魅力で手に入れるものではないでありんしょうかぇ」

　あん、など言いながら睨みあう二人に、アウラが呆れたように声をかけた。

「あのさ、こいつら何言ってるんだ、みたいな気持ちをあたしに抱かせるのはいい加減やめてほしいんだけど？　くだらない話はそれぐらいにしてさぁ。別に今すぐ問題になるってことじゃないんでしょ？　他のを召喚することはできないの？」

「一応、それ用のマジックアイテムは持っているから騎乗動物の召喚ぐらいできるわ」

「ならそれでいいじゃん。何にも問題ないじゃん」

「マジックアイテムでの召喚だと、装備品の交換、もしくはアイテムの取り出しが必要になる分、特殊技術(スキル)での召喚と比較して、一回多く手番を使ってしまうわ。それにやはりこの双角獣(バイコーン)の方が戦闘能力は遥かに優れているから……」

「だったら双角獣(バイコーン)に相手の攻撃を受け止めさせて、その隙にアイテムで召喚すればいいんじゃない？魔獣使い(ビーストテイマー)いならごく初歩的な戦法だよ？」

「そういう使い方しかないのかしらね」

「それではアルベドはこれで弱体化でありんすね」

「人の不幸を笑うような言い方はよして欲しいんだけど？」

「アルベドは結構、わたしの不幸を喜んでいるように見えていたんでありんすが？」

そんなことはないわよと言えば、絶対にそうでありんすという言葉が返る。

「ほんと、もう……。ねぇ、こんなところで睨みあってないで、何処かいかない？　アインズ様のご厚意で休みをもらっているわけだし」

確かに、とアルベドが納得し、口喧嘩をしていたシャルティアも首を縦に振っている。ただし——

「……休みと言われても何をすればいいのかしら。もともと私たちはナザリック地下大墳墓を警備し、御方々のために働くために創造されたのよ。働くことこそ人生なのに……」

「それでもアインズ様が休めと言われたのであれば休まなくてはならないでありんす」

もともとこの地に三人が集まったのも、主人より「毎日の労働御苦労。せっかくだから守護者女性陣で集まって遊んだらどうだ」と言われたためだ。

「もう集まって遊んだから解散にする？　というかこれって遊んだっていうの？」

「疑問だわ。遊びというにはちょっとどころか、かなり疑問が残るわね。そういえば普段は何をしているの、貴女たちは」

「第一階層から第三階層までの巡回でありんすぇ。あとは領域守護者の意見をまとめたり、階層全体の警備状況の確認でありんすか？　時間が余ったらお風呂に入ったり、身支度を整えたり……？」

「意外と、ちゃんと仕事してんのね」

「意外と、ってどういう意味でありんすか」

「お風呂、ね……。それじゃ、アウラは？」

「うーん。マーレが闘技場に残っている間は、あたしが森の巡回。新しい奴らも入ってきたしね。あとは家に帰って寝たり……ぐらいかなぁ」

「それよ！」

アウラとシャルティアが不思議そうな顔をした。

「そうよ、それよ。新しい奴らってこの階層に新しく作った、あの村の住人でしょ？　私、あそこに行ったことがないの。一緒に行きましょ」

「あれ？　そうだっけ？　シャルティアは来たことあったよね」

「ありんすね」

そうなの、と不思議そうな表情をしたアルベドに、アウラは説明する。

「他の守護者もそうだよ。まずコキュートスは蜥蜴人(リザードマン)関係で来たことがあったし、デミウルゴスはこの前、状況を確認するために来たからね。他の人たちも時々来るよ。うーん、それじゃ行ってみようか。ここからそんなに離れてもいないしね」

•

ナザリック時刻　９：３８

第六階層に新しく作られた村とは、十軒ほどのログハウスが並ぶだけの集落以下の場所のことだ。村の右側に畑が、左側には畑に数倍する面積を持つ果樹園が並んでいる。

周囲は当然のことながら鬱蒼とした森で、上空から見れば森の中にぽっかりと空いた穴、グリーンホールと呼ぶべき物のように見えたかもしれない。木々を切り倒し、根っこごと穿(ほじく)り返(かえ)せば大地が凸凹になるのは避けられないはずだが、村の中は異様なほど綺麗に整地されている。これはマーレの魔法のお陰だ。

果樹園では一生懸命に働いている者の姿が多数見える。

まず目についたのは、人間の女性のように見えなくもないが、肌が木の幹のような色艶をしている種族だ。そしてその傍には、まさに樹が動き出したとしか形容できない生き物がいる。

前者がドライアード、後者がトレントと呼ばれるモンスターだ。

トレントがドライアードを幹そっくりの手の上に乗せて、果樹の上の方まで持ち上げて世話をしている。

「ほかにも蜥蜴人（リザードマン）が十人、ここで暮らしているんだよ。彼らは時々、ここから北に行った、さっきあたしたちがいた場所の近くにある湖に遊びに行ったりしてるね。別に水中で暮らしているわけでもないのに、変だよね」

「前に来た時よりもはるかに村が大きくなっているでありんすね。住人もかなり増えたようでありんすね」

「そうだね。トブの大森林を征服した結果、ナザリックに住まわせても良いと思われる種族をいくつか発見したからね」

「ナザリックに招いても良い種族……異形種であること、食料を必要としない種族であること、性格が温厚であること、だったわね」

「うん。そうアインズ様には言われているよ。『食料を必要としない』は正確に言えば、『自給自足が即座に出来る者』だけどね。……ドライアードもトレントも大地から栄養を吸い上げるから、特別な食事は必要ないみたい。大地の栄養素が足りなかったり、雨が降らなかったら不味いらしいけどさ」

「ふーん。雨はマーレが降らせるのでありんすか？　それともマジックアイテム？」

「基本はマーレの仕事かな。あと大地の栄養素の回復もそうだよ。大地の実りを豊かにする魔法があって、それをやると完全に回復するんだって。ドライアードやトレント達が美味しすぎて太るとか言っていたけど……あたしは流石に味までは分からないからなぁ」

シャルティアとアウラが喋っている間、実験材料を観察するかのような冷徹さで村をゆっくりと見渡していたアルベドの瞳に、初めて感情という色が灯った。

「あら？　あそこ、畑にいるのは副料理長よね。何をしているのかしら？」

視線の先を追っていくと、簡素な柵によって囲まれた畑の一区画、背の高い茎が赤い実りをなす陰に隠れるように、もぞもぞと動いているキノコにも似たモンスターがいた。凝視すれば、彼が汚れても良い格好をしていること、そして赤い実をもいでいることが窺えた。

「見たままだよ。時々ここに食材を取りに来ているんだ。あとは色々と育てているんだけどね。行ってみようか」

アルベドとシャルティアは顔を見合わせる。互いの瞳の中に、否定的な感情が浮かんでいないことを確認すると、仕事の邪魔をするのでなければと仲間の様子を窺いに向かう。

「やほー。いつもながら額に汗して働いているね！」

アウラの元気の良い声に、副料理長が顔を上げ、三人を確認する。

「別に汗が滲み出る体ではないですけどね」

よいしょ、などと言いながら立ち上がると、腰を伸ばしている。座って畑仕事をしていた者に相応しい態度ではあるが、実際に腰と呼べるような場所がないため――彼は寸胴(ずんどう)で、腰に当たる部分はない――本当に腰が凝っているのか、気分転換のために腰を伸ばしているのかは見当がつかない。

続いて副料理長は肩が凝っている人間がするように、首を回す。彼の頭部はキノコのようで、そこにこぼれ落ちそうな赤紫色の液体が付着しているようにも見えるが、実はそれは固まった液状ノリのような奇妙な弾力を保持しているので、流れ落ちたり周囲に飛散したりということはなかった。

「ねぇ、それはトマトなのかしら?」

副料理長が手に持った赤い実に興味を持ったアルベドが問いかけると、彼は実を自分の目の前まで持ってきてから不思議そうに頭を動かす。

「トマトですね。皆さまがご存じのトマトです。太陽の光を集めて爆発するタイプでも、襲いかかるタイプでもなく、割ると金色に輝くタイプでもない、普通のトマトですよ」

「要するに食材用の、レア度に劣る普通のトマトってことでしょ?」

「はい。特別な効果をもたらす野菜は私には特殊技術(スキル)が無いので育てることが出来ませんから。それでご興味を持たれたということはトマト料理をご所望で? 残念ですが私はドリンク系しか作れませんが」

「いいえ、あくまでも好奇心で聞いただけよ。トマト料理を望んでいるのはシャルティアじゃないかしら?」

「……吸血鬼がトマトジュースを飲んでいるとか思われるのはどうしてなんでありんしょう。料理を食べても、アンデッドではバフがかかりんせんのに」

「食べ物を食べないのってナザリックには多いよね」

NPCの大半が何らかのアイテムで飲食を不要にしている場合が多い。

「仕方ないわ。飲食されるとナザリックの維持コストが増大していくんだから。あなたの魔獣のように大食漢だと結構大変なのよ」

「げげ、じゃぁ、ちょっと外に行って稼いでこないと不味い？」

「さすがにそれには及ばないわ。アインズ様たち至高の御方々が、支出と収入のバランスが取れるようにしっかりと計算して、この墳墓は作られているから」

「ああ、でありんすからこそ自給自足できる者たちだけを招けといわす命令なのぇ。増えることでバランスが崩りんせんように」

「そうよ……って、その辺の話って知らないの？」アルベドはその場の三人の顔を順番に眺めていく。「困ったわね。あなた方が守っている場所のことを知らないというのは非常に不味いわ。今度時間を作りなさい。すべて説明してあげるから」

アルベドがふぅ、とため息を吐き出し、畑をなんの気なしに見渡す。そこで記憶にある植物の葉が並んでいるのを発見した。

「あそこにあるのは人参……いえ、マジック人参かしら？」

「いえ、違いますよ？　というか統括殿は聞いているのではないですか？」

「どういうことかしら？」

副料理長の視線がアウラへと動く。

「あ、いえ……なるほど話していないのか。では、アウラ様。どういたしますか？　アウラ様が呼びますか？　教え込んだのでしょう？」

「一応、報告書は上げているんだけど――」にやりとアウラが笑う。そしてすぅと息を吸い込むと大きな声を出した。「――アインズ・ウール・ゴウン万歳！」

突如、その言葉に反応し、一列に並んだ葉が動き出す。左右に激しく動きながら、土をかき分け、人参であれば大地の中に埋もれている根に当たる部分が地表に躍り上がった。

それはまるで朝鮮人参のようなフォルムを持っているが、それとは決定的に違う何かだった。四肢が判別出来、反射運動ではなく明確な意思に従って動いている。根の上――茎に近いところに目や口に当たるようなくぼみと影があった。

シャルティアが目を丸くして、そのモンスターの名前を呼ぶ。

「もしかしてマンドレイクでありんすか？　このナザリックにはいなかったはずでありんすが……」

「ああ！　これがそうなのね。報告書で知ってはいたけど、実物を見るのは初めてだわ」

マンドレイクたちは口々に「アインズ・ウール・ゴウン万歳」「アインズ・ウール・ゴウン万歳」といいながら整列を開始していた。

「この子たちってあんまり頭良くないんだよね。近親種のガルゲンメンライン、アルルーナ、アルラウネとかはそれなりの知性を持っているそうなんだけど……。あの森を大雑把に捜索した中では発見できてないんだ。結構広いから、まだ見つけてないだけかも知れないんだけどさ。あとは地下にも山脈にむかって結構な洞窟があるらしくて、そっちはマイコニドの集落があるっぽいね。まだ手を出してないけど」

「それでもこれだけでも言葉を覚えさせたんですから、感服しました」

副料理長はぴしっと一列になったマンドレイクを摘まむと、しげしげと眺める。

頭から生えている茎を持たれて痛いのか、マンドレイクが暴れ出す。

「アインズ・ウール・ゴウン万歳！」

「アインズ・ウール・ゴウン万歳！」

整列していたマンドレイクたちが隊列を崩すと副料理長の周りを囲み、仲間への暴行に抗議するような態度を見せる。その間のセリフもさきほどのままだ。

「これは失礼。アウラ様、戻して頂いても？」

「オッケー。よし！　戻れ！」

副料理長が優しく地面に戻したマンドレイクを先頭に、再び先ほどの穴の位置に戻ると、潜り込んでいく。ほんの数秒で地面の下に隠れてしまった様はまるで、冬のさなかにベッドに潜り込むのにも似ていた。

「なるほど。動物の鳴き声と一緒ということね」

「そうですね。音をそのままオウム返しに発声しているだけで、何か意味のある言葉として使っているわけではないですから。最低限の知性ポイントみたいなものがあって、そのラインを超えないと言語理解が働かないらしいですよ。詳しくは研究中のようですけど」

デミウルゴス様の受け売りですけど、と副料理長が答える。

「ふーん。ところでアルベド、聞いてもいいでありんすか？　守護者統括のあなたが新参者が入ってきているのを知らないというのは不味いのでは？　もしスパイがいたらどうするのでありんす？」

アルベドが答えるよりも早く、別のところから異議が上がる。

「あははは。シャルティアは面白いことを言うね。確かに第六階層は広大な敷地を持つ分、侵入者の捕縛、殺戮が難しいと思うのも当然だよね。闘技場から逃げられたら……蜘蛛の子を散らすように四散された場合、人数が多かったら面倒だからね」

笑い声は空虚なものでしかなく、目は氷のようだった。

「でもさ、あたしを舐めてない？　ここはあたしの狩場。四散しようがすぐに発見して、狩り尽くすから。大体、アインズ様に害をなそうと第六階層を抜け出ても、第七階層の紅蓮の世界を突破しなくちゃいけないし、次に待ち受けるのは踏破不可能な第八階層だよ？　逃げるにしても第五階層の極寒の地獄、第四階層の暗き水、そしてあなたの守る領域を抜け出さなくてはならないっていうのに……可能なの？　そんなこと」

シャルティアは頭を振った。

「不可能でありんすね」

「そういうこと。だから新参者がこの階層で増えていたとしても、気にすることはないよ」

「アウラに全部言われてしまったわ。えっと、そういうわけで、現在ここに様々なモンスターを集めるという計画が派生して持ち上がっているのよ」

「あれ？　植物系モンスターだけじゃないの？」

アウラからの驚きの声にアルベドは微笑みながら答える。

「当初の予定はそうだったわ。ただ、アウラとマーレのお陰もあって現状問題はないということが観察できたので、より一歩進んだ計画が立案されたの。とはいってもまだ草案段階であって、本当に実行に移されるかは不明だわ。だからこの階層の守護者であるあなたにも知らせてなかったのよ」

アルベドは「まだ他言は無用」と前置きをすると計画を口にする。

「計画名は楽園計画。アウラの作ってくれた隠れ家を始めとして、最終的には人間に友好的なモンスターを集めて、ここで暮らさせる大型プロジェクトだわ」

「なんで人間って特定種族に友好的という条件が付くの？」

アルベドは我が意を得たりと笑う。非常に邪悪な笑みではあった。

「それこそが計画の要（かなめ）。楽園計画の、ね」

「正直に申し上げまして、理解に苦しみますね。この地、ナザリックは至高の御方々にとっての楽園であるべく私たちは働いておるのですが、どうしてそのような名前を？」

「私たちは他者と平和的に共存していますよ、という外向けのアピールよ」

「なるほど……そういう狙いでありんすね」

「嘘、シャルティアが分かるなんて……」

見た男の百年の恋を一撃で砕きそうな表情をシャルティアは浮かべると、アウラを強く見つめる。

「わたしをもしかしてバカだと思ってるんでありんすか？」

「……ちょ、ちょっと待って、シャルティア。普段の自分の言動を顧みて、もう一度質問してくれる？　ねえ？　ちょっと思い出すだけで良いからさ」

本当に一瞬――己（おのれ）のこれまでを振り返っただろうシャルティアの瞳孔が、死んだ生き物のように広がった。その後で視線がザッパンザッパンと荒波を泳ぎだした。

あまりにあんまりな姿にアルベドが話を元に戻してあげる。

「え、えっと、この計画もアインズ様のご提案ね。第六階層の話の流れでぽつりと、色々なモンスターを集めたいと、仰（おっしゃ）られたのよ。狭い世界で物事を考えていたら、浮かばないアイデアだわ。前に、アインズ様の才覚に関して、デミウルゴスと話したことがあるの。そこでやはりアインズ様は天才だという結論が出たわ」

「アインズ様が天才なのは分かりきった事実ですが、言葉が少ないと聞いたことがありますね」

「言ったのはデミウルゴスね？　全く……。アインズ様はご自身の考えを簡単には仰らない。それに不思議な行動を取ることだってある。でも、大勇は怯なるが若く、大智は愚の如しという言葉があるけど、まさにその通りなのよ」アルベドは目を潤ませながら顔を振った。「モモンという冒険者を作り出した狙いまでは読み切れなかったわ。本当に恐ろしいお方……。あの時からここまですべての流れがアインズ様の手の中だったなんて……」

「モモンってアインズ様の冒険者の姿でしょ？　それがなんで？」

「すぐにわかるわ。……モモンという像があるからこそ、アインズ様の支配は盤石となる。本当にすごすぎるわ……。あのデミウルゴスの提案ももしかしたらアインズ様がそうなるように仕向――」

「何をブツブツと言ってありんすんでありんすか？　少うし怖いでありんすよ」

シャルティアの声に我に返り、ゴホンと咳払いをすると、アルベドは三人の顔を見渡す。

「えっと、何の話だったかしら？　そうそう！　アインズ様の一言一言や行動には、深い意味が込められているの。だから、同じレベルは無理でも、言葉の裏にある真意を読み取れるように努力しなさいってことね」

「難しいよ。アインズ様はちょっと頭良すぎだもん。――おっと、スピアニードルたちだ」

村の中から高さ二メートルを超える、大きな白い塊が二つ、のそのそとアウラの元へと進んでくる。アンゴラウサギにも似た姿を持つ魔獣だ。

「可愛いじゃない」

シャルティアがアウラの横に並んだ白い毛玉を撫でる。

「柔らかいわね。これ一匹ぐらい欲しいわ」

「気持ちいいでしょう？　でもあの毛は敵との遭遇時に針のように鋭く尖るんだよ？」

レベル六十七のモンスター、スピアニードル。

戦闘態勢に入ると、それは非常に細い針の塊となる。この状態で殺しても元のような柔らかい毛には戻らないため、無警戒時に不意の一撃で殺すことを要求されるモンスターだ。だからこそレベルの割には、狩場にいるプレイヤーのレベルは遥かに高かった。

「ええ？　そうなんだぇ！　怖いでありんすね」

などと言いながらシャルティアが撫で続ける。

「まぁ、別にあたしが命令しなければ戦闘態勢に入らないけどさ。敵がこの辺りに居れば別だろうけど、ここまでどうやって敵対者――侵入者が潜り込んでくるのさ。他の階層から報告すら上がってない状況で」

「そうね。当然だわ。上層三階層には探知能力に優れたシモベを配置しているのだから、知覚されずにここまで来るということは困難だわ」

その時、アウラがピタリと動きを止めて、闘技場の方角に顔を向けた。

「どうしました？　アウラさん」

「第七階層との転移門が起動したみたい」

「下から？　デミウルゴスは外に出ているはずだから……配下の者かしら？　確認しに行かなくても

いいのかしら？」

「うーん、マーレがいるから大丈夫だと思うよ？　もし何かあったら連絡してくるでしょ」アウラが首から下げているイヤリングに触る。「それに珍しい事じゃないんだよね。下の階層から地上に上がろうとすると特定場所の転移門を使って一階層ずつ移動するしかないからね。そういえば走りたくなくてわざわざ魔法を使った人がいたなー」

「ゴホン！　まことにナザリック地下大墳墓は難攻不落の大要塞でありんすね」

「そうね。超位魔法、〈天上の剣（ソード・オブ・ダモクレス）〉や私の持つワールドアイテムを用いても、階層を吹き飛ばすことはできないでしょう。だからこそ転移を自在にできる指輪を奪われることだけは避けなくてはならないの」

全員の視線がアルベドの左薬指に集まる。

「マーレも外に出る時は預けていくみたいだしね。こうやって考えると指輪の大切さがよく分かるなぁ――って、マーレから連絡だ」

アウラが皆から少しだけ離れてイヤリングを摑むと、ここにはいないマーレと会話を始める。徐々に表情が険しくなっていくアウラの様子を窺っていると、終わった時には憮然とした顔になっていた。

「ごめん。なんかマーレが出かける用事が出来たみたいで、念のため、あたしは帰るね」

「そう。なら……私たちも帰りましょうか、どう、シャルティア？」

「異存はないでありんす」

「私はもう少しこの畑で色々とやって行きますよ。ドライアードやトレントたちとも話がしたいですし」

「ならこれで解散ね。今日はありがとう。お陰で休日の過ごし方のコツが掴めてきた気がするわ。また何かの時に……そうね、今度はお風呂にでもみんなで行きましょう」

2

ナザリック時刻　9:28

本に目を落としていたマーレは顔を上げ、視線をゆっくりと動かして第七階層との転移門の方向を窺う。

わずかに感じる力の波動を受け、ページにしおりを挟むと本を隣の椅子に静かに置いた。横に置いた杖を拾い上げる。神級アイテムであるシャドウ・オブ・ユグドラシルを。

マーレは胸元で揺れるマジックアイテムに空いている手を伸ばすが、途中で止める。

姉に連絡を取る必要はない。侵入者の報告を受けていないのだからやって来たのは間違いなく同胞だ。

てくてくと転移門――下に向かって小走りに足を動かす。

姉は闘技場の観戦席から飛び降りることが好きだが、マーレは好きではなかった。第一、ちゃんと階段があるのだからそれを使って降りることこそが、至高の御方々への忠誠になるのではないか。階段は使うために作られたのだろうから。

（なんて、お姉ちゃんには言えないよ……。怖い目で見るんだもん……）

せめて自分だけは至高の御方々の思いを無駄にしないと、マーレは階段を降りる。そのまま控室の前を駆け抜けていくと、キラキラと七色に輝く巨大な円形の鏡の前に一つの人影があった。

「お、お待たせしました」

「おお！　これわこれわ階層守護者マーレ様！　わざわざ来ていただき恐悦至極に存じます」

純白の衣装に、烏のクチバシを模したような仮面を被った道化師がぺこりと頭を下げ、同じようにマーレも頭を下げた。

「こんにちは、プルチネッラさん。今日は一体どうされたんですか？」

「はい。私、御存知かもしれませんがただ今、デミウルゴス様の元で働かせていただいているのですが、今日わデミウルゴス様からの使者として参りました。これをお納めください」

道化師が手に持ったファイルをすっと差し出してくる。

「デミウルゴスさんから回ってくるということはもしかして回覧ですか？」

「左様でございます。いやマーレ様が来てくれるとわ私も幸運です。もしアウラ様でしたらマーレ様を呼んでいただかなくてはならないところでしたから」

「え？　そ、そうなんですか？」

回覧はナザリック地下大墳墓の支配者アインズ・ウール・ゴウンその人が考案したシステムだ。緊急性のない何かを紙に書いて各階層守護者に連絡を回すだけのシステムではあるが、似たものは今まで存在しなかった。

そのために「これが……」と、謎の感動と共にマーレは受け取ったファイルを凝視する。

「あ、あれ？　でも、な、なんでお姉ちゃんには渡せないんですか？」

アウラもマーレと同じ階層守護者であり、渡して不味い理由は無いはずだ。それに意外に几帳面なところがあり、回覧板を適当に放り投げたりはしないだろう。

「そこまでわ私も存じておりません。というのもデミウルゴス様に回覧わマーレ様に直接お渡しし、アウラ様にわ預けるなと命じられましたので」

「そうなんですか……あ、あのデミウルゴスさんは？」

言葉の足りない質問ではあったが、プルチネッラは意図を読み取ってくれる。

「……さて、私わその意味までわ存じておりません。おそらくわ答え、もしくわ理由わそのファイルの中に収められているのでしょうが」

「そうなんですか……。え、えっと、そういえば、あ、あのデミウルゴスさんは、今、何をされているんですか？」

「交配実験です。人間種同士であれば交配わ可能で、亜人種と人間種の間で交配わ不可能。これわなんと悲しいことでしょうか。愛する者同士の種族が多少違うだけで、そこに実りがないのですから。これを救うべくかの方わ努力をされております。亜人種と人間種の間に可能性を生むべく！」

朗々と歌い上げる道化師は両腕を大きく広げて天を仰いだ。突然、雰囲気が変わるプルチネッラにマーレは目を白黒させる。

「おっと失礼しました。人々に笑顔を与えようとされるデミウルゴス様の優しさに興奮してしまいました。お許しください」

「は、はい。全然大丈夫です、はい」

「デミウルゴス様わ恨みが互いに向かわないように、自分たち——悪魔たちが犠牲になると言われておりましたね。なんという自己犠牲の精神。このプルチネッラ、涙で前が見えないほどです」

プルチネッラは仮面の上から自らの目の辺りを拭う。もちろん、涙など流れていないし、それどころか普段の明るい声に変化はなく、悲しみなどこれっぽっちも感じられない。

「……なんで恨みなんて買われるんですか?」

「私にも理解できないのです。あれほどお優しいデミウルゴスさまが何故、と。ですがご自身で仰っておりましたから。そうそう聞いてください。優しいのですよ、デミウルゴス様わ。この前など、家畜が飢えるのは可哀想だと仰られて、互いの子供を交換したうえで丸焼きにして食卓の上に飾ってあげたのですから。酷い者であれば交換などせずに出しますでしょ?」

「そ、そうですか?」

「そうですとも。しかも別れを告げられるように、食卓の向かいにわ互いの親を呼んで差し上げたのですよ。……デミウルゴス様のように笑顔で家族に別れられるよう計らってあげる優しさを持つ方など……至高の御方々を除いていらっしゃらないと私わ確信しております」

うっとりとした声で話すプルチネッラに「はぁ」とマーレは気の無い返事をする。

ナザリックの存在でもない相手がどうなろうとどうでもよいことだ。二、三秒後にはマーレの心からは、デミウルゴスの元にいる家畜に関しての感情は抜け落ちていた。

「それに飢えると頭わ欲しても胃が受け付けないものです。そこまで考えて、ちゃんと警告をしてしっかり食べるようにさせてあげたのです。まさにお優しい方だな――」

話が終わらない予感を覚えたマーレは、慌てて口を挟む。

「――あの、ぐ、紅蓮さんはどうされたんですか？　届けるのであればあの方かな、とか勝手に思っていたんですが、今どこで何をされているんですか？」

「……彼なのでしょうかね、彼女なのでしょうか。恐らくわ性別わないと思われますが、かの御仁を先日見た際わデミウルゴス様不在の第七階層の転移門付近で潜伏しておりましたね」

「な、なるほど」

マーレは紅蓮の外見を思い出す。

流れる溶岩にその巨体を潜め、油断した相手を引きずり込んで自分に有利な戦場で戦う領域守護者――紅蓮。レベルは九十だが、戦いに最適化されたが故に、単純な戦闘力はナザリックでも最上位に入り、一部の階層守護者と互角に渡り合うほどだ。よって、デミウルゴスのいない第七階層を守るには相応しい存在だ。

「あっと、少々お喋りが過ぎたようです。マーレ様に回覧板わお渡ししましたし、私わ多くの人たちを笑わせるために向かわなくてわ」

「あ、ありがとうございました」

ぺこりと頭を下げたマーレに、優しくプルチネッラは返す。

「感謝など不要です。マーレ様の笑顔を見られただけで私わこれ以上なく満たされました」

道化師はおどけるように肩を竦め、「でわ、またお会いしましょう」と手を振りながら第七階層の転移門へ消えていく。

見送ったマーレは回覧板を開く。姉には渡せず、自分だけしか読めないということに複雑な——優越感と背徳感、罪悪感などが混じり合った感情を抱きながら、目を上から下まで走らせ、最後まで読むと数度瞼を瞬かせる。

（これ……回覧というより、守護者にあてたアインズ様の伝言だ）

男性の守護者各位へとされ、そこには日ごろの働きに対する労いと賛辞があった。内容を一言で要約してしまえば「一緒に風呂にでも行って疲れを取らないか」という誘いだ。

書かれている参加者の名前は上から、アインズ、デミウルゴス、マーレ、コキュートスであり、上の二人は名前の隣の参加、不参加の参加に丸が付けられていた。本来ならばここにセバスの名前も記されるべきだったろう。しかし、彼は今現在、人間の街でソリュシャンと情報収集の任についている。

（えっと、日時は……）

日時は未定で、関係者の最も都合の良い日に合わせる旨が書かれており、参加に丸を付けることに躊躇うことはなにもなかった。断っても構わないと書いてあるが、自らの寛大にして優しい主人の誘いを断るなどマーレには絶対にできない。いや、このナザリック地下大墳墓内の誰にもできないだろう。

ファイルに挟んであった鉛筆を取ると、自分の名前の横にある「参加」に丸を付ける。

「……えへへへ」参加についた丸を笑顔で眺めていたが、やがて胸のうちに暗雲がかかる。「あ、でも……どうやってコキュートスさんに渡そう」

数度に渡って、女性の守護者には連絡は不要だと書かれており、男だけの秘密にしようという主人の意思が感じ取れる。ならば自分が直接持っていくのが最善だろう。

(お姉ちゃんに内緒にするのは不味い……よね。だって僕が……えっと、寵愛っていうんだっけ、を受けている間に階層を一人で守ってもらうわけだし)

命令などで離れるならともかく、他の守護者の元に遊びに行く場合などはマーレもアウラも片割れに何処に行くかを告げている。アウラもマーレもこの階層を守るように至高の存在に命じられているのだから、当然のことだ。

マーレは首から下げたマジックアイテムを掴む。

「お、お姉ちゃん？　聞こえる？」

返事は即座に返った。

『聞こえるよ？　どうしたの、マーレ？』

「あ、良かった。え、えっとね。あのね、ちょっとコキュートスさんのところに行く用事が出来たから行ってくるね」

『コキュートスのところに？』

「うん。急いでいかないといけないんだ」

『何かあったの？』

びくりとマーレの肩が跳ね上がる。声が裏返りそうになるが、なんとかいつもの声を絞り出す。

「う、ううん？　何もないけど……行かないといけない気がしたんだ」

『ふーん……』

完全に怪しんでいるアウラの声に、マーレは手に汗をびっしょりとかく。

(でも、うん。仕方ないよね。だってアインズ様のご命令だものね)

マーレとアウラを創造したぶくぶく茶釜本人の言葉を除けば、アインズの言葉は至高の存在の中においても最上位だ。全てに優先されるのはごく当たり前のことだ。

『まぁ、良いけどね。じゃぁ行ってきなよ。でも第五階層は寒いから冷気対策を忘れ……ああ、マーレなら問題ないか』

「う、うん。魔法でどうにかできるし大丈夫。だから行ってきます」

これ以上喋れば何か変なことを言ってしまうかもしれない。だからマーレは慌ててマジックアイテムから手を離す。最後に姉が何か言いたそうにしていたが、残念ながらというか幸いにしてというべきか、聞こえなかった。

「よ、よし！　急がなくっちゃ！」

マーレは主人から貰った最高級の指輪の力を起動させる。


転移した直後、真っ白な塊がマーレの顔に張り付くように押し寄せてきた。空中に舞い上げられた雪の欠片がその正体だ。

マーレが吐き出した白い息が一瞬で後方に流れて行く。雪を舐めることによって極寒と化した空気が吹き抜けた結果だ。

暴風によって舞い上げられた氷雪が荒れ狂いホワイトアウトが起こり、降り積もっていく雪によって足跡は蔽い隠される。侵入者を遭難させるためだが、平時の第五階層はそこまで苛烈ではない。天空を覆う黒雲からは雪はぱらつく程度で、陰鬱な世界ではあっても視界が遮られることはない。

「……えっと」

マーレは辺りをキョロキョロと見渡す。リング・オブ・アインズ・ウール・ゴウンで飛んだのだから、目的地付近に転移したのは間違いない。

目指すべき場所を見つけた、マーレは軽やかな動きで進む。歩いた雪の上には足跡は残らない。雪に沈むことなく、まるで固い大地を歩むかのように。

人っ子一人いない白色の世界が、ぱらつく雪の降る音をマーレに届けてくれるようだった。もちろん、マーレは常時発動している魔法による超知覚によってそれが偽りであることを理解している。第六階層の守護者であることを知っているからこそ、潜む者どもは姿を見せないだけだ。

静寂の中、マーレは目的地に到達する。

前方にはスズメバチの巣をひっくり返したような巨大な白球があった。

それを囲むように、計六つの巨大な水晶が鋭い先端を空目掛け突き出している。中に人のような影が透けて見えた。

踏み出すマーレの足元からミシィという、不安を掻き立てる嫌な音が響く。目を下に動かせば、今までの雪の積もった大地とは異なり、つるつるとした氷が張っていた。それなりに厚いようではあったが、氷の下はやけに暗く、大穴が広がっているのが見て取れる。

マーレは氷の上に足を踏み出す。足の下で割れるなど想像もできないと言わんばかりの、迷いない足取りだ。ミシィ、キシィという震えそうな音を立てながら、問題なく白い球の近くまで到着する。

「あ、あの、えっとコキュートスさん。いらっしゃいますか？」

巨大な白球に声をかけるのではなく、マーレは巨大な水晶に呼びかけた。

それに応えて、水晶を透過して人間の女性に似たモンスターが現れ出る。モンスターの数は水晶の数と同数で、全身は白ずくめ。その肌は青白く、長い髪は黒い。

雪女郎（フロストヴァージン）――レベル八十二の氷系のモンスターで、コキュートスの住居、大白球（スノーボールアース）を守る親衛隊のごとき者たちだ。

「いらっしゃいませ、マーレ様。ようこそおいで下さいました」

「あ、あの、えっと、コ、コキュートスさんは？」

「はい。コキュートス様は現在、ナザリック地下大墳墓外、蜥蜴人（リザードマン）たちの新しい村に行っておいでです」

「そ、そうなんですか？」

雪女郎（フロストヴァージン）がその通りだと、頭を下げる。

「何か伝言があれば私たちがお預かりしますが、どういたしましょうか？」

マーレは迷う。

ここまで来たのだから、コキュートスの部屋に回覧板を置いて、雪女郎（フロストヴァージン）たちにメッセージを残しておけば問題はないだろう。しかし、回覧板の内容を考えれば直接渡した方が主人の意を汲んだ行為と言える。

ではどうやって外のコキュートスの元に向かうか、だ。

ナザリックの外に出てはいけないという規則はない。ただし外出するには条件を満たしていなければならない。というのもナザリック地下大墳墓の外での単独行動は主人から厳しく禁じられているためだ。

これまでに集まった情報を分析した結果、ナザリックの守護者メンバーの百レベルというのは外の世界では考えられない領域であり、歩く天災のようなものだ。であれば歩く天災の一人であるマーレが単独行動をしても危険はないように思える。逆に外の世界が恐怖に震え上がるべきだろう。しかし、それは一つの出来事を忘れているからこその蛮勇だ。

それは、シャルティアを洗脳した——恐らくは——世界級アイテムを持つ、未知の敵の存在。他にもチラホラと見え隠れするプレイヤーの影。

そうした者どもがどれだけの規模なのか、不明確だからこその用心だった。

「う、うーん。どうしよう」

外出の際には最低でも七十五レベル以上のシモべを五体連れて行く必要がある。マーレ直属のシモべに竜が二体いるが、あれは動かすには少々目立ち過ぎる。姉に頼めば一番早いが、ここに来た時のことを思い出せば、そんな恐ろしいことはできない。

そのとき天啓がひらめく。人数もレベルも丁度良い。

「あの、あのですね。一緒に行ってくださいますか?」

「も、申し訳ありません。私たちはここを守るようにコキュートス様より命令を受けております。アインズ様のお言葉を除き、コキュートス様からのご命令に逆らうことは……お許しください！」

「あ、いえ、いえ。良いんです」

それは仕方がない、というよりも考えてみれば当たり前のことだ。次善の策として浮かぶのは第七階層の魔将たちを借りることだろうが、ただ頼んだだけではここと同じように断られるだろう。しかし、頼れるのはデミウルゴスのところしかないのも事実だった。

というのもまず、あの回覧に書かれた守護者以外に協力を求めるのは避けたい。次にナザリック地下大墳墓内の八十レベルを超えるシモベは守護者直轄である場合が多く、フリーの者は滅多にいない。

以上の点から魔将を借り受けるのであればまずはデミウルゴスと連絡を取ることから始めなくてはならないだろう。

(でもどうやって連絡を取ろう)

外にいるデミウルゴスと連絡を取る手段は、シモベを派遣することか、はたまた魔法しかない。

(あとは――)

マーレは先ほどまで読んでいた本を思い出す。

(あの人のところにも七十五レベル以上の部下がいたかな？　でも守護者じゃないし……うーん。男性だからいいかなぁ。あとは口止めもしておけば……)

「あ、あのありがとうございます。えっと自分の方でどうにかします」

「そうですか？　畏(かしこ)まりました」

マーレは指輪の力を起動させる。目的地はナザリック第十階層内にある巨大図書室――最古図書館(アッシュールバニパル)。

ナザリック時刻　９：５４

転移したマーレの視界が雪原から広い部屋に瞬時に切り替わる。エボニーブラウンを基調とする落ち着いた部屋を、暖色光がほの暗く照らしていた。天井はなだらかなドーム状となっており、向かいには両開きの巨大な扉が鎮座していた。

玉座の間への扉に匹敵するほどの大きさの扉の左右には、三メートル近い動像(ゴーレム)が屹立(きつりつ)していた。武人の格好をした動像(ゴーレム)であり、レアメタルを使って至高の存在の一人が作ったそれは、通常の物よりも遥かに強い。

「あの、扉を開けてください」

マーレの言葉に反応し、両脇の動像(ゴーレム)は扉に手をかけるとゆっくりと押し開く。重い音が響き、数人が並んで入れるほど大きく開いた扉の中にマーレは歩を進めた。

前方に広がった光景は図書館というよりはもっと別の何かを――そう、例えば美術館のようなものを思わせた。床、本棚には無数の装飾が施されており、本棚に並んだ本自体もまるでその装飾の一部として置かれているかのようだった。

塵(ちり)ひとつ落ちていないよく磨かれた床には、寄木細工で美しい模様が描かれている。

上部は吹き抜けになっており、二階にバルコニーが突き出し、無数の本棚が部屋を覗き込むように取り巻いている。半円の天井は見事なフレスコ画と豪華な細工でびっしりと埋めつくされていた。部屋の所々にガラス張りの展示机が置かれ、何冊かの本がその中に並べられていた。

光源は無数にあるが、そのどれも強い光は灯されていない。人なら薄暗いと眉を寄せる程度の光量だ。

室内は一目では見渡せない。本棚が邪魔になって見渡すことが出来ないのだ。

図書館に相応しい沈黙の中、マーレの後ろでゆっくりと扉が閉まった。入り口からの光がなくなったことでより一層暗くなったような感じがする。静寂が音として聞こえそうなほどの沈黙と相まって、不気味な雰囲気が立ち込めだす。

無論、闇夜すら見通す目を持つマーレからすると真昼の明るさのため、全然不気味には感じないのだが。

マーレは奥に向かって、多少足早に歩を進める。

現在いる部屋は「理の間」。この図書室は「知の間」、「理の間」、「魔の間」、そして用途別の小部屋――職員それぞれの私室等という風に分けられている。それを考えると目的地は少々遠い。

通路の左右――何列にも渡って並ぶ本棚には無数の本が収められている。

ユグドラシルの本は大雑把にわけるならば五種類ある。

まず一番目が傭兵（ようへい）として召喚するためのモンスターのデータだ。

ナザリック内のモンスターは三種類に分かれる。まず一から完全にプレイヤーと同じように作ったNPC。次が自動的にPOPする三十レベル以下のモンスター。そして最後が傭兵として召喚するモンスターだ。この傭兵代わりのモンスターはまず、本を使った召喚儀式を行い、レベルに応じた金貨を消費することで召喚される。そのため本がないと呼び出せないのだ。

二番目がマジックアイテム。

特定のデータクリスタルは本の形態をしているものにしか宿らない。本の形のアイテムとしては一回だけの魔法発動アイテムが一般的だ。巻物（スクロール）との違いは、巻物（スクロール）はその魔法を使うことができるクラスでなければならないのに対し、本の形態のアイテムは誰でも使用できるところにある。

三番目がイベントアイテム。特定の職業への転職に必要となるアイテムが、本という形態をとることはさほど珍しいことではない。アインズもスケルトン・メイジからエルダーリッチへと転職する際に「死者の本」というアイテムを必要とした。他にも「武技研究本」、「四大精霊異聞」等々が存在する。それだけでなく使用することで新しい魔法を覚えられる、などといったものも存在する。

四番目が外装データだ。

剣や盾、鎧といった外装のデータがインプットされている本だ。これを特定の鍛冶技能を保有するものが、それに応じた資源に対して使用することで外装が出来上がる。

五番目が本の形で配布される小説だ。一般的には元の世界で著作権のなくなった古典小説。次は運営が配布しているバックグラウンド的な物語。そしてユグドラシルプレイヤーが書いた一次——オリジナル小説だ。あとはユグドラシルを舞台にした二次小説や日記ベースの攻略法もわずかながら存在する。

ナザリック地下大墳墓内のこの図書館にある無数の本は、ほとんどが一番目の目的——傭兵モンスター召喚のために集められたものだ。もちろんここまで集める必要はまるでない。

実際、ギルドの全財産を投入しても、この十分の一のモンスターも召喚できないだろう。それなのに何故、ここまであるかというと、召喚用の書物自体は大して費用の掛かるものではないので、悪乗りしたギルドメンバーがコピーしまくったためだ。そして重要なアイテムを隠すためという狙いもある。

横目で本を眺めながら歩くマーレ。

そんな行く手を遮るように、突如、本棚の間から幽鬼のような人影がふらりと姿を見せる。

図書館の闇に溶け込むような漆黒のフード付きローブを纏っている。腰のベルトには宝石が先端に嵌(は)められたワンド、そして複数の宝珠が紐で腰のベルトにくくりつけられている。

フードの下は屍蠟化したような白色の顔。手は骨と皮ばかり。動くたびに体を覆っている微かな闇が揺らめく。

それはアンデッドのスペルキャスターの中でも有名なモンスター、〝死者の大魔法使い(エルダーリッチ)〟。

ユグドラシル内での俗称は白の贋金持ち。三十レベルなので、エルダーリッチ系モンスターとしては下から二番目だ。色違いの近親種として赤の贋金持ちや黒の贋金持ちと俗称される存在もユグドラシル内にはいる。

ただ、単なるエルダーリッチとは違うのはその左手上腕に嵌めているバンドだ。

そこには「司書J」と記されていた。

「ようこそ、マーレ様」

聞き取りづらい掠れた声をあげ、エルダーリッチはゆっくりと——しかしながら深々と頭を下げる。片手を胸に当てたしっかりとしたものだ。

「あ、あの。司書長さんに会いに来たんです。えっと、奥の部屋ですか?」

エルダーリッチはすこしばかり考え込むような姿をとり、口を開く。

「司書長は現在、巻物の作成に入られておりますので、製作室でございます」

「ありがとうございます」

「ではご案内しましょう。こちらへ」

「悪いですよ!　お仕事の邪魔をしては」

「お気になさらずに。御利用者様の役に立つことこそ私たちの役目でございます」

そうまで言われては断るのも失礼というものだ。

「分かりました。お願いします」

おぞましい顔に笑みを浮かべると、エルダーリッチが先に立って歩き出す。

途中他のエルダーリッチやキャスター系のアンデッドを横目で見ながらマーレはついていく。

「ところでそちらの本を戻しておきましょうか？」

「あ、よろしくお願いします」

受け取った本のタイトルをエルダーリッチが眺める。

「『トム・ソーヤーの冒険』ですか。面白かったですか？」

「うん。面白かったよ！　今度は何を読もうかな、って思ってるんだけど」

「でしたらお勧めの本があります。非常に笑いが止まらなくなる本なのですが、殺人――おっと、こちらです」

「ありがとうございました」

マーレは案内された扉を開ける。

もともとは広かっただろう部屋は、四方に大きな棚が置かれたためか圧迫感があった。

棚の中には無数の触媒――鉱石、貴金属、属性付与石、宝石、各種粉末、様々な動物の色々な器官等々――が綺麗に整頓されていた。ほかには大量の羊皮紙の束――巻かれているものから巻かれていないものまで――がある。

これらは全て巻物（スクロール）作成に使用される資源だ。

無論、ここにあるのがナザリック大地下墳墓内の全てというわけではない。これの数百倍もの量の資源が宝物殿内の一室に集められている。

この部屋にあるのは、あくまでもすぐに使われる分だけだ。

部屋の中央にはかなり大型の製図台が置かれ、上には一枚の羊皮紙が広げられていた。

前に立つのは人間と動物を融合させたような骨格を持つスケルトン。

身長はそれほど高くない。百五十センチ程度だろうか。

二本の鬼のような角が頭蓋骨から飛び出し、手の指の骨は四本。足先は蹄だ。

そんな異様な姿を鮮やかなサフラン色のヒマティオンで覆い隠している。さらに一枚を突き出した角が破かないようにしながらフードのように被り、もう一枚を腰に更に巻いている。

そして七色の宝石の嵌まった白銀のブレスレット、首からは黄金のアンク十字、骨の指には巻きつくかのような複数の異様な指輪、腰巻代わりのヒマティオンに付けた宝石。そのどれもがなかなかの魔力を持つマジックアイテムだ。

そして剣を下げるように腰に複数の巻物入れをぶら下げている。

外装や装備しているものは変わってはいるものの、実態はスケルトン・メイジ。アンデッドの最初期種族の一つである。先ほどのエルダーリッチの前段階の存在だ。

だがこのスケルトン・メイジこそ、この巨大図書室の司書長——ティトゥス・アンナエウス・セクンドゥス。

戦闘系に特化するのではなく、製作系に特化して至高の存在に作り出された者だ。実際先ほどのエルダーリッチよりトータルレベルは高い。

「ようこそ、守護者マーレ。私は歓迎する」

「あ、こんにちは、ティトゥスさん。お願いがあってきたんです」

「なるほど。ではそれを先に聞こう」

「は、はい。あの、ですね。こちらにいる七十五レベル以上のシモベを貸して頂きたいな、って思ったんです」

「了解だ。外に出るのだな」

「え？　そ、そうなんです。よく分かりましたね」

「……支配者アインズ様のお言葉を忘れることはない。その上で、君の立場を思い出せばすぐに思いつく。――よかろう」思案は一瞬だった。「この図書館内にいる死の支配者（オーバーロード）、コッケイウス、ウルピウス、アエリウス、フルウィウス、アウレリウスを全員貸すとしよう」

「え？　本当ですか！」

「本当だとも。彼らの戦力は正直、図書館内では少々過剰とも言える。埃を払うような仕事よりは君の周囲を守る方が彼らも喜ぶだろう」

「あ、あの、えっと、ありがとうございます！」

「とはいえ、ただで、というわけにはいかん。君に一つ協力してもらう。巻物（スクロール）を作るのにな」

「あ、はい！　何をすればよいのですか？」

「何も不安がることはない。私が良し、と言ったら巻物目掛けて第四位階の魔法を発動してくれればよい」

「な、何の魔法を使えばよろしいんですか？」

「君に任せる」

マーレは困った表情を浮かべる。任せられるというのが一番難しい。一般的な魔法を使えばよいだろうか。

羊皮紙が置かれた製図台のすぐ横に置かれた小さな机の上に、ティトゥスが骨の手を伸ばす。向かった先は山のように積まれた金の輝き――ユグドラシル金貨だ。

突如、その骨の手の下でユグドラシル金貨の一部がどろりと溶け、それ自体が意志を持っているかのように羊皮紙の上に動き出す。

流れ込んだ金の蛇は羊皮紙の上でのたうち、まるで予め所定の位置があったかのように広がっていく。

ほんの一呼吸の間に、羊皮紙の上に金の魔法陣が描かれた。複雑でありながら繊細なものだ。

「良し」

緊張しながら出番を待っていたマーレは弾かれたように魔法を発動する。

自分の放った魔法が魔法陣に吸い込まれていくのをマーレは感じる。

本来であればそれで巻物の完成だ。マーレはそう思っていた。

その時までは——。

真紅の炎。

決して起こらないはずのことが製図台で起こる。

驚愕したマーレが見つめる中、羊皮紙が、料理でフランベする際にアルコール分に引火するように燃え上がり、瞬き二つ分の時間で鎮火した。


まるで先ほどの出来事が幻であったかのように、炎が吹き上がっていた形跡は室内には殆ど残っていない。焦げたような匂いすらない。

だが、それが実際に起こった出来事だと証明するものが机の上に残っていた。

それは羊皮紙の残骸——燃え残りだ。

まるで予期していたといわんばかりの冷静さでティトゥスは残骸を摘まみあげると、しげしげと眺める。

「やはり第四位階魔法を込めることはできないか。術者の力量には左右されないのは、およそ間違いないな」

十歳は失敗と呟きながらティトゥスがメモを取っている。

「えっとど、どうしたんですか？　僕が何か？」

「気にするな。羊皮紙を温存するため、この世界で取れる物を使用して巻物を製作しようとしているのだが、あまりにも質が悪くてな」

位階ごとに使用できる皮紙に制限がある。

例えば単なる一般的な羊皮紙であれば第二位階の魔法までなら巻物の材料とできるが、それ以上の位階の魔法の巻物の材料にはならない。仮に最高級の皮紙であるドラゴンハイド――竜の皮を使ったものなら第十位階魔法も巻物に込めることが出来る。

無論、ドラゴンハイドは竜を狩らねば手に入らない一級品だ。

そのため昔はアインズ・ウール・ゴウンのギルド員皆で乱獲したが、それはユグドラシル時代の話。この世界でドラゴン――そしてそれ以外の生物も――の存在が確認できるまでは、アインズはドラゴンハイドの使用を当然ながら制限していた。

補給が無いのに消費するという愚はおかせない。いつ何時、絶対に必要となる瞬間が来るかもしれないのだから。

「駄目ですよ！　僕のドラゴンは！」

「当たり前だ。そのようなことはしない。君のドラゴンをはじめ、特別に召喚された存在は至高の御方々の御意思あっての存在。傷つけるような行為は当然厳禁だ」

安堵したマーレを面白そうに眺め、ティトゥスは燃えさしをゴミ箱に放り捨てる。

「えっと、じゃぁ、この世界の一般的な羊皮紙は巻物(スクロール)を製作するには相応しくない、っていうことなんですか？」

マーレの視線が燃えさしに向けられる。

「その可能性は高い。いや、分からない。私の作り方はこの世界に於いては異端である可能性がある。水薬(ポーション)作成に関しては大きく異なっていたようだ」

「で、でもですよ？　一度の失敗でしたら、羊皮紙の所為(せい)とも言えないんじゃないですか？」

「一度だけだ、と？　外から持ち帰った皮紙で数度実験をおこなったが、第三位階を超えて付与しようとすると、どれも同じ結果――炎上に終わっている。恐らくは魔力を羊皮紙が封じ込められない結果として炎上するのだろう」

「……ですけどこの世界の魔法詠唱者(マジック・キャスター)たちはその羊皮紙を使っているんですよね？」

「いや、今捨てたのはこの世界の魔法詠唱者(マジック・キャスター)が一般的に使っているものではない可能性がある。もちろん、多様な国家が存在することを考えれば、あり得ないとも言い切れないが。ナザリックの周辺国家で使われている、こちらの羊皮紙で――」

ティトゥスが取り出したのは先ほどのとは質感が違うものだった。

「――実験した結果、さらに低位、第一位階を込めるのが限界だった」

「それじゃぁ、人間は粗悪品を有効活用するすべに長(た)けているということなんですか？」

「違う。技術体系の違いだろう。悔しいがある意味洗練されているのかもしれない。どうにかして新たな技術を手にして、より一層の技術の進歩を図りたいものだ」

「凄いんですね！」

自らの技術を高めようとする司書長にマーレは頭が下がる思いだった。

「これも全て偉大なりし御方のおかげ。では守護者マーレ、約束通りオーバーロードたちを貸し出すとしよう。ついてきてくれ」

•

ナザリック時刻　１０：２８

途中で指輪を預け、地上部を経て、マーレの集団転移で到着した先は、蜥蜴人（リザードマン）の村にある、石造建築物の部屋の中央だった。

頑丈で重く、土台がしっかりした場所でなければ向かない石材を用いた建築は、沼地に生息する蜥蜴人（リザードマン）たちが持ちえない建築技術を必要とする。当たり前のことだが、この建物を作ったのは第三者——ナザリックから派遣された者たち——だ。

わざわざ、ナザリックから人員を派遣してまでこの建物を建造した理由は、マーレの背後、建物最（さい）奥（おう）に鎮座する物が如実に語っている。

マーレはそこにある物に深々と頭を下げた。同行しているオーバーロードたちもそれに倣う。

数段高い位置に置かれているのは、ナザリック地下大墳墓の支配者、アインズ・ウール・ゴウンを象（かたど）った精巧な――まるで本人をそのまま石化したような――石像だ。杖を持ち上げ斜め上に突き上げている姿は支配者に相応しい貫禄を漂わせ、威風を感じさせた。

像の前にある祭壇には、様々な献上品が置かれている。もちろん、マーレからすれば価値のあるものなど何もない。あるのはみすぼらしい花や魚といったものばかりだ。

しかし、マーレは不快に思うことはない。

捧げられた献上品には明確な尊敬と崇拝がある。例えば沼地で咲く花ではなく、蜥蜴人（リザードマン）からすれば危険な森の中で咲く花――命を懸けて取ってきているのだろう――であること。また蜥蜴人（リザードマン）の主食となる魚は、平均サイズをはるかに凌駕（りょうが）し、最も立派な物を選んでいることが分かるからだ。

マーレは「うん」と満足げに頷く。

自分の主人の偉大さに、有象無象（うぞうむぞう）が敬服するのはとても頬が緩むことだ。

「ご苦労様です」

びくびくと様子を窺っている蜥蜴人（リザードマン）たちに声をかけた。

この聖殿の掃除を行っている者たちだ。蜥蜴人（リザードマン）の中でも数少ない森祭司（ドルイド）の力を持ち、首からはアインズ・ウール・ゴウンのギルドサインが刻まれたメダルを下げている。

本来であればマーレと彼らとは天と地ほど地位に差があり、支配者サイドと被支配者サイドの関係で労(ねぎら)を労う必要もない。それでも先ほどの理由と同じく、深い満足感がマーレにそうさせた。

ペコペコと頭を下げる蜥蜴人(リザードマン)を残して、マーレは五体のオーバーロードたちと聖殿の外に出る。

前方に広がるのは沼地であり、蜥蜴人(リザードマン)の集落。かつてより繁栄した姿がそこにはあった。

確かに人数は戦争があったために減ってはいる。しかしながら五部族がまとまった結果、強固かつ巨大な村へと転じていた。

広い範囲が柵で囲まれ、足場の悪い沼地の中、どうやったのか見張り台が幾つか建てられ、上では白い骨――おそらくはナザリック・オールドガーダー――が弓を構えて警戒に当たっている。沼地でも数体のナザリック・オールドガーダー達が歩いており、外敵が入ってくることを警戒して巡回しているようだった。

「え、えっと、コキュートスさんは何処にいるんだろう?」

コキュートスは色々な意味で目立つ。村の中にいればここからでも即座に分かるだろうし、家の中にいるのであれば、外にマーレと同じように引き連れてきたシモベの姿があるはずだ。そう思って村全体を見渡すが、いる気配はない。

「コキュートスさんの居場所を誰かに聞いてきてくれますか?」

「承知いたしました、少々お待ちくださいませ」

返事したオーバーロードの一体、アウレリウスが聖殿へ戻っていく。

マーレは沼地――蜥蜴人(リザードマン)の平和そうな村を眺める。ナザリック・オールドガーダー達への警戒の色は無い。子供蜥蜴人(リザードマン)ですら、そうだ。ごく当たり前のように共存している。

（アンデッドに攻め込まれて支配下におかれたのに恨みが無さそうに見えるのは、コキュートスさんの融和政策が上手くいっているからなのかなぁ。それとも蜥蜴人(リザードマン)というのはそういう種族なのかなぁ）

そんなことをぼんやりと考えていると、ほどなくアウレリウスが戻ってきた。

「お待たせしました、マーレ様。聖殿に勤めている彼らでは、どこにいるかは分からないとのことです。ただし、もしかしたらシャースーリュー・シャシャ、この部族連合村の連合長なら知っているかもしれないそうです」

「あ、じゃぁ、えっと、彼のところに行ってみましょう」

アウレリウスに先導されるかたちでマーレ達は歩きはじめる。向かった先は沼地の中の蜥蜴人(リザードマン)の村ではなく、湖畔に沿う形で歩いた先の森を少し抜けた辺りだった。森の中にもナザリック・オールドガーダーの姿が遠くから見えた。

やがて一行が森を抜け出た先にあったのは先ほどとは別の沼地の岸辺であり、かなり大掛かりな工事が行われている場所だった。

水がせき止められ、十体近いストーンゴーレム達が土を掘り返している。陸地まで運ばれた土砂は蜥蜴人(リザードマン)たちが手押し車に乗せて何処かに運搬している。

何をやっているのかとマーレが観察していると、一体の大きな蜥蜴人(リザードマン)が慌てて駆けてきた。

全身に傷を持つ立派な体軀の蜥蜴人で、色々な意味で普通の蜥蜴人とは一線を画していた。慌てふためいたために、首から下げているメダルが大きく揺れている。

従属の証でもあり、身を守るための印でもあるメダル自体には魔法の力はない。しかしそれを下げることは、アインズの「所有物」であることを証明している。だからこそナザリック地下大墳墓、至高の存在の威光に触れる者は誰一人として蜥蜴人を無為に傷つけることは出来ない。もちろん、彼らに殺されるにふさわしい理由があれば別だが、幸運というべきか、己の分を弁え、強者に敬意を示す蜥蜴人たちにそのような愚か者は誰一人としていなかった。

「ようこそいらっしゃいました、マーレ様。私の名前は――」

「シャースーリュー・シャシャさんですよね?」

「左様でございます。知っていただけているとは光栄です」

「あ、コ、コキュートスさんから聞いていましたから……あの、コキュートスさんが、今どちらにいらっしゃるか知ってますか?」

シャースーリューはうーんと考え込む素振りを見せた。

「たしか、トードマンたちを支配下に置くために、数名の部下の方と、見学させるため数十の蜥蜴人を連れて出陣されました」

「トードマン?」

「湖の北東の方に生息する亜人です。蛙に似た者たちでして、あまり私どもと仲は良くないものたちです。大型のモンスター、魔獣などを使役（しえき）できる技術を持っておりまして、私どもからすれば非常に厄介な相手でした。昔、私の父の父の代に大きな戦争があったようで、その時は一つの部族が瓦解に追い込まれるほどの大敗を喫したと聞いたことがあります」

「き、北の方の種族だけあって強いんですね」

　この湖は二つの湖がくっついたような形をしており、ひっくり返した瓢箪（ひょうたん）にも似ていた。南の若干小さな湖——蜥蜴人（リザードマン）たちもいるこちらの湖は沼地が半分、湖が半分という具合で水深が浅いために、大型のモンスターの生息数が少ない。対して北の大きな湖は水深が深いために、大型のモンスターが多く、南に生息するモンスターに比べて強い傾向がある。もちろん、マーレからすればその違いなど微々たるものだが。

「ところでそのトードマンというのは、実はツヴェーグという種族じゃないんですよね？」

　かつてナザリックの周囲を取り巻く毒の沼地に生息していたモンスターたちだ。姉の支配下にも何匹かいるのを知っている。

「さて、私どもにはその辺りは分かりかねます。お戻りになられましたらお聞きになられてはどうでしょうか？　おそらくはそれほど時間もかからずに帰られると思いますので」

「そうさせてもらいます。それで話は変わるんですけど、え、えっとですね。大掛かりな工事をされているようですが、これは何をされているんですか？　村から離れていますし、柵とかの防衛施設じゃないようなんですけど……」

「はい。実は四番目の生け簀を作るべく、工事をしておりました」

シャースーリューから詳しい話を聞き、マーレはなるほどと納得した。

蜥蜴人の部族が合流したのは良いが、集まれば当然出てくるのは食料問題だ。戦争で死亡した者は多いが、それでもこの場所で獲れる食料では賄いきれなかったのだ。もちろん、元の村まで戻って漁をすれば解決する話ではあったが、新たな支配者として蜥蜴人を管理しているコキュートスは許可しなかった。

沼地を部族単位ほどの大人数で移動するなら兎も角として、少数での移動はモンスターに襲われる確率を高める。ただでさえ数の減っている蜥蜴人たちをこれ以上失うことを嫌ったためだ。

蜥蜴人を繁栄させるために動き出したコキュートスは、その問題――食料問題に手を付けた。

まず、ナザリックから食料を運び――当然、アインズの許可を得ている――蜥蜴人たちに配った。次に恒久的に食料が取れるような手段を模索した。結果的に目を付けたのは言うまでもなく、ザリュースが作っていた生け簀だ。更にデミウルゴスに相談することで、より優れた生け簀の製作に入ったのだ。

急ピッチで工事が進められ、生け簀は巨大なものが三つもできあがり、ここが四番目ということだ。

「でもまだ稚魚からの養殖は進んでいないんですよね？」

「はい。私たち、いえ愚弟の知る知識では稚魚からではなく、ある程度大きくなった魚を育てる程度のことしかできません。ですが、デミウルゴス様に教えていただいたので、稚魚用生け簀もしっかりと作って準備しております。数年以内には生け簀の魚だけで、今の二倍の蜥蜴人(リザードマン)が生活できるのではないかと思われます」

「そ、そうなんですか。数年後にはナザリックから魚を運ぶ必要もなくなるんですね。あ、もちろん非常事態が生じた時はいつでも頂けると思いますけどね」

「アインズ様には全ての者が深く感謝しております。あれだけの魚を頂いて……しかし、頂く魚は内臓がないのですが、あの魚は一体どうやって生きているのですか？　一部のモンスターのような食料不要な生き物なのでしょうか？　いえ、そうなると骨もないのは一体？」

「あれはアインズ様たち至高の御方々の力で創造された食料ですよ」

コキュートスが運んできているのは、ダグザの大釜と呼ばれるアイテムで作り出した食料だ。

「なんと！　私どもが十分に食事できるあれだけの量の魚を創造できるというのですか！」シャースーリューが首を振った。「ザリュースら、御方々の居城に伺った者たちが一時的に戻ってきたときに夢物語のような話をしていたのです。ナザリック地下大墳墓は幾多の切り取られた世界が広がる、正に神の領地だと。やはりアインズ・ウール・ゴウン様は神のお力を持つ御方なのですか」

「そうですよ？」

何を今更当たり前なことをこの蜥蜴人(リザードマン)は言っているのだろう。マーレは心の底から理解できずに不思議そうに顔を傾けた。

アインズ・ウール・ゴウンは最高の神であり、造物主だ。

「なるほど。これも全てアインズ様のおかげです。ありがとうございます」

「はい。アインズ様にそう伝えておきますね」

3 ナザリック時刻 10：30

「騒々しい。静かにせよ」

アインズは左手を振るう。そしてそのポーズで動きを止めた。

一拍置いて、元の姿勢に戻る。

「騒々しい。静かにせよ」

再び、左手を振るうと同じように動きを止めた。

前に置かれた等身大の姿見に映る自分を確認しながら、左手の位置を微妙に調整する。

「……せよ。……この位置か？　いや……もう少し手を左側に向けた方がカッコいいか？」

再び元の姿勢に戻る。

「騒々しい。静かにせよ」

自分のポーズに納得したアインズは、すぐ横のテーブルに置かれたメモ帳を手に取った。

「これでこのポーズも完成、と。次は時間稼ぎのセリフの練習だな」

ペンで先ほどから繰り返してきたセリフを丸で囲むと、ページをめくる。

書かれている台詞は、「考慮しよう」という言葉に似た意味を持つものが多い。まどろっこしかったり、カッコつけた結果、逆にカッコ悪くなったようなセリフにはバツが付いている。

もともと単なる一般人であるアインズに支配者の演技は難しい。だからこそ、普段からこういった演技を繰り返し、万が一の事態に備えていた。メモ帳は言うまでもなくアインズ考案のセリフ集だ。

この訓練を開始して既に一時間ほどの時間が経過しているが、アインズに休憩という二文字は無かった。

アインズは最高支配者ではあるが、実働ははっきり言ってしまえばほとんどない。上に立つ者がしなくてはならないことは方針を決めることであり、非常事態や重要な案件を抱え込んだ時以外は暇なのだ。細かな処理はアルベドがやってくれるので、アインズがすることは上がってくる報告に目を通す程度だ。

しかも報告を読んだところで、アインズがこれは不味いなどと思うことは皆無であるため、本当に目を通すだけとなっていた。確かに上に立つ者として危険だとはいえるが、アルベドという存在がいる限り、そして非常事態が生じない限りは問題ないだろう。

（ちゃんとした組織とはそういうものだ。上に立つ者が最前線で動くことは不味い）

戦意を向上させるという狙い以外に、総指揮官が最前線で剣を振るうのは愚かな行為だ。もしかすると、という危険があるのだから。

（本来は冒険者などやらずに、非常事態に備えて、知識を得る——脳みそを鍛えなくてはならないのは知っている。だが、何をどうすれば良い？　誰が教師役を務めてくれるんだ……。皆が信じるアインズ・ウール・ゴウンの像を壊さずに……）

ナザリック内の全ての者がアインズを絶対の支配者として敬愛し、平伏する。そう。アインズは部下に、かつての仲間たちが作り出した、ある意味子供のような存在に尊敬されている。父親が子供の尊敬を裏切れないように、アインズだって彼らを裏切ることはできない。だからこそせめて外見だけでもと、このような行動を繰り返しているのだ。

もちろん、アインズだって自分が恥ずかしいことをしていると思っている。

そうでなければ鍵だってかけないし、メイドたちやアインズを陰から警護している八肢刀の暗殺蟲（エイトエッジ・アサシン）を立ち入り禁止にしたりしない。時折、我慢できなくなるとベッドに潜って「あー！」などと叫び声を上げたりはしないのだ。

「ナザリック最高支配者に相応しい……尊敬される姿勢を……」

アインズは血を吐くような思いで、ページを捲（めく）る。暇な時に考えたセリフはまだまだある。終わりは果て無き先にあるのだ。

アインズ・ウール・ゴウンはアンデッドであり、一定を超えた感情の起伏は抑止される。それでも

——

「休みたい……」

鈴木悟（すずきさとる）の精神という残骸は疲労し、悲鳴を上げている。もう嫌だと叫んでいる。

だが──「ギシィ」と強く噛みしめた歯が悲鳴を上げた。

「何をしている。頑張れ、俺」

逃避を望む、情けない自分に罵声を飛ばし、アインズは瞳に力を宿して、鏡に向き直る。

そこでピピピピと電子音が鳴り響く。

音の出どころである左腕の腕輪を眺めたアインズには天界の音色のように聞こえた。飛びつくように音を止めると、ほっと息を吐いた。

「時間じゃ仕方ないな。そう。時間じゃ仕方がない」

忘れずに手帳を箱の中にしまいこむ。蓋を閉めると、鍵が複数かかるような音がした。かけられた鍵を無理に開けようとすれば、込められた複数の攻撃魔法が箱を中心に破壊の限りを尽くす。九十レベルの盗賊系クラス、もしくは八十レベル以上の盗賊系特化型でなければ開けるのは不可能に等しい防御陣が敷かれた箱だ。

ここまでのアイテムを使用した後で、ようやく空間の中に仕舞う。仕舞いこむ場所も多数のレアアイテムなどが並んだ場所だ。高位の盗賊は相手の仕舞っているアイテムすら掠（かす）め取（と）ることができる。とはいえ相手の動きを封じたとしても、無限に取ることはできない。一人のプレイヤーからは一、二度が限界だろう。それでも一、二度盗られる可能性があるというのは、恐怖を感じるはずのないアンデッドのアインズをして、身震いをさせるに十分だった。

それに生まれ持った異能（タレント）という未知の力の存在だってある。だからこそ常人であればこんな箱よりはもっと別の有益なアイテムを盗るだろうと、レアアイテムの欄に放り込んでいるのだ。

仕舞い込んだあとで、もう一度あることを確認する。

まるで旅行前の主婦が玄関の鍵を何度も確認するように、チェックし、ようやく一息ついた。

これだけやってようやくアインズはベッドルームから出る。向かった先は普段から勤務室として使っている部屋だ。深々と頭を下げ忠誠を示すのは一般メイド、そしてアルベド。最後にマーレだ。

前の二人は珍しくはないが、この部屋では見馴れない少年に驚きつつも、アインズは部屋を横切って黒檀の机を回り、三十回以上は訓練した座り方を披露する。

ローブを踏んだり、椅子の位置をガタガタ直したりしない座り方だ。

そして次に意識するのは椅子へのもたれ方だ。あまりにも早すぎたり、体重をかけすぎたりしてもカッコ悪い。王者には王者なりのもたれ方が――多分――あるのだ。

（王者のもたれ方なんて知らないけどな……。どこかで王でも見たいなぁ）

営業マンなら、真ん中ぐらいに腰掛けて、背もたれにもたれ掛からない座り方がマナーとして推奨される。しかしアインズ・ウール・ゴウンは営業マンではないのだ。

そういったわけで、アインズはアインズがイメージする王者の正しい座り方を実践する。

「面（おもて）を上げよ」

ようやく三人が頭を上げる。こう言わないと、決して頭を上げようとしないのが、少々煩わしく、時間の無駄とも思えた。しかし、主人に忠誠を尽くしたいという気持ちを無下（むげ）には出来ない。だからこそアインズは毎回我慢しながら同じことを繰り返してきた。

「さて、最初に問うとしよう。マーレ。何用だ」

「は、はい！」

緊張のためか少しだけ裏返った声が聞こえた。アインズは微笑む。無論、その肉も骨もない顔は歪みすらしない。しかし、温かい雰囲気は漂う。その気配を敏感に感じ取ったのだろう。マーレが息を軽く吸い込む。態度からは硬さが若干取れたようだった。

「あ、あの、その、えっと、お持ちしました」

何を、などと性格の悪い上司のようなことをアインズは聞いたりはしない。持ってきたというのなら受け取るだけだ。もしかすると自分で発した命令を忘れている可能性だってあるのだから。

「そうか——いや、良い」控えていた今日の部屋付きメイドが、マーレから受け取ろうと動きだしたのをアインズは手で制止する。「マーレ、直接持ってくるのだ」

「はい！」

ぴんと背筋を伸ばしたマーレは目の前まで来ると、手に持っていたバインダーを差し出す。

アインズは鷹揚（おうよう）に受け取り、中を開いた。

（これは……例の回覧板か）

アインズの誘いに、守護者三人は参加にサインしていた。

「順番を考えればコキュートスの配下が持って来るであろうものを、わざわざご苦労だったな、マーレ」

「い、いえ、滅相もあ、ありません！　コキュートスさんはお仕事中でしたので、僕が無理に代わってもらっただけです。それに――」

マーレが自分の左手薬指にはめている指輪を優しく撫でた。そこには愛情があった。

（……リング・オブ・アインズ・ウール・ゴウン。いや、確かに大切に扱ってもらうのは嬉しいが、そこの指に嵌めるというのは……。それになんでこの子は目を潤ませながら俺を見ているんだ……）

ゾワリとしたものを感じ、アインズは横目でアルベドを窺う。あるのは普段通りの優しげな微笑みだ。

アインズの視線がアルベドの左手の薬指へと動く。

やはりマーレと同じようにそこに指輪が嵌まっている。まるでその指に嵌めることこそが最も正しいようだ。

（なんだったか。古代ギリシャの話だったか？）

昔、どの指に指輪をはめると意味がどうの、という話をやまいこから聞いたことを思い出す。

（左手の薬指には心臓につながる太い血管があるとされていたんだったかな？　だから左手の薬指で体に害をなすものに触れると、心臓に信号を伝えるから、左手の薬指で薬を混ぜたとか……あの副料理長もそんなことをしているのか？　っといけない。……まだこっちを見てるよ）

アインズは机の上で指を組む。

「どうした、マーレ。何を見ている？　私の顔に何か面白い物でもついているのかな？」

厭味ったらしくならないよう、注意に注意を重ねて問いかける。

「い、いえ違います。アインズ様はカッコいいなぁ、と思いまして……」

「私が……カッコいい？」アインズは思わず自分の骸骨の顔を撫でる。「ふはは。……マーレはお世辞がうまいな」

「お世辞じゃないです！」マーレが発したとは思えない大声だった。「し、失礼しました、アインズ様。ですが、本当にカッコいいと思います。さっきだって、椅子に座られるまでが本当にナザリックの最高支配者然とした動きでしたし……」

アインズがメイドに問いかけるような視線を向けると、主人の意を察したホムンクルスは黙って力強く頷くことで「その通りだ」と同意を示した。アルベドは視線を向けられてもいないのに、ぶんぶんと首を縦に振っている。しかも翼までもパタパタと動いている始末だ。

「そうか。うれしいぞ」

アインズは短く答えると椅子から立ち上がり、マーレの前まで歩き、叱られるのではないかと身を固くした少年の頭を撫でまわした。

乱雑ではあるが、愛情あふれる撫で方だ。

「ア、アインズ様……」

「ありがとう、マーレ。お前の言葉は私をいつも喜ばせてくれる」すこし恥ずかしい、などという鈴木悟の感情は表には一切出さない。「いつも思うのだ。私は仲間たちに感謝すべきだと」

「至高の御方々にですか？」

アインズは膝をつき、マーレと目の高さを合わせる。

「そうだ。このナザリック地下大墳墓を作り出したこと、そしてマーレや全ての者たちを創造してくれたことに感謝すべきだ、とな。お前たちは——当然だが、お前もだぞ、アルベドにシクスス」

アルベドの翼が絶頂でも迎えたようにぴんと伸びた。

更には突然下の名を呼ばれたメイドが慌てふためき、冷静な彼女の滅多に見せない失態にアインズは朗らかに笑う。

「お前たちは私の宝だ」アインズはマーレを担ぐように持ち上げる。「ぶくぶく茶釜さんにも渡したくはないほどだぞ」

「ありがとうございます、アインズ様」

マーレに代わって感謝を告げたシクススの頬を伝っているのは歓喜の涙だった。

「御隠れになられている至高の御方々が多い中、最後までここにいてくださっていることに私ども、ナザリックの全ての者が感謝しております。至らぬところは多々あり、ご不快に思われることも多いかもしれません。創造主に対してこのようなことを口にするのは失礼とは承知しておりますが、あえて——私どもの忠義を捧げることをお許しください」

「許す。かつてアルベドやデミウルゴスにも似たようなことを告げた記憶があるが——私こそがナザリック地下大墳墓の主人、お前たちの主、アインズ・ウール・ゴウン、その人である」

アインズは練習をしたこともない台詞をスラスラと言えたことに、少しだけ驚いていた。しかし、考えてみれば当たり前のことだ。本心を述べているだけだ。言えて当然だろう。

マーレがアインズの肩に顔を隠すように抱きついてくる。

普段の装備をしていなくて良かった、などと頭の冷静な部分で声が聞こえた。

肩のローブが濡れていく感触が微かに伝わったが、アインズはマーレをそのままにしておく。ぐすぐすという泣き声が落ち着いた辺りで優しく頭を撫でまわし、下におろす。

アインズはポケットからハンカチを取り出すとマーレの顔を拭った。

人の顔を拭った経験など皆無な人間の乱暴かもしれない行為だが、マーレはされるがままに身をゆだねる。

「さぁ、マーレ。顔を洗うんだぞ」

「あ、あのアインズ様は？」

「ああ、私はこれからエ・ランテルに行かなくてはならない。なんでも組合長たちと会合があるらしい。面倒でずっと断ってきたから、流石にこれ以上は断りきれないからな。さて——」

一人静かなアルベドの様子をアインズは確かめる。顔を伏せているために長い髪の毛に隠れて表情はうかがい知れない。しかし、そこに少しプルプルと震えている様を追加するだけで、怖さを感じさせた。怒りを溜めこんでいる活火山のようなイメージが浮かぶのだ。

「どうした、アルベド」

その瞬間――

「――ごっ、はぁ！」

――視界が一気に流れると同時に、アインズは背中から叩き付けられる。

無論、痛みなどは無い。アインズは魔法的な物などでなければダメージは負わない身だ。打ち付けられたという軽い衝撃はあっても、痛みと言えるほどのものは走らない。それでも人間的な残滓が、一瞬ではあったが瞼もないのに反射的に目を閉ざさせる。

あまりに突然の出来事に上手く思考が働かない。アンデッドの精神構造であれば混乱などはないのだから、やはり鈴木悟としての困惑だろう。

「ん、んむぅ」

目を開けると天井に張り付く八肢刀の暗殺蟲たちの姿が視界に入る。つまり今、自分は床に倒れているということか、と理解して起きようとするが、なんだか得体の知れない異様に柔らかい物が全身を拘束しようと這いずりまわっているために動くのが難しい。

（馬鹿な。私は拘束に代表される、移動困難に対する完全耐性をアイテムで得ている。動きが完全に固定された瞬間、解放されるはずなのに……。つまりこれはかなり高度な捕縛術を受けているということ！）

アインズが自分を固定しようとする軟体生物を確認すると、そこには予想通りの人物――アルベドがいた。

「アインズ様ぁあ！」

両足で跨りつつ、アインズの体を一気に固定したアルベドが上半身を起こす。

「ど、どうした。何があった」

「もう――我慢しなくても良いですよね！」

アルベドがぐわっと瞳を大きく見開く。瞳孔が開いているような黄金の瞳に、アインズは背筋まで凍る何かを感じた。

「な、何を言ってるんだ、お前！」

余裕のないアインズの問いかけを無視し、アルベドはドレスの胸元に両手をあてる。そして「ふん」と言いながら下に動かそうとするが、服はびくともしない。

「魔法の服は面倒です。装備破壊技、もしくは普通に脱がないといけないですから」

「落ち着かんか、アルベド。私の上から降りろ！」

腕力で撥ねのけようとするが、相手は戦士職の百レベルである。しかも押し返そうとすると、なんだか柔らかな部分をぐにっと押してしまい本気を出すことが出来ない。アルベドの手が動き、アインズのローブをはだけようと動き出す。

「服を脱がすな！　腰を動かすな！　ちょ！」

「あ、あわわわわ……」

「アインズ様が悪いのです！　我慢してきたのに、我慢できないことを言うから！　全部、アインズ様が悪いのです！　本当に少しで良いのです！　ちょっとです！　ほんのちょっとだけ！　お情けを少しもらうだけです！　天井の八肢刀の暗殺蟲（エイトエッジ・アサシン）の数を数えている間に終わりますから！」

もしここでアインズが設定を書き換えたことを責めるようなことを言われたならば、抵抗する意欲を失ったかもしれない。しかしアルベドの、なんというか貪り食（むさぼく）おうとする雰囲気に、罪悪感よりも被捕食者的恐怖からアインズは抵抗する。

そこでようやくあまりの事態に混乱していた部下たちが動き出す。

「アルベド様、御乱心！」

「アルベド様、御乱心！」

一斉に八肢刀の暗殺蟲（エイトエッジ・アサシン）たちが天井から飛び降りてくる。

「アインズ様から引き離せ！　違う！　完全に捕縛しようとするな！　解除されるぞ！　力で引き離すんだ！」

「無理だ！　なんという剛腕！　流石は守護者統括殿！　マーレ様、お力添えを！」

「――あわわ！　は、はい！」

やがて解放されたアインズはゆっくりとローブの乱れを直しつつ、八肢刀の暗殺蟲（エイトエッジ・アサシン）たちに両手両足を掴まれたアルベドに指を突きつける。

「アルベド、謹慎三日間」

八肢刀の暗殺蟲達が部屋の外へアルベドを引きずっていった。

「あ、あのアインズ様……大丈夫ですか？」

「問題は一切ないのだが……アルベドはあんな変な奴だったか？　何か変な物でも食べたとか……悪魔は飲食不要ではあるが、食べても問題の無い種族だしな」

アインズが問いかければ、マーレがすっと目を逸らした。

「そうか……。いや、まぁ、うん。色々とあるだろう。仕事のストレスという線も無いとは決して誰にも言い切れまい」

アインズは立ち上がり、メイドに声をかけた。どこかに吹き飛んでしまった威厳を取り戻そうと、威圧的と自分で思っている声を出す。

「……ナーベラルとハムスケを呼べ。そろそろ、エ・ランテルに向かう時刻だ」

ナザリック時刻　１３：３５

ハムスケに跨ったアインズは手綱を引いて、歩みを止めた。黙って前方に聳(そび)える、エ・ランテルの門を確認する。

大軍すらも弾き返しそうな重厚感と大きさを誇る門がアインズは嫌いではなかった。ユグドラシルというゲームの中にはこれ以上巨大で、立派な門は多数あったが、これはデータと違って人の手で――魔法の可能性も捨てられないが――作り出されたもの。

歴史と苦労がにじみ出る鋼色の巨大な門を前にすると、なんとも言いようのない感情がふつふつとわき上がってくる。

（ユグドラシルでも都市を征服するギルドがいたなぁ。昔は防衛がむずかしい場所をギルド拠点にするなんて面倒なことをしているな、と思ったものだけど……なんとなく分かるな。巨大な都市の支配は男の浪漫(ロマン)なのかもしれないな）

ユグドラシル時代、ギルド間での都市の防衛戦は頻繁に勃発(ぼっぱつ)したものだ。アインズ・ウール・ゴウンに所属するメンバーの大半が理解できないと冷たい目を向けていたが、中には俺たちもやろうぜと、声を上げる者たちもいた。

（戦争狂か……）

あまり好きな発言ではなかったが、振り返ればあれも良い思い出だ。

「どうしたでござるか、殿？」

「いや、気にするな」

足を止めさせながらも何も行動をしない主人を訝しく思ったハムスケの質問に、話題をぶった切るような平坦な声で答える。ノスタルジーに浸っていたなどと知られたら、気恥ずかしいがための照れ隠しだ。

「さて、冒険者組合に行って、会合にちょっと顔を出したら、すぐにモンスター退治の仕事を受けるぞ」

エ・ランテルに宿屋を取っても良いのだが、そんな無駄金を使う余裕はない。睡眠も食事も取らないアインズが最高級の宿を取る理由は、最高位冒険者という地位の誇示のためでしかない。あとはコネクションの形成だ。だが、すでにこの都市での有数な権力者とは面識を持ち、赴けば歓迎を受ける立ち位置を確保している。そのために無理に宿屋を取る必要はもはやなくなりつつあった。

それに宿屋の部屋に入れば、ナザリックまで魔法で転移して、朝まであちらでアンデッドを生み出したりと仕事をしている身だ。ならばすぐにモンスター退治の仕事でも請け負って、さっさと街の外に出てしまう方がはるかに賢い。

正直に言ってしまえば、もはやエ・ランテルでの活動にあまりメリットを感じなくなりつつあった。

「そうなのでござるか？　殿は戦いが好きでござるな」

「別に好きというわけではない。それに退治に向かうと言っても、すぐに終わらせて大半はナザリックでいつも通り過ごすだけだ」アインズはハムスケの巨大な頭をポンポンと軽く叩く。「お前には武器や防具が装備できるように、色々と訓練をしてもらうぞ」

「いつも頑張ってるでござるよ！　あの蜥蜴人（リザードマン）たちに色々と教わっているでござる。もう少ししたら必殺技も使えるようになるでござるよ、きっと」

「ほう。武技が使えるようになれば完璧だな。それとお前と一緒に訓練している同期のほうはどうだ？　武技が使えるようになりそうか？」

「彼でござるか？　無口で全然喋らないので分からないでござるよ。でもまだだと思うでござる」

そうだろうな、とアインズは思う。あれが饒舌（じょうぜつ）に喋るはずがない。大体、あれが武技などを使えるようになる確率は無いに等しいと思われた。あれはあくまでも実験の一環だ。とはいえ、もし仮にあれ――アインズの作り出したデスナイトの一体が戦士系の技を習得出来たら、今後の計画が大幅に変更を必要とされるだろう。というのも訓練によって強化できるのであれば、最優先事項に躍り出る可能性だってある。

「アンデッドは睡眠や疲労がない存在だ。無限の戦闘訓練ができるのだから、理論的にはハムスケよりも早く武技が使えるようにならなければおかしい。にも関わらずということは、やはり無理だ、ということなのだろうな」

「待ってほしいでござる！　彼も頑張っているのでござるよ！　毎日毎日、某らが住処に移動した後も黙々と……彼を殺すのは止めてほしいのでござる」

「……いや、殺したりはしないぞ？　というより、お前は私を何だと思っているんだ？」

「全くです。アインズ様より優しい方などこの世に存在するわけがありません。お前のような貧弱な生き物ですら殺さずに慈悲をかけているのですから」

後ろから馬に乗ってついてきているナーベラルからの極寒の言葉に、ハムスケが身を震わせた。

「――ナーベよ。そろそろエ・ランテルだ。今後はモモンと呼ぶように」

「畏まりました」

「それとハムスケはナザリックの強化計画の一つを担う重要な存在でもある。……ナザリックのために働く者に対してはそれなりの対応をするように。これは決してハムスケだけではないと知るがよい」

「はっ！　申し訳ありませんでした」

それと人間のことをダニとかシラミとか呼ぶのは止めようよ、と言いたくもあったが、幾らたしなめても言うことを聞かないので、この頃は放置するようになってきていた。ナーベラル・ガンマの設定に、そういう風に無意識のうちに呼んでしまうなどと書かれていたとしたら、かくあれと作った仲間の思いを踏みにじることになるからだ。

「さぁ、行くか」

「はいでござるよ」

ハムスケに乗ってアインズは進む。

見れば門の前には数人の列があった。入国審査は出国審査よりも厳しいのは当然であり、かなり細かく荷物を調べられる。そのため、行商人や旅商人などがいると、エ・ランテルへ入る審査の順番が回ってくるまでに時間がかかることもある。

「それほど時間はかからないか……」

「モモンさ――んであれば先に行けるのではないでしょうか?」

数人の旅人たち――中には冒険者らしき武装した集団もいた――の後ろにアインズ達が並ぶと、静かにナーベラルが問いかける。

彼女の言は正論だ。アインズも初めて来たときは非常に面倒な審査を受けたものだが、冒険者としての働きが知られれば知られるほど審査は簡素化していき、今ではほとんどフリーパスになった。それればかりか最優先で入都市許可されることすらある。

〝漆黒〟だけが特別と言うわけでもなく、ミスリル以上の冒険者であれば、このような対応をされることが多い。これは都市の切り札的存在に不快な思いをさせないための配慮だろう。

(だったら入る際の税金もなくしてくれると良いんだけどな……)

冒険で得られる額からすれば非常に安価ではあるが、ナザリック内で最高の外貨獲得手段である男は不快に思う。とはいってもさすがに飛行の魔法で壁を乗り越えたりはしない。

モモンは英雄なのだ。だから――

「横入りなどはするべきではない。……特別な事情や、早急に入らねばならないときなどを除いてはな」

ナーベラルのお辞儀を横目に、アインズはぼんやりとハムスケに跨ったまま、前の列を眺める。

「しかし動いていないな……」

大渋滞の自動車の列のように、人の列が動いていない。

「なんだ……？　荷馬車をチェックしているようだが……かなりしっかりやっているな。いや、囲んでいるだけで調べているわけではない？　非合法の何かでも発見したのか。すまない」

アインズが前に並んでいた朴訥そうな男に声をかける。

「は、はい。なんでしょうか？」

「それほど慌てることはない。ただ、列が動いてないようだから何か知らないかと思ってな」

「詳しくは分かりませんが、村娘が詰所の方に連れて行かれましてね。それから急に――」

一通り話を聞いてみたが結局のところ詳しい話は分からなかった。アインズは首を伸ばして詰所の方を窺う。耳を澄ませば何か激した声が聞こえてくる。

ふと、アインズは好奇心を刺激された。

自分も最初にこの街に来たときは門でいくつか質問をされたものだ。しかしながら意外に簡単に通ることができた。この世界は、傭兵や冒険者、旅人という根無し草に優しいのだな、と意外に思ったほどに。実際はそういう理由ではなかったようだが、では今回の村娘はどのような詰問をされているのだろうか。

　今では他国でも通じるアダマンタイトという地位を有しているために、アインズを拒絶する都市は少ないらしい。

　だからこそ、アインズはどのような質問をされているのかを知りたかった。今後、アダマンタイト級冒険者モモンではなく、全く別人になって都市に侵入する場合もあるだろう。その時に困らないように知識を得ておきたかったのだ。

「少し、ここで待っていてくれ。様子を窺ってくる」

「私もご一緒します」

「それには及ばない。本当に、少し様子を見てくるだけだ」

　ハムスケから降り立ち、詰所へと歩く。

　アインズの姿を目にした兵士たちが一斉に驚きの声を上げ始めた。アダマンタイト級冒険者のモモンを知らない者はこのエ・ランテルにいない。

　颯爽と見えるよう注意を払いつつ、アインズは詰所の前まで到着する。中には興奮しているような魔法詠唱者と兵士、そして椅子に座っている村娘の姿が見えた。

「私たちはとっとと都市に入りたいのだが……何をしているんだ？」

「うぉお！」

二人の男が外の兵士たちと全く同じ驚きの声を上げている。村娘はこちらを見て、何かぽかんとしている。

「こ、これは！　モモン様！　失礼しました！」

「一体、何をして……ん？　その娘は……」

どこかで見た顔だ。そんな気がしたアインズは海馬から――存在しないが――彼女の情報を検索する。

「はい！　怪しげな娘がおりまして少し調査に時間を取られてしまいました。モモン様には本当にご迷惑を――」

男の声を煩わしいなどと思っていたアインズは閃くように村娘の名前を思い出す。

「――エンリ、そうだ。エンリ・エモットだったな？」

「えっと、あの、どちら様……いえ、そうです。あ、あの時、ンフィーと一緒に来られた方ですね。お話しした記憶はなかったのですが……私の名前はンフィーから聞いたのですか？」

その瞬間、思わずアインズは自らの口を押さえてしまった。

エンリと会ったのは仮面を被った魔法詠唱者(マジック・キャスター)アインズ・ウール・ゴウンだった。今は漆黒の鎧に身を包んだアダマンタイト級冒険者モモン。

（しまった！　普通に喋ってしまったぞ！　不味い。すぐにこの場から離れなくては！　しかし、なぜ、あの村娘がここに？　私――いや、アインズ・ウール・ゴウンを探してだとすると面倒なことに

なるか？　詳しく話を聞いておくべきだな）

先ほどのやり取りで気が付かれた様子はないが、ばれる可能性も考慮すべきだ。確かに、数ヶ月前にわずかに話しただけの声を、鎧越しに聞いて同一人物だと判断できるとは思えないが、用心するに越したことはない。

アインズは魔法詠唱者（マジック・キャスター）を手招きする。兵士よりは色々と知っているだろうと考えたからだ。

魔法詠唱者（マジック・キャスター）を後ろに引き連れ詰所を出ると、声が届かない程度に詰所から距離を取った。

「それで……あの娘は私の知り合いの知り合いだ。何があったのか聞かせてくれないか？」

嘘は言っていない。ンフィーレアはアインズとモモンの知り合いなのだから。

魔法詠唱者（マジック・キャスター）が目を見開く。それは驚きの感情表現に似てはいるが、それとは違う何かだ。喩（たと）えるならば、点が一本の線に繋がったようなものと言うべきだろう。何か彼の中で一つ謎が解けたようだった。

「なるほど……やはり……」

お前一人で納得しているなよ、と言いたくなるがぐっと堪（こら）え、アインズは彼が口を開くのを待つ。

「彼女は、自分は単なる村娘だと言っておりましたが、角笛の形状をした強大な力を持つマジックアイテムを隠し持っておりまして、どうしてそれほどのアイテムを所持しているのか等、不可解な点があったので詳しい話を聞こうとしていたところでした」

「どんな角笛だ？　それにどんな効果を持っているんだ？」

「保有する力は——」

話を聞き終えたアインズはふと、空を眺める。

自分が渡したアイテムであることを悟ったがための現実逃避だ。

あの当時はどの程度のアイテムがこの世界での非常識になるかが理解できず、身を守れというつもりで与えたものだ。それが彼女の不利益に直結するなど、誰が想像できるというのか。俺は何も悪いことはしていないと言い訳はできるが、見捨てるのもなんだ。

(助けておくか。俺は悪くはないがアイテムを渡した責任を……見捨てて、他人の手に渡る方が面倒だな。大体、彼女が囚われたりすれば——ンフィーレアはモモンとアインズ・ウール・ゴウンが同一人物だと知っている。この状況下であれば、エンリから話を聞けば確実にアインズが見捨てたと思うだろう。

(間違いなくしこりが残るな……。価値の無い人間との間のしこりはどうでもいいが、彼は非常に価値のある存在だ。ピンチをチャンスに変えるというように、助けの手を伸ばせばンフィーレアは感謝するはずだ。こうやって少しずつ鎖で縛っていかないとな)

アインズは穏やかで貫禄があると自分では考えている声を出す。

「心配する必要は一切ない。彼女の人となりはよく知っている。問題を起こすような人物ではないので、そのまま通してくれ。——できるか?」

「勿論です。〝漆黒〟のモモンさんの知り合いだというのであれば、貴方が身元を保証されるのであれば、どのような犯罪者であろうとも都市に入れるでしょう」

「そうか、では悪いがよろしく頼む。それと申し訳ないが私たち――〝漆黒〟も先に通してくれないか？」

アインズは許可を得ると、ナーベラルたちの元まで戻る。

「許可はもらった。門をくぐるぞ」

ハムスケに跨ると並んでいる者たちの横を進んでいく。順番に並んでいる旅人達からの注目が集まるが、漆黒の鎧、巨大な大剣、ハムスケ、ナーベラルを目にし、諦めたように視線を逸らす。アインズと自分たちの隔絶した身分差を悟ったのだ。

門を守る兵士たちからの深い尊敬を込めたお辞儀を浴びながら門をくぐり、エ・ランテルに入る。

「さて、ナーベよ。お前に頼みたいことがある」

「畏まりました。何なりとお命じ下さい」

街中で忠義の態度を見せるのは同じ冒険者仲間としていかがなものかとは思ったが、言っても無駄だとそろそろ理解しているアインズは、命令を続ける。

「これから門を抜けてくる馬車に乗った娘、エンリから、なぜエ・ランテルに来たのか軽く話を聞いてこい」

次にアインズは身を隠す場所を探す。エンリとのこれ以上の会話を避けるためだ。

周囲を見渡し、積み上がった木箱の陰ならなんとかなるかと、ハムスケを全力で駆けさせる。突然現れたアインズとハムスケに、そこで作業中の兵士たちが慌てていた。

「諸君、少し良いかな？　この木箱のことについて少し聞きたいことがあるんだ」

門の入り口からはこの場所が見通せないことを確認すると、アインズは兵士の一人に問いかける。

もちろん、木箱には何の興味もない。単に仕事の邪魔だと追い出されるのを避けるための口実だ。

「は、はい、〝漆黒〟のモモン様にご興味を持っていただけて嬉しいです。これはグランデル領から運ばれてきたキンシュという名前の野菜が詰められております。これは――」

兵士の真剣な説明にアインズは「なるほど」とか「そうなのか」と曖昧(あいまい)な返事をする。かなりの生返事だが、兵士は一切気にせずに説明を続ける。やがてアインズがキンシュという野菜の調理方法に詳しくなりつつあったころ、ふわりとナーベラルが後ろに現れたのを知覚する。

「――話の途中で遮ってすまない。非常にためになる話を聞かせてくれて感謝する。ただ、仲間が戻って来たのでこれで失礼させてもらう」

アインズは一方的に兵士に告げると、ハムスケを歩かせる。

「それでどうだった？」

「まず、モモンさんに感謝の言葉を伝えてほしいとのことでした。そして、目的は三つあり、薬草を売ること、神殿で村に移住を希望する者がいないかを確認すること、最後が冒険者組合に行くということだそうです」

「冒険者組合だと？　どんな依頼をしに行くんだ？」

「申し訳ありません。そこまでは聞いておりませんでした。捕まえて情報を吐き出させますか？」

「その必要はない。どうせ、私たちもこれから冒険者組合に行くのだ。そこで組合経由で聞いても良いだろう」

アインズ・ウール・ゴウンに直接感謝の言葉を述べたいとか、そういうことではないだろう。そうなら、村に時々行かせているルプスレギナに――

「そういえば、ナーベ。ルプスレギナから何か特別な報告を受けているか？」

ナーベラルが頭を振ったのを目にし、アインズは眉を――もちろんないが――顰める。

もともとは影の悪魔（シャドウ・デーモン）を配置していたのだが、友好関係を深めるという狙いから、交代するようにルプスレギナを送り込んだ。彼女には村で何か問題が起これば、即座に報告を上げるように命令を下している。しかしながらまだ、アインズの元まで来た情報はない。

だから、カルネ村では問題になるようなことは何も起こっていないと判断していたのだが。

流石にエンリ一人がエ・ランテルに向かうなどという報告までは不必要とも言えるが――不安がアインズの心中に黒雲のように湧き上がる。

「ルプスレギナはそれなりに真面目に仕事をする人物だと思っていたが、ナーベ、お前はどう思う？」

「仰る通りです。口調から不真面目と思われがちですが、あれはあくまでも演技にすぎません。残忍で狡猾（こうかつ）な見事なメイドです」

残忍や狡猾というのは間違っても褒め言葉ではない。マイナスの感情を持っているのか、とアインズはナーベラルの顔を盗み見るが、凛とした表情には仲間に対する敬意が浮かんでいる。

「では殿。お話の通り、最初に冒険者組合でよろしいでござるか？」

「そうだな。場所は問題ないな？　では、ナーベ、後ろに乗れ。仕舞った動物の像（スタチュー・オブ・アニマル）・戦闘馬（ウォーホース）をわざわざ出す必要もないだろう」

ナーベラルの手を引いてアインズが自分の後ろに乗せると、待ってましたとハムスケが足を速める。もはやハムスケに乗って街中を闊歩（かっぽ）することに羞恥は感じない。それどころか、言葉が通じ、命令ができる点を非常に気に入っていた。気分はタクシーだ。

やがて冒険者組合が見えてくる。同時に先ほど見たばかりの荷馬車と、中へと消えていくエンリの後ろ姿も。

「……仕方ないな。ハムスケ、裏口から入ろう。裏に回ってくれ」

「畏まったでござるよ！　殿！」

通常、冒険者が裏口から入ることは滅多に認められてはいない。しかしアダマンタイト級冒険者であればどんなことも許される。とはいえ、アインズもこれが初めてだ。特権階級だからと言って、権力を行使しすぎれば評判が悪くなる。

裏口から入り、最初に出合った組合員に組合長の部屋への案内を頼む。運が良いと言うべきか、彼は部屋にいた。

「おお、モモン君！　よく来てくれた！」

組合長――アインザックが両手を広げ歓迎してくれた。そのままアインズにがしっと摑みかかって――抱擁してきた。鎧や兜を着けているから別になんとも思わないが、薄着だったら色々な意味で避けたい熱い抱擁だ。背中を親しげに叩いてから、ゆっくりと離れる。

「この頃君が来てくれなくて、寂しい限りだったよ。さぁ、ソファーに座ってくれたまえ。会合に参加するメンバーが集まるまで、ゆっくりと話そうじゃないか」

久しぶりの親しい友人を迎え入れたような表情で、嬉しげに組合長がソファーを指差す。

「ありがとうございます」

アインズが座るとその横に組合長が座った。

二人の距離は狭い。膝と膝がくっつく、息が詰まりそうな間隔だ。

「モモン君。付き合いも長いんだ。気軽な口調で全然かまわないんだよ？」

「いえ、親しき仲にも礼儀あり。これはとても大事なことだと先人から教えられてきましたから」

確かに、営業だともっと親しみを込めた対応――時には客に対して常語を使うが、アインズとしてはそこまで組合長と打ち解けたいとは思わない。ビジネスライクな所で留めておく方が正解だと判断していた。

（組織に繫がりを持ち過ぎると、逆に足かせになる。一つの都市の冒険者組合とは御免だな。そろそろ河岸の変え時か？　というよりも――）アインズは兜の細いスリットから横にいる組合長を睨む。

（大体なぜ、俺の横に座る。普通はナーベラルを座らせて、お前は向かいだろうが）

気持ち悪い距離に、組合長は同性愛好癖ではないかと疑ってしまうのも仕方がない。

（奥さんがいると魔術師組合長には聞いたが……奥さんとやらは偽装じゃないだろうな？　必死に友好を深めようとしているだけだと思っていたが……絶対に裏目に出てるだろう。それとも俺がそうだと思われているのか？）

最後にふと考えた想像にぞっとする。

アインズは異性愛者である。いや、だった。ちなみにどうでも良いことだが、鈴木悟は胸は無いより有った方が良い派の人間だった。多分それはこの身になってからもそうだろう。コキュートスよりは、アルベドの方に微かな欲望を感じるのだから。

体を組合長から遠ざけるようにお尻の位置を直し、真正面から向き直る。

「失礼。ここに来たのは一つお聞きしたいことがあってのことなのです。じつは今、冒険者組合に私の知人が来たはずなのですが、何を依頼しに来たのか伺いたいのです」

「それは、規則上難しいんだがね」

「そこをお願いしたいのです。無理を言っていることは十分に承知しておりますし、組合の規則を守る必要があるというのも重々承知しております。ですが、なにとぞ」

アインズが頭を下げると、組合長は腕を組み、天井を厳しい顔で眺める。しかし、それも短い時間だ。

「分かった」笑顔をアインズに向けた。「モモン君からの頼みとあらば断ることは出来ないな。それではその知人の名前を教えてくれないか？」

「カルネ村のエンリ、いえ、エンリ・エモットです」

「エンリだね。では少し時間を貰えるか？」


ほどなくして組合長は戻ってきた。後ろには見たことがある受付嬢を連れている。彼女はカチンコチンに凍り付いているようなぎくしゃくとした動きで入室した。

「モモン様！　失礼いたします！」

右手と右足が同時に出ている人間を目の前で初めて見たアインズは「凄いな」とか「そんなに緊張しなくてもいいんだが……」などと思いながらも、鷹揚に頷く。気軽過ぎる態度を取れないのは、アダマンタイト級冒険者の悩みだ。

「カルネ村のエンリ・エモットから話を聞いた受付の者だ。直接尋ねたほうが良いだろう。知りたいことがあったらどしどし聞いてくれ」

「そうですか、なら――いや、その前に座ってもらったらどうですか、組合長。この部屋の主人は貴方なのですから私の口からは、その……」

「いえ！　それには及びません！　私はこのままで結構です！」

鈴木悟であれば、自分が座っているにもかかわらず相手が立っているということに強い違和感を覚えただろう。しかし、アインズ・ウール・ゴウン――ナザリック地下大墳墓の支配者――としての活動の間にその辺りの感覚は薄れていた。上に立つ者と下に統べられる者の差というものを、素直に受け止められるようになってきたのだ。主人としての行動も決して無駄ではなく、ちゃんと経験値がたまっている証拠なのだろう。

（……あと何ポイントでレベルアップするんだか。おっと）

「そうですか。では話を始めましょう。彼女の依頼内容に関して詳しく話して頂きたい。非常に重要な話なので、漏れることの無いように聞かせてくれますか？」

「は、はい！」

ぶわっ、と受付嬢の額にネットリとした脂汗が浮かび上がった。

「どうしました？　何か問題でも？」

「いえ、その……」

受付嬢の目が左右に泳ぐ。

「もしかして質問のしかたが悪かったですか？　……そうですね。ではこう聞きましょう。彼女の依頼は誰かの捜索ですか？」

「い、いえ、それは違います」

「あ、そうなのですか……。ではどのような内容でしたか？　依頼というわけでもなかったのですか？」

「……実は、今すぐの依頼ということではなく、将来的に依頼するかもしれないという話です。それで、森には東の巨人、西の蛇と呼ばれる、モモン様が支配されている森の賢王に匹敵するモンスターがいるとかで、その、あの、なんです」

しどろもどろに話す受付嬢を訝しく思いながらも、アインズは続けて問いかける。

「将来的なものですか？」

「ち、違うんです！　わ、私はモモン様のお知り合いの方だとは知らなかったんです！　もしご存じの方であれば、より詳しい話を聞いて！　本当です！」

半泣き状態で叫びだす受付嬢を前にアインズは困惑する。ここまで情緒不安定な人物に受付という仕事は務まるのだろうか。

「――組合長」

「……すまない。監督不行き届きだったな」

「そんな！　それが組合の規則じゃないですか！」

その後の二人の会話を聞いて、アインズは二人がどのように曲解しているかを理解する。

受付嬢も組合長も、アインズとエンリが知人で、本来であればロハで受ける仕事を、冒険者組合の顔を立てる意味で、依頼を組合経由で受けるという話ができていた、と勘違いしているのだ。

それを受付嬢が金銭的な問題からエンリをつれなく追い払ってしまった。アダマンタイト級冒険者の知り合いを追い払った責任はどちらにあるかで二人は揉めている。

（いや、それが組織のルールであれば守る方が正解だろ？）

受付嬢を責めている組合長を、アインズは評価を下げながら睨む。

（部下の失態を庇うのが上司の役目だろうが。それとも顧客の前では思いっきり叱って哀れみを買うことで許しを得るという高等テクニックなのか？　責め方が厳しいものな）

アインズの判断としては、受付嬢の対応こそ正しい。組合長だってそう考えているだろう。しかし、裏口から入った時もそうだし、組合長にお願いした時もそうだが、アダマンタイト級冒険者は規則を容易く破る事が許される——それほどのことをしても繋ぎ止めたい価値のある存在だからこそ揉めているのだろう。

「私は知らなかったんです！」

泣きべそをかいている受付嬢にアインズは優しく声をかける。

「君は間違っていないとも」

受付嬢が驚きから目を大きく見開き、盛り上がった涙が流れ落ちる。

「組織の規則に従うことは重要だ。時には無視すべき必要もあるがね。今回の件で私は君を責めたりはしない」

「ありがとうございます！　ありがとうございます！」

「では申し訳ないが、詳しい話を聞いてきてくれ。私が引き受けるという話はしないで、ただ、いつでも私が動けるように」

「分かりました！　すぐに！　すぐに聞いてまいります！　失礼します！」

受付嬢は踵を返し、全力で部屋を出ていく。まるで台風が去るように。

「……私から哀れみを買うためとはいえ、罪もない者を責めるふりをするのはやめてほしい。不快でしたよ」

「やはり……モモン君には勝てないな」

心の奥からしぼり出したような声にアインズは自分の予想が正しかったことを知る。

（ジャパニーズ営業マンテクニックは何処でも使えるな。しかし問題は――）

アインズは脳裏にルプスレギナの姿を浮かべた。

（単なる村娘であるエンリが知っているモンスターの存在をルプスレギナは手に入れ損ねたということか？　情報網作りに失敗したか？　確認を取らなくてはならないな）

早くナザリックに帰還して話を聞かなくてはと思いながら、アインズは受付嬢の報告を待った。

●

ナザリック時刻　１６：４１

アインズの執務室に緊張した面持ちのルプスレギナが入ってきた。突然の呼び出しに混乱し、不安を隠せていない様子だ。

これで執務室にはルプスレギナ、一般メイドのシクスス、戦闘メイドのナーベラル、最も森の中のことに詳しいアウラ、天井に張り付く八肢刀の暗殺蟲、そして、部屋の主人であるアインズが揃った。

ちなみにアルベドは謹慎中だ。

ルプスレギナが最敬礼しようとするのをアインズは押し止めた。

「ルプスレギナよ。私に何か話していないことがあるのではないか？」

混乱の色が滲み出したルプスレギナに、知らなかったのかと思ってアインズは組合で聞いた東の巨人や西の魔蛇の話をする。

だが、ルプスレギナが知っているという素振りを見せたことでアインズの機嫌は急降下する。

アインズはふぅと静かに、だが長く息を吐きだす。

「知っていたか？」

「はい。その件は──」

「愚か者が！」

憤怒に身を支配されたアインズの、激情に任せた怒鳴り声が響き渡る。

雷に打ち据えられたように身を震わせる者たちを前に、アインズは己の感情が抑え込まれるのを感じていた。しかし、それでも新たな荒波が後から後から押し寄せ、怒りが完全に殺されることはない。

「何故、それを私に報告しなかった？　それとも隠そうとしたのか？」

「そ、そのようなことはありません！」

「では何故、私の元にその情報が上がらなかった？　その理由はなんだ？」

「大した情報ではないと思い、報告をしませんでした……」

怯えたように上目づかいで窺う戦闘メイドを見て、アインズに再び烈火のごとき感情が戻ってくる。

「ルプスレギナ！　お前には失望したぞ!!」

びくりと震えたのはルプスレギナだけではない。シクススもナーベラルも、そして天井にいるエイトエッジたちも身を固くしたようだった。

「確かにお前にはあの村に関する裁量権を与えている。しかし、それは何をやっても、どんな判断をしても良いという意味ではない！　状況が大きく動きかねない際は報告せよと言ったにも関わらず、これはどういう事だ！」

「それは……」

口ごもるルプスレギナにアインズは顔を歪める。

これは社会人であれば、いやどんな立場の者であれ決して許されないミスだ。

ビジネスマナーというよりも社会人として当たり前のことに「ホウレンソウ」と呼ばれるものがある。これは報告、連絡、相談の略称であり、会社という巨人の血流にも喩えることの出来る重要なことだ。

（それが出来ないとは。これは組織として許される……いや……）

恐怖に囚われたルプスレギナを眺め、アインズは自分も悪かったのかな、とふと思った。上に立つ者としてあまりにも頼りないがため、手綱を上手く取っていないからこそのミスではないだろうか、と思ったのだ。

(組織の連絡網の構築ができていないということであれば——長たる私のミス。上意下達が上手くいってない……か。俺は隠居でもして、デミウルゴスやアルベドに任せるのが最良かもしれないな)

「……ルプスレギナ。あの村はナザリックにとって、どの程度の価値があるか、お前には分かるか?」

「は? いえ、はい。えっと、アインズ様から、あの村は価値があると聞いておりますので」

「違う違う。お前としては、あの村はどの程度の価値があると思うかを聞いているんだ」

「お、おもちゃが一杯ある、と……」

「ああ、そうか。そうだな。……すまないな。これは私のミスだな。お前がその程度に考えていたとは……」アインズは疲れたように笑う。結局、自分が悪いんだと理解して。「失望は撤回する。少し言い過ぎたようだ。許せ」

「何を仰いますか! 馬鹿な私が悪いんです!」

「ならば、次は注意してくれれば構わない。それで、だ。改めて話そう。理解せよ。あの村はそれなりに価値がある村なのだよ。その中でもンフィーレアとその祖母はナザリックにおいて非常に重要な位置づけなのだ」

「え? そ、そうなのですか!?」

「そうだ。あの二人には新しい水薬(ポーション)の開発を任せているからな」

「そ！　そうです！　アインズ様にお渡ししようと思っていたものが！」

　ルプスレギナが突然、青い顔で大声を上げると、紫色の水薬を取り出した。近くに立つナーベラルが受け取るとアインズの前まで持ってきた。

「これは？」

　アインズは水薬を取ると、光に翳す。

「は、はい！　ンフィーレアが開発した新たな治癒の水薬です！」

　アインズは怒りが再燃するが、ぐっと堪える。

「この水薬でバレアレ家の重要度は更に一段階上がった、ということだ」

　分からないという顔をしたルプスレギナにアインズは静かに笑う。

　このンフィーレアが作り出した紫の水薬は、ナザリックから渡した様々なアイテムを使用して作り出したものだろう。

　ンフィーレアもその祖母もユグドラシルの水薬生成技術を使えないにもかかわらず、ユグドラシルの材料を使って、この世界特有の「青」の水薬でも、ユグドラシルの「赤」の水薬でもないものを作り出したということに着目しなければならない。

「まず、この世界での治癒の水薬は青い水薬であった。しかし、私の知る治癒の水薬は赤い水薬だ。このことについては疑問がある」

　アインズはとうとうと語る。

この世界ではユグドラシルの知識や力が使えることは確実だ。天使との遭遇、世界級アイテムらしき存在の確認等、非常に高い確率でユグドラシルプレイヤーは過去に存在したと思われる。ではなぜ、水薬(ポーション)だけはユグドラシルの物——赤い水薬(ポーション)でないのか。

考えられるのは三つ。

一つ目は、国が亡びるなどの理由による技術の消失、知識の断絶だ。これはよほど広範囲に渡って——技術として知られていれば周辺国家にも伝授される率は高いので——国が滅びない限りありえないような話だから可能性としては低い。

二つ目は単純にンフィーレアが知らない、もしくはこの辺りの国家に伝わっていないだけだという線だ。遠くの国では赤い水薬(ポーション)も普通に使われている——日本でもかつては東と西で、麺類の汁の色が違うということなどがあったと言われているが——か、それに近い何かがある場合だ。

そして最後の三つ目が最適化だ。ユグドラシルの技術で水薬(ポーション)を生成するには、ユグドラシルの材料が必要となる。そういった材料を集めることが出来なかった、もしくは枯渇したがゆえに、この世界で最適化した結果が青色水薬(ポーション)ということだ。

「つまり二番目の可能性を除いて、ンフィーレアの作り出した——」アインズは紫の水薬(ポーション)を手で揺らす。「この水薬(ポーション)は何百年ぶりの技術革命とも言えるかもしれん。まぁ、三番目の可能性が正しかった場合、時代に逆行した失敗作という線もないわけではないが、今後の彼の頑張りによって、分かるだろうな」

ンフィーレアに求めているのは、ユグドラシルの水薬（ポーション）生成技術や材料に頼らない、ユグドラシル水薬（ポーション）の作成だ。もしくは全く異なる、新たな第三の水薬（ポーション）生成方法の完成だ。

「でしたら、これを元に多くの人にその水薬（ポーション）を研究させるのですか？」

ナーベラルの質問にアインズは渋い顔をする。

「愚かな質問だ、ナーベラル。確かにその方が完成までの道のりはより短くなるだろう。しかし、非常に危険だ。知識は力だ。それを無意味に配るのは愚か者のすることだ」

ユグドラシルというゲームがそうであったからこそ、アインズは自信を持って言える。

「例えば、この水薬（ポーション）の発展の先に、私を一撃で殺す水薬（ポーション）が生み出される可能性だってないとは言えない。ならば技術を広めるよりは独占しておいたほうが安全だ——であろう。……隷属する者は愚かであれば良いのだ。技術の発展は注意しなくてはならない。ンフィーレアの作った水薬（ポーション）もその類だ。だからこそ、本当はナザリックに監禁し、研究だけを進めさせたいとも思う」

技術の漏洩（ろうえい）を避けるという意味でも、作った水薬（ポーション）の使用を禁じた上で。

「ではなぜ、そうされないのですか？」

ナーベラルの質問は命じてくれれば即座に行動しますという意志を感じさせた。だからこそアインズは慌てて答える。

「監禁して働かせるよりは、信頼を培（つちか）い、感謝という鎖で縛って働かせた方が、未来の利益に繋がる。デミウルゴスに分析させたが、恩義で縛るのは効果的だとの結論も出たしな——ん？　どうしたルプスレギナ？」

「理解が及ばず、愚かな私に一つお教えください。ではどうしてアインズ様は水薬を冒険者、ブリタなる女に渡したのですか？」

ブリタと言われ、アインズは混乱する。そんな名前は記憶になかったからだ。全て我が計画の通り進んでいるという表情――表情は無いので態度というべきかもしれないが――を維持しながら、必死で記憶を洗う。

（もしかしてあの水薬か？）

ついに思い出したのはエ・ランテルで最初に泊まった宿屋での一件だ。

自分の台詞を思い出し、アインズは脂汗の滲まない己の体に感謝する。

（――どうする？　――どうすればいい？）

いつまでも黙っているわけにはいかない。

（デミウルゴス！　アルベド！　どうしてどちらもいない！　いや、デミウルゴスは外で働いているし、アルベドは謹慎中だ！　今から呼び戻すには遅すぎる！）

「――そうか。分からないのか？」

「はい。申し訳ありません。何卒お教えいただきたく思います」

素直に聞かないでよ、とアインズは叫びたくなった。もはやどうしようもない。ここは一か八かの博打を打つのみ。そう決めれば勇気も湧いてくる。

「ふふ……ははは。た、確かにあれはルプスレギナが疑問に思った通り危険な行為だな。あそこから我々が抑止できない技術の発展に繋がる可能性はあった。しかし、それでもあえて行うべき、大きな狙いがあったのだよ」

「そ、それは⁉　あれはあの女の持っていた水薬（ポーション）の弁償のための行動ではなかったのですか⁉」

横から口を挟んだナーベラルによって、続けるつもりだった言葉をアインズは飲み込む。脳を必死に回転させ、初めてエ・ランテルに着いた日のことをより詳しく思い出す。

（そうだ！　あの時は汚名に繋がる行為を避けるためにやったと言ったはず！　やばい！）

アインズは冷静を装う。嘘のために嘘をつく。そうやってのっぴきならない所まで追いつめられるというのはこういう事なんだろう。霧散した勇気を必死に掻き集めていく。

「……本当にそれだけだと思っていたのか、ナーベラル？」

「失礼しました！」

「……いや、謝ることはない。あのときは成功するか自信がなかったので、分かり易い狙いしか言わなかったのだからな」

「では一体？　真の狙いはどこにあったので？」

ナーベラルの質問に、アインズはゆっくりと口を開いたものの、その瞬間にさえ自分が何を言えばいいのか全く分からなかった。だがその時、突如として微かな直感の閃きが走った。アインズはその思い付きに迷わず飛びついた。

「……ンフィーレアだ……」

重々しく言い放ったアインズは、ゆっくりと部下たちを見渡す。だがしかし、アルベドやデミウルゴス辺りならここで「ああ、そういうことでしたか。流石はアインズ様」みたいなことを言ってくれるのだが、ナーベラルは少し眉根を寄せて「ンフィーレア……でございますか？」と言うだけだった。

アインズは「むぅ……」と言って口に手を当てる。

ナーベラル達が恐縮した素振りを見せる。おそらくは「ここまで言っても分からんか」というポーズだと勘違いしているのだ。実際はどうしようと迷って、思わず口元を隠しただけなのだが。

少しの間に過緊張と精神抑制の激しい上下運動を繰り返していたアインズは、しかしその過酷な嵐の果てに、ついに一つの出口を発見した。その先にどんな着地点があるのか見当もつかなかったが、アインズは藁にも縋る思いでその暗闇の道に踏み出した。

「……ンフィーレアという薬師を捉えることに成功した。それが答えになるか……？　そうだな……。一般的に知られている青い水薬とは全く違う水薬を渡された者の最初の行動は一体、なんだ？」

「……誰かに聞く、相談するという事でしょうか？」

「そうだ！　ルプスレギナ、お前の言う通りだ。彼女は私の狙い通り、その水薬を最も信頼できる水薬職人の所まで持って行っただろう。だからこそ私はンフィーレアと接触を持つことができた」

カルネ村でンフィーレアにそう言われた記憶がよみがえる。

「あ！　なるほど！　そういう狙いが！」

「分かったようだな。腕の立つ薬師を手に入れるための撒き餌の役目もあったのだ。変なところに流れてしまって将来の問題になる可能性もあるにはあったが、それでもやるべきと判断したのだよ」

空気に理解の色が混じり、皆の顔に感嘆の色が浮かぶ。

（話、つながったよ……）

アインズが心の中で安堵の息を吐こうとしたタイミングを見計らったように声がかけられる。

「あの……不躾ながら更なる質問をよろしいでしょうか……」

もう、止めて。質問しないで。アインズは心の中で泣くが、表情にはおくびにも出さない。

「どうした、ルプスレギナ。質問や相談する相手が私で良いのであれば何でもするが良い」

「はい」ごくりとルプスレギナはつばを飲み込み、真剣な顔で問いかける。「アインズ様はいつもここまで、二手も三手も先のことまでお考えになったうえで行動されているのですか？」

そんなわけない。

アインズの行動なんてほとんど行き当たりばったりだ。一応、時々考えてはいるが、それでも予測と違う方に事態が落ち着くことが大半だ。しかし、そんなことを部下には言えない。

アインズは静かに笑う。練習した笑い方で。

「勿論だ。私は――ナザリック地下大墳墓の支配者、アインズ・ウール・ゴウンだぞ？」

おお、と感嘆の声が上がる。とくにルプスレギナが目を大きく見開いている。

「どうした、ルプスレギナ」

「智謀の王……」

喘ぐようなルプスレギナの言葉に、アウラが少し眉を顰めつつ一歩前に出る。だが、アインズはそれを押し留める。

「気にするな。それで質問はそれだけか？」

「では、では、もう一つ。村をモンスターに襲わせ、アインズ様が助けるという行動を取られないのはどうしてでしょうか？　焼き討ちにあった村の中から、ンフィーレアやその祖母を救出すれば、より恩義を感じ、役立つものになると思われるのですが……」

「非常に悪くない手だ。考慮する価値はあるだろう。しかし、その場合はンフィーレアの憎悪はモンスターに向けられ、我々に協力しなくなる可能性がある。……人間たちに焼き払われるのであれば別だが。その場合はエンリ・エモットも助けたほうがより鎖で縛れるかもしれないな」

カルネ村はアインズ・ウール・ゴウンという魔法詠唱者が助けた村という価値もあるので、迷うところではあるが。

「ちなみにあの村での優先度は一位がンフィーレア。そして彼が恋心を抱いているという意味で二位がエンリ・エモット。最後がンフィーレアの祖母、リイジーだな。それ以外はどうでもよいが、この三人だけはなんとしても守れ。最悪の場合でもンフィーレアだけは命に代えても守れ。……それでルプスレギナ。今度こそ終わりか？」

「はい！　ありがとうございました！」

「それではルプスレギナ。今回のミスは許すが、私の狙いを聞いた以上、次は許さん。分かるな？」

「勿論です！」

「よろしい。ならば行け、お前の務めを見事に果たせ」

一礼したルプスレギナが歩きだし、背後にナーベラルが囚人を護送する警官のように続く。二人が扉の向こうに消えたところで、アインズは傍に控えていた守護者に顔を向けた。

「それでアウラよ。東の巨人や西の魔蛇に心当たり――」

突然扉の向こうから、「まじ、アインズ様、ぱねぇっす。あそこまで物事を考えて行動しているとか、化け物なんて言葉じゃ言い表せないっす」という声が聞こえてきた。厚い扉に遮られているため小さな声ではあったが、二人の会話を邪魔するには十分な大きさだ。それにここまで聞こえるということは、廊下でどれほどの大声を出しているのか。

「……扉は意外に薄いということを教えてやった方が良いのか？」

「よほど興奮しているみたいですね。あたしが殴って――」

扉の向こうからゴズンという形容しがたい音が聞こえ、その後で重いものを引きずっていくような音が徐々に遠ざかっていく。

「……アウラ、お前が行くまでもなかったようだな。話の腰を折ってしまったな。さて、聞かせてくれ」

「はい。えっと、申し訳ありません。東の巨人や西の魔蛇なるモンスターの情報は持っておりませんでした。あの魔樹の一戦以降、大雑把ではありますが森は探索し——地下にある洞窟まではまだ確認できておりませんが、強敵と思われる相手は探してはいたのですが……」

「ハムスケと同等程度であれば、注意を払えなかったのも分かる」

庭を管理していても、蟻が何匹いるかまでは把握していないだろう。こういった強者故の見落としはなかなか難しい所がある。

「申し訳ありません。では、アインズ様。掃除いたしますか？」

「それも悪くはない。煩わしい子蠅共を殺してあの森を完全にナザリックの支配下に入れてしまうか」

「分かりました！　では、あたしのペットを数匹送りこみます！」

「うーむ。それでは味気ない。ハムスケと同程度のモンスターだという東の巨人と西の魔蛇、どんなモンスターか見てみたいじゃないか」

「でしたら、捕縛して引きずってまいりましょうか？」

「いや、私自ら出向くのも悪くはないだろう。ハムスケのお陰で少しは骨董品の価値も分かってきたところだしな」

意味が分からないと不思議そうな顔をしたアウラに笑いかける。

「無論、それだけではない。ついでにルプスレギナへのテストも同時に作れないか、確かめようじゃやないか」

ナザリック時刻　19：16

夜の森の中を、フェンリルは音を立てずにゆるゆると進んでいく。枝が張り出されていようと、蔓が絡まっているところであろうと、上に乗る二人ともども動きが阻害されることはない。それどころかまるで実体を持たない幽霊のように草木の一本もへし折っていなかった。

フェンリルの保有する特殊能力の一つ、土地渡りによる効果だ。

「この先があたしのシモベの報告にあった、東の巨人と思われる相手の住処です」

木々が生い繁っているため星明かりすら届かない暗黒の世界だが、アウラの声に緊張は一切見られない。特別な視力を持たない人間のような者とは違い、アインズたちは真昼のように見渡すことができるのだ。

「そうか。東の巨人に西の魔蛇。両方とも集まってくれていると運が良いのだが、それは欲張りすぎというものか。この場に居なかったら西の魔蛇はアウラに任せよう」

「はい！　あたし頑張ります！　それでアインズ様に敵対行為をなそうとする愚か者どもの処分は如何されるのですか？」

「最初は話し合ってみるとしよう」

アウラが後ろ——アインズ——を振り返り、不思議そうな顔をした。

「え？　従属させるのではなくて、ですか？」

「東の巨人も西の魔蛇も謎のモンスターだからな。ひとまずはその線から入った方が色々な意味で良いだろう。ユグドラシルに存在しなかったモンスターであれば確保したいところだからな」

「アインズ様はお優しいですよね」

アウラの口調に皮肉の色はなかった。

「そ、そうか？　私の優しさはその価値のある対象と——あとはナザリックに所属する者だけに向けられていると思うのだがな。……ハムスケと同程度の存在というのであれば、それなりに価値があると判断しているからだ。奇貨居くべしだったか」

「先程も仰られてましたけど、ハムスケってそんなに価値があるんですか？」

「あるぞ。あれは実験台としてなかなか役立っている」

ハムスケは現在、蜥蜴人のザリュースが教師となり、戦士としての訓練を積んでいた。ちなみに生徒にはアインズが生み出したデスナイトもいる。

二人——一匹と一体を鍛えているのは戦士というクラスの習得が可能かどうかを確かめるためだった。特に知りたいのはデスナイトだ。もし戦士クラスを持てるのであれば、ナザリックの戦力を一気に増大することが可能となる。

恐らく無理であろうと思いつつも、実験は行わなければ結果は得られないというものだ。

「それほど重要だから、ハムスケの鎧を鍛冶師に作らせているんですか？」

「耳が早いな。それもあるな。今後、あれにまたがって戦場に立つならば、防御面を強化してやるのは必要なことだろうからな」

戦士としてのクラスを持てば、ハムスケ用全身鎧（フル・プレート）も着用できるだろう。現段階では装備させると、体にまとわりつく重さによって回避能力や移動能力などが著しく低下してしまう。だからこそ、と考えているのだが——。

（戦士のクラスを取らなければ鎧を着用しても上手く行動できないなど、ゲームのまま……いや、俺なんて金属鎧の着用すらできないというゲームの縛りがあるのだから、それを考えればはるかに緩い……。もう一匹ハムスケがいれば、違いを調べることで検証できるんだが……）

こういったゲームに近い縛りというのはいまだ未知の部分だった。デミウルゴス辺りに詳しく検証させれば正しい解が出るのかもしれないが、なんとなくそんな気分にならなかった。

（物理法則がまるで異なる、魔法の存在する世界の法則だと認識し、無理矢理でも納得するほかないのかもしれないな。なんでもありだ、という認識で……）

「アインズ様、どうされましたか？」

「ん？　いや、何でもないが、どうしたんだ？」

「いえ。考え込まれたようでしたので、何かあったかな、と思いました」

「ああ、そうか。ちょっと色々と考えてしまっただけだ。他意はない」

「そうでしたか」

安心したように前を向いたアウラの後ろ髪——金の絹糸のような髪から、アインズは下に視線を下ろしていく。ほっそりとした背中を経て、自分の手——小さな腰に回している手を見つめる。

(細い腰だな。子供の腰ってこんな感じなのか)

子供がいなかったアインズは興味心から、持ち物でもチェックするようにポンポンと腰を叩いてしまう。そのまま手を上にあげて背中も軽く叩く。流石にフェンリルの上に乗っているのだから、それほど大きな力は入れたりはしない。

しかし、アウラは跳ね上がると凄い勢いで後ろを振り返る。

「ふわっ！ な、なんですか、アインズ様！」

真っ赤な顔をしている。

闇視を持たない者でも顔色が分かったのではないかというぐらい赤い。

「ああ、いや、細い腰だなと思ってな。しっかり食べているか？ 飲食不要のアイテムを装備しても、食事自体はできるのだろ？」

「は、はい。食事による魔法的な強化は得られませんけど、食べることはできます」

ユグドラシルというゲームでは、人間種や亜人種は寿命を持つ代わりに成長し、寿命を持たない異形種はある一定まで成長すると老化が止まるという設定だった。もしもこの世界でもその設定が生きているのであれば、アウラやマーレは成長していくということになる。その時に幼いころしっかり栄養を取らなかったから、などということにはなって欲しくない。

仲間たちがいない間は、この子供たちの成長の責任はアインズが負っているのだ。

「しっかり食べるんだぞ？」

「はい！　しっかり食べてシャルティアを悔しがらせます！」

なんで突然、シャルティアが出てきたんだろうと思ったが、その辺はスルーしておく。

「……飲食不要のアイテムは成長に悪いかもしれないから、場合によっては他のマジックアイテムと交換した方が良いかもしれないな。成長か。そのうち、お前たちにも恋人ができたりするんだろうな……」

アウラもマーレも非常にかわいい子供たちだ。大きくなればきっと美女、美男子に育つだろう。アインズは二人が多くの男女から告白を受けるシーンを――アインズは経験が無いのでテレビで見た光景だが――思い浮かべる。

先ほどの話の所為か、なぜか大量のハムスケだった。

「――う？」

大量のハムスケに囲まれる子供のアウラとマーレ。悪い光景ではないが、全然想定していたものとは違う絵だ。

（ハムスターってネズミの仲間みたいなものなのだから、ハムスケも大量に増えるよな。前もって避妊手術をしておかないと不味いのだろうか。ある程度は増やしたい気持ちもあるんだが……同種のオスっているのかな？）

「え⁉　ちょっと早すぎますよ、アインズ様。あたしはまだ七十代なんですから」

「あ、ああそうだな。まだまだ子供だな。ちなみにアウラはナザリックの中では誰が好きなんだ。好みのタイプは？」

その辺の色男が美女といちゃついていれば、ちょっとだけ嫉妬の炎を燃やしたりもしなくもない恋愛経験皆無なアインズではあったが、ＮＰＣたちであれば素直に祝福できる自信があった。

「あたしはアインズ様が大好きですよ」

「はは、それは嬉しいな」

幼い子供であるアウラの御世辞に、アインズは嬉しく思う。子供(NPC)たちを愛する者として、相手からも好きだと言われると頬が緩むというものだ。

「それじゃ、アインズ様は誰を一番愛しているんですか？　アルベドとシャルティア。どっちですか？」

「はは。そうだな、アウラが大好きだぞ」

「――え？」

アインズは後ろからアウラの頭を撫で回す。さらさらした髪が手の中で流れた。

「――え⁉」

（子供の情操教育も考えた方が良いのか？　闇妖精（ダークエルフ）の学校などあったらアウラやマーレを行かせた方が立派な大人になるのか？　ぶくぶく茶釜さんがこの場にいたら、彼女はどんなことを考えるんだろう。それにしても学校か。……学園ラブコメ……ペロロンチーノさんが叫んでいたな。スーラータンさんとかとナザリック学園を作ろうとか。あのデータは何処に行ったんだ？）

「――えー！」

「どうした？　声が大きいぞ、アウラ」

「あ！　す、すいません。東の巨人の住処に近いのに……」

「大丈夫だ。謝る必要などない。それよりは将来の話なのだが――」

「しょ、将来ですか？」

「そ、そうだ。どうかしたか？　慌てているようだが……何かあったのか？」

「い、いえ、なんでもないです。はい。えっと将来の話ですよね？」

「ああ、そうだ。将来、闇妖精（ダークエルフ）の国があったら一度行ってみるのも悪くないと思っているんだが、その時は一緒に行ってもらうぞ」

「え？　……あ、は、はい！　そういう将来ですね。畏まりました！　ご一緒させていただきます。それと――そろそろですね、アインズ様」

前方の闇夜の中、森が切れた先から自然のものではない光が見えた。

「そうだな。アウラ、悪いが連れてきた魔獣たちを周辺に配置させておいてくれるか？　私の方も準備するとしよう」

　アインズは己の特殊技術(スキル)の一つ、上位アンデッド召喚を起動させる。

　現れたのは蒼い馬に乗った禍々(まがまが)しい騎士。彼らはアインズの特殊技術(スキル)の起動の度に数を増やしていく。

「よし、四体もいれば十分か。さて、蒼褪めた乗り手(ペイルライダー)よ。お前たちは上空で待機し、逃亡する者がいれば捕縛せよ」

　無言で了解の意を示した蒼褪めた乗り手(ペイルライダー)たちが手綱を引くと、蒼い馬は中空に舞い上がり、駆け出す。蒼褪めた乗り手(ペイルライダー)たちは非実体へと変わると、突き出す枝をすり抜けながら天空めがけて一直線に上がっていった。

「さて、包囲網の完成だ。あとは鑑定をするだけだな」

「はい！　あ、耐久性は確かめたりはしないんですか？」

「それは最後の最後だな。私は何も戦闘を望んでいるのではないからな。お互いのためになる話をするとしよう」

　これは本音だ。別にアインズは戦闘が好きなわけではない。メリットが見込めればどれほど残酷なことも厭(いと)わないが、だからといって残忍な行為が好きというわけではない。わざわざ道路を歩いている蟻を踏みつぶしに向かったりはしない。対話で済むならそれに越したことはない。

　フェンリルが森の切れ目に到着する。森の切れ目と言っても、森の中に所々ある、木々が生育していない場所という意味だ。

魔樹の周辺が枯れ木の山だったように、特別な理由によって木々が枯れる場所というのが存在する。その理由は様々だが、ここはモンスターによるものだろう。

木が伐り倒され辺りに散らばっている。大掛かりな建築物を作ろうとして失敗し、怒りのままに投げ捨てたようなそんな有様だ。

「笑ってしまうな。アウラ、お前が作っている建物を真似ようとしたのだろうよ。愚者の産物とは無残なものだ。洞窟で生きる者が無理をしようとするからこうなる」

「全くですね。アインズ様、あそこが奴らの根城です」

焼畑で枯れたような無残な大地の中心部に亀裂がはしっている。

「……見張りもいないとは不用心だな。まぁ、仕方がない。ノックはまた今度にしよう」

アインズはアウラを従え、大地に空いた洞窟に向かって歩く。覗き込めば傾斜は浅く、奥までそれなりに広がっているようだ。どうも天井は高いようでかなり大柄の生き物でも問題なく暮らせるようだ。

（……ユグドラシルの迷宮探索を思い出す。山脈の洞窟などを発見するたびに、ここには何があるんだろうと興奮したな）

昔であれば先頭をチグリス・ユーフラテスなどが進み、後ろをアインズ――モモンガが進んだところだ。あとは召喚したモンスター、アインズであればアンデッドに先行させ、罠を食らいながら突き進ませる、戦士解除もしくは召喚解除と呼ばれる手段も取ったものだ。

(懐かしいな……)

かつてを思い出したアインズの足取りは軽かったが、良い気分もほんの数秒で失われる。

下から漂ってくる臭いに眉——無いが——を顰めた。ガスなどではなく、獣脂や腐敗などの臭いによって淀んでいる。

(腐敗臭によるガス溜まりトラップか？　こんな洞窟で生活する知性に欠ける相手にそれほどの凝った罠が作れるとは到底思えないが……偶然という線もありえるか)

アインズは呼吸不要のアンデッドであるために、空気系攻撃に対して完全耐性を有している。アウラもマジックアイテムによって守られているので、もしこの悪臭が攻撃に属するものならカットされるはずだ。そこまで考えれば単に臭いだけなのだろう。

「東の巨人はあまり清潔な生き物ではないようだな。会談が出来る程度の知性があると嬉しいのだが」

「本当ですね。ただ、難しいかもしれません。足跡を見る限り、この洞窟内には複数体生活しているみたいですが、どれも素足です。足跡のサイズは大きく、そこから計算すると身長は最低でも二メートル後半はあるんじゃないでしょうか」

「なるほど。……あれがその一員だろうな」

足を一秒も止めずに傾斜を下るアインズたちの視線の先、傾斜を下り切った辺りにモンスターの姿を捉える。

「アインズ様、オーガ……ですね」

二匹揃って何かを引き裂き口に運んでいる。生臭い別の悪臭が漂ってきているようだ。

ゆっくりと指を突きつけたアインズは苦笑する。ダンジョン・ハックであれば音も立てずにオーガを殺し、そのまま静かに奥に進んで掃討するところだが、今回の目的は違う。

「……掃討をしに来たのではなかったな、友好的に話し合いを始めなくてはな。――おい、そこのオーガ、食事中のところ悪い」

二匹のオーガが揃った動きで、アインズたちを目にする。それから咆哮を上げた。

洞窟の反響が激しく、正確な位置はつかめないが、恐らくは洞窟の奥からも同じような咆哮が返ってくる。

「ドアホンにしては品がなく、騒がしい。――アウラ、下がれ」

駆け上ってくるオーガを見据え、アインズは「やれやれ」と息を吐いた。話をしようという意思の欠片も感じられないことを悟り。

「スケルトン！　スケルトン！　テキ！」

だみ声を挙げながらオーガはアインズの前まで到着すると、迷いなく持っていた棍棒を振り上げてくる。

「勝手に――」オーガの持っている棍棒が唸りを上げて襲いかかってくる。「家に入った――」ゴズンとアインズの体を殴り飛ばすが、魔法の武器ですらない棍棒に傷つくわけがない。「ことは謝る――」オーガは再び棍棒を振り下ろす。

アインズの頭部が強打され、視界がわずかに揺れた。痛みは皆無ではあるが、苛立ちが沸き起こる。とはいっても、アインズだってもし何者かがナザリック地下大墳墓に乗り込んで来たなら激怒して殺そうと構えるだろう。そう考えれば彼らの攻撃は当たり前であり、甘んじて受ける必要があるとも言える。

平和の使者が武器を抜くなど、最終局面過ぎる。

遅れて到着したオーガが並ぶと、手に持っていた棍棒ではなく、空いた手を伸ばしてくる。隣のオーガの攻撃が効かないことを視認したため、捕まえようとして来たのだろう。

アインズの眉間がピクリと動く。無論骸骨の顔に、動くようなものは無いのだが。

捕まっても良いと思っていた。しかし、アインズの闇を見通す目が、オーガの手が血で濡れているのを目撃してしまう。

「汚い」

アインズは即座に杖を空間から取り出すと、振るう。特別な魔法の力は持っていないが、殴打ダメージを与えるということに特化した杖の一撃を受けて、手を伸ばしてきたオーガの頭部は爆散する。

脳漿(のうしょう)や血など入り混じった物を浴びた隣のオーガが棍棒を取り落としながら、一歩下がる。

「オ、オマエ、スケルトン、チガウ……」

「スケルトンと一緒は少し困る。君たちのボス、東の巨人に会いに来た。呼んできてくれないか？まぁ、待っていても来るとは思うが」

アインズが失せろと手を振ると、オーガは背中を見せて洞窟の奥に一目散に駆けて行く。

「……やれやれ。最初から彼我の戦闘力の差を見極めてくれれば早かったのだが」

アインズは棍棒が当たった場所を撫でまわすと残ったわずかな傾斜を降りる。

オーガのいた辺りにはゴブリンと思しき——食い散らかされた死体があった。残骸ばかりで正確な数は不明だが、一体や二体ではないだろう。

アインズとアウラはちょっと遠回りにそこを避けて下に降り立つ。

「しまったな。煩わしさからちょっと力を入れて払ってしまった。交渉が決裂するまでは殺戮は控えて、出来る限り友好的に物事を進めようと計画していたんだが……」

「仕方ないですよ！　オーガごとき低俗な輩がアインズ様に触れようとしたのですから！」

「そう言ってくれると嬉しいよ。ぷにっと萌えさんも『言う事を聞かせるために一発殴るのは悪い手ではない』と言っていた……あれは武人建御雷（ぶじんたけみかづち）さんだったか？」

「至高の御方々が言っていることなら間違いなく正しいですよ！」

両極端の二人のどちらが言った言葉だったのか思い出せないうちに、奥からは大量のモンスターたちが歩み出てきた。人間の身長を遥かに超える大柄なモンスターしかいない。

「妖巨人（トロール）の群れか。巨人というには看板にいささか偽りありだが、完全に嘘というわけでもないな」

　トロールは長い鼻と長い耳を持つ巨人で、顔は非常に醜く、筋骨たくましい体も奇形のような気持ち悪さがあった。虎にも似た生き物の皮で作った服を着ており、その頭部が肩口に来ている。

　身長は二メートル後半、オーガを超える力を持ち、驚くほど強い再生能力は炎や酸などによって止めない限り、肉片からでも蘇(よみが)るという。それらが全部で六体、ほかにはオーガが十体いた。

　中でもアインズが注目したのは一団の先頭に立つトロールだ。

　他のトロールより体格面でも優れていることもそうだが、己への自信がその醜い容貌にはっきりと浮かんでいる。

　武装も他のトロールよりも良い。

　何枚もの動物の皮を集めて作ったらしき革鎧を着用し、その巨大な腕でモモン状態のアインズが持つよりも巨大なグレートソードを握りしめている。魔法の剣らしく、中央を走る溝からはぬらぬらとした液体が刃へと後から後から伝わっていく。

「ハムスケと同程度か？」

「おそらくはそんな感じですね」

　ならばこのトロールが東の巨人と呼ばれる者だろう。では何トロールなのか。アインズは東の巨人を真剣に観察する。

　トロールは適応能力が高いモンスターだ。そのために場所に応じた多様性を見せる。

例えば、火山であれば炎耐性を持つヴォルケイノ・トロール。海であれば泳ぎが得意で水中呼吸するシー・トロール。山であれば一層大柄で力を持つマウンテン・トロール。橋を住処にする希少種トール・トロールという具合に亜種を増やしていくのだ。

では今、アインズの前に立つトロールは何に特化したトロールだろうか。

洞窟に特化したトロールは、ケイブ・トロールと呼ばれるが、それはこれとも違う形状をしている。

この世界で初めてみる新種のトロール——未知がアインズのグッズコレクター的な気持ちに火をつけた。

この東の巨人たるトロールは非常に希少な適応を遂げた者。

呆れるほど繰り返される幾多の戦いにより生まれた、戦闘に適応し、戦闘に特化したトロール。名をつけるのであればウォー・トロール。トロール派生種族の中でもひときわ異彩を放っている。

その戦闘能力は、同じ年齢で比べるのであれば、どのトロールよりも優れている。

確かに肉体の巨大さはマウンテン・トロールに劣る。しかしその肉体に内包された筋肉——能力の高さは遙かに凌いでいる。さらには腕力で簡単に使える棍棒などの原始的な殴打武器ではなく、刃物という使い方を知らなければ棍棒にも劣る武器を天性の才能で振るうことが出来た。戦士として覚醒したトロールである。

「お前が東の巨人だな？」

異論がないことを確認の後、アインズは東の巨人から少し右に行った場所に指を突きつけた。

「ではそこのお前が西の魔蛇だと嬉しいのだが、どうなのかな？」

一般的な視力しか持たない者であれば、誰もいない場所を指差していると思っただろう。しかしながらアインズは日の光に照らし出されているかのように、はっきりとそこにいる異形の存在を確認できた。

「不可視化で消えているつもりなのかもしれないが、私の目はそれを見破る。無駄なことは止めて答えてくれないか？」

不可視化を解除したのだろう。何者もいなかった場所にモンスターが姿を見せた。

それは確かに蛇だ。いや、蛇の胴体を持つというのが正解なのだろうか。胸から上は人間の老人の枯れ細った体となっており、その下は蛇という異形だ。

こちらはユグドラシルにもいたモンスターであり、アインズは即座に種族名を口にする。

「ナーガか。確かに蛇というのは間違いでもないが、もうちょっと言いようはあるだろう。いや、森の賢王があれなんだから推して知るべしというところか」

「わしの透明化を見破るとは、おぬしはただの――」

「――何をしに来た、スケルトン！」

洞窟全体に響き渡る大声にナーガの声がかき消される。一歩、東の巨人が進み出た。

交渉すべき相手に対しアインズは真正面から向き直った。

「まず、最初にこれだけは言わせてもらう。私はスケルトンではない。間違った認識は正しておいてもらおう」

「スケルトンではないなら何だというのか！　東の地を統べる王である、グ、に名乗ることを許してやる！」

「――グ？」

アインズはほんの一瞬ではあったが、何を言われたのか理解できなかった。王や族長などに類似した単語かと考え、それからやっと名乗られたのだということを把握した。

「なるほどグ、か。これは遅れて申し訳ない。私の名前はアインズ・ウール・ゴウンと言う」

その瞬間、洞窟全体に笑い声が広まった。

「ふぁふぁふぁふぁふぁ！　臆病者の名前だ！　俺のような力強き名前では無い、情けない名前だ！」

その言葉に反応して、トロールたちも追従（ついしょう）の耳障りな笑い声を上げ始めた。

「臆――」

一歩、踏み出ようとしたアウラをアインズは止める。

「構わない。この程度で不快に思うな。冷静さを保て。私たちは対話に来た、友好の使者なのだからな。ところで参考までに聞かせてほしい。何故、私が臆病者だと判断したんだ？」

「ああ、こ奴らは長き名前は勇気無き証と見なすんじゃよ。謎のアンデッドよ」

横から教えてくれたのはナーガだった。老人の顔には皮肉めいた笑いが浮かんでいる。

「骨董品ではなくがらくたの類だったか。それでお前も私の名前を臆病者のものだと思うか？」

「いや、それはない。わしの名前も長い名前だからな。おぬしの言うところの西の魔蛇——リュラリュース・スペニア・アイ・インダルンじゃよ、侵入者、アインズ・ウール・ゴウン。わしは奴の脳味噌が肉体の立派さに釣り合ってくれたらといつも思っているよ。しかし、だとしたらこの森はこやつに支配されていただろうから、痛し痒しじゃな」

「……それは命拾いをしたな」

アインズが思わず漏らした心境に、リュラリュースが訝しげな表情を浮かべ、問いかけようとしていたがタイミングが悪い。グとトロールたちの哄笑が収まる。

「それで弱き者は何をしに来た！　食われたくて来たのか！　骨をバリバリと噛み砕くのも美味いからな！　頭から食ってやるぞ！」

「私は森の中央でアンデッドや動像を使って砦を築いている者だ。知っているかね？」

空気が変質する。グたちからは強い敵意が放たれ、リュラリュースからは強い警戒がにじみ出る。

「知っているぞ！　邪魔者！　この蛇がぎゃーぎゃー言わなければ、俺たちだけでお前をすぐに殺したんだ！　余計な手間が省けたぞ！　臆病者に黒いチビ！」

「非常に話が早い。それで私がここに来たのはお前たちと交渉したいことがあったからだ」

アインズは手を動かす、伏せろ、と。

「命が惜しいなら服従しろ」

「この馬鹿が!!　我らが臆病者に従うはずないだろう！　お前はここで食われるんだ！　次にその後ろのちびを食ってやる！」

「グよ。あの恐ろしい建物の支配者じゃぞ？　侮（あなど）るのは危険じゃ！　それに後ろのは闇妖精（ダークエルフ）じゃ。魔樹から逃げるまではこの森を支配した者たちじゃ。強敵――聞いてねぇ」

　アインズは堪えきれなくなり心地良く笑い声を上げる。

「ははははは！　犬より立派に吠えるじゃないか、肉ダルマ。ならばこうしよう。お前が臆病者と呼ぶ私から、力強い名前を持つお前に一騎打ちを挑むとしよう。まさか怖くて逃げたりはしないよな？　怖いなら頭を大地に垂れろ。奴隷として飼ってやるぞ？」

「面白い！　お前など最初っから一人で十分！　バラバラにして食ってやる！」

「良し。お前の選択はなったな。これで交渉は決裂だ。ではアウラ、少し離れていろ。私一人で遊ぶとしよう」

　言い終わるが早いか、アインズめがけて大上段から剣が振り下ろされた。グの持つ三メートルにも近いグレートソードの一撃だ。

　アインズは動かない。真正面から体で受ける。

「――う？」

「どうした？　何か不思議そうだな？」

アインズはびくともしない。醜い顔を驚きという感情で歪めたグが、今度は横殴りに剣を振るった。

しかし、先ほどに続いてアインズは真正面から剣を体で受ける。

「む!?」

数歩後退したグが自らの持っている剣とアインズを交互に見比べる。それから堂々と背中を見せて歩き出すと、部下の前に立つ。

瞬間、グレートソードが翻り、部下のはずのトロールに切りつけた。肩口から入った剣はトロールの肉体を容易く断ち切り、鮮血が噴き上がる。

トロールは大声で頭の悪そうな悲鳴を上げた。

部下がもんどり打って倒れる様を満足そうに見ていたグは大きく頷いた。武器に異常はないと確信できたのだろう。

「なるほど、トロールの再生能力か。こうやってリアルで目にすると感嘆できるな」

断ち切られたはずの傷がどんどん癒えていく。巻戻しというよりは、回復していくところを早送りしたような感じだ。

同族の再生能力を知るからこそ試し切りしたのだろうが、無かったとしても斬ったのではないかと思わせる邪悪な表情を受かべながら、グは大地に転がる部下を見下ろしている。

「弱者の生殺与奪は強者の特権。だが、しかし非常に——不快だ」

アインズは足を踏み出す。遊ぶ気持ちも萎えつつあった。

グがしっかりと両手で剣を握り、歩を進めるアインズを待ち受ける。

「グよ！　奴、アインズ・ウール・ゴウンは異常じゃ！　協力して倒――」

「黙れ！　臆病なお前はそこで黙って見ていろ！　――ごおおおお!!」

襲い掛かってきたのは爆撃のような連打だった。人間を遥かに凌ぐ体軀から放たれる連続攻撃は、アインズがこの世界で戦って来た存在の中でもトップクラスの破壊力を持つ。

しかし堅牢な城壁を吹き飛ばすことも、大地に巨大な裂け目を作ることもできない程度の攻撃で、アインズにどんな痛痒を与えられるだろうか？

真正面から風を切り裂いて振り下ろされた剣を体で受ける。

「やれやれ。シワを作るのは止めてほしいものだ」

興味を無くしたように目を逸らしたアインズは、衝撃で乱れたローブを、引っ張って整える。それからふと思い出したようにグを見上げた。

「あ、もう満足したのかね？」

「ごぉおおおお！」

剣での攻撃は効果に乏しいと判断したグは、片手を握りから離し、殴り掛かってきた。まるで巨大なハンマーを振るうかのごとき一撃だ。食らえば人間などぐしゃぐしゃになって、簡単に吹き飛ぶことは間違いない。

人にとっては致命的な殴撃を、アインズはまたも真正面から体で受ける。その後で余裕の態度で、殴られた箇所を払う。まるで汚い者に触れられたかのように。

グの攻撃が止まった。醜い顔をより一層醜く歪め、ぴくりともしないアインズを凝視している。

「勇敢なる名前を持つ君の、自信あふれる攻撃はこれで終わりかな？」

「防御は一人前――ぎゃあああ！」

踏み込んで距離を詰めたアインズの振るった杖が、グの片足を半分吹き飛ばす。立っていられなくなったグが大きく体を崩して、大地に倒れこんだ。

「臆病だからと言って弱いわけではないと、ドングリ程度の脳味噌しか入ってない君でもそろそろ理解出来たかな？」

周囲で観戦していたトロールやオーガ達が自分たちの支配者の無様な姿に驚きの声を上げる。

アインズは「はぁ」と呆れてため息を吐きだす。この段階まで来てやっと状況を理解したようなモンスターに価値などない。ただし、タイミングを見計らって逃げようとする程度の知能があれば話は別だ。

「アウラ。それだけは逃がすな。捕まえておけ」

アインズの言葉足らずの命令が何を指示しているかを瞬時に理解したアウラが動いた。不可視化を使い、静かに移動を開始していたナーガの元に瞬時に到着する。

「アインズ様、捕まえましたが、どうされますか？」

アインズは目の前のグを無視して、片手でナーガの首を鷲掴みにしているアウラの方へと顔を向ける。その態度は雄弁に、グに、そしてこの場にいる全ての者に物語っている。

――目の前のグなどという者は相手にするまでもない、と。

強烈すぎる侮蔑を前に、グが歯をむき出しにしてうめき声を上げるがアインズは気にもしない。

「おのれ、小僧！」ナーガの蛇の体が動き、アウラを完全に覆い尽くす。「このまま締め上げぇぇぇえ！」

ナーガに覆われ、ボールのようになった中から至って冷静な声が聞こえた。

「あのさぁ。これじゃアインズ様の雄姿が見れないじゃない。騒ぐならこのまま喉を半分ぐらい潰すよ？　死なないようには気を付けるからね」

力量の差をその小さな拳から十分すぎるほど感じ取り、途中から悲鳴を上げていたナーガがゆるゆると体を解く。

「アウラ。時は金なりと言うが、無駄な出費は愚かな行為だ。少々離れた場所に移動していてくれ。巻き添えでそれが死なないように」

「畏まりました！」

ずるずると自分の何倍もの重さのナーガを容易く引きずっていくアウラから、再生能力によって吹き飛んだ箇所の肉が盛り上がり、筋肉が修復され、ようやく立てるようになったグへと、アインズは視線を動かす。

体格では下でありながらも、アインズはグを見下す。

「治ったか。それじゃ続きをやるとするか」

アインズは杖で肩を叩きながら、平然と構える。防御などするつもりはないと態度で明言した。

「お、お前、な、何をした？　何をしている？　魔法か？」

剣を構えつつ後ろに下がったグを、アインズは追いかける形で踏み出す。グに比べてアインズの歩幅は狭い。二人の距離は戦闘前よりも開いていた。

ふん、とアインズは鼻で笑う。

「——あれ？　可笑しいな。臆病者の名を持つ私が前に進んで、勇敢な名を持つグ様が後ろに下がっているぞ？　これはどうしてなんだろう？」

棒読みの声に後ろから返答が帰る。

「アインズ様の名前こそが勇敢な名前で、グとかいう変な名前こそ臆病者の名前だからです。ねぇ、蛇？」

「ぞ、ぞうでず！　アインズ・ウール・ゴウン様が偉大な証拠でず！」

可愛い少女の声と、泣きべそをかいているような声にアインズは数度頷く。

「そうか。そうか。それなら納得がいくな。短い名前こそ臆病者の名前で——アインズ・ウール・ゴウンは勇敢なる者、素晴らしい者の名前だということだな」

「——お前!!」

「うるさいぞ、臆病者」

憤怒で恐怖を塗り潰し、斬りつけてくるグの攻撃を、防御も回避もせずにアインズは杖で殴り返す。剣で受けることも、回避することも、アインズは許可しない。

杖がグの肉体の一部を吹き飛ばす。

「があああああ！」

絶叫が響く中、戦闘を見守るグの部下たちの上に恐怖という感情が浮かび上がっていた。

「流石はトロールだな。再生能力のお陰でミンチになったとしても生き返れる。しかし痛みはあるようだな。先ほどの一撃は今まで一番力が入っていなかった。防御を念頭に置いた、私の攻撃から身を庇おうとする臆病者の剣だ」

アインズの視線の先、そこには半分の厚みとなったグの頭部があった。普通の生き物であれば確実に死んでいるところだが、見る見る元の形に戻っていく。

元に戻ったグの顔は異様に醜く歪められている。そこにあるのは強い恐怖だ。先程に倍する恐怖は心折れた者のそれだ。

「な、何者だ、お前！　なんで俺の攻撃が通じない！」

アインズは首を傾げた。それからゆっくりと手を広げる。

「……死だ。私はお前に死を運んできた者だ」

「お、お前たち！　こいつを殺れ！」

「おやおや、流石は臆病者の名前を持つ者。一騎打ちの約束を破るとは……名前らしい行動だ。だからこそ私はお前を許してやるぞ」

非常に機嫌よくアインズは告げる。

得体の知れない化け物に対する恐怖に囚われた、グの配下の動きは鈍い。どれほど愚かであろうとも、アインズの強さは肌身で感じ取れるし、目の前で嫌というほど見せつけられたためだ。彼らの中で二者に対する怯えが拮抗（きっこう）しているのだろう。誰もが動かずにアインズとグを見比べている。

「早くしろ！」

それでも動かない。動けるはずがない。

それはアインズも同じだった。今はギリギリの均衡がこの場の全ての者を釘づけにしている。もし動こうものなら均衡は崩れ、彼らはわれ先にと逃げ出すだろう。

逃げ出されても厄介だ。――一々、追いかけて殺すなど面倒でしかない。

「ならば、そうだな。遊びはここまでにしよう」

アインズは自分では大して使えないと思っている――しかしながらこの世界においては強烈すぎる――能力を起動させる。

〈絶望のオーラV（即死）〉

発動したオーラがアインズを中心に周囲に広がる。

まさに糸が切れた人形のようにオーガ、トロール、そしてグが崩れ落ちた。

大地に伏したモンスターたちはピクリとも動かない。体温を残しながらも、命という炎がかき消されたのは明白だった。

静まり返った洞窟に酷く怯えた老人の声が響く。

「な、なにをしたの、ですか?」

少しでも離れようと、身を小さくしようとするナーガを振り返ると、アインズは答える。

「特殊技術(スキル)を使ったまでだ。トロールは再生能力があるが、別に即死攻撃に対して完全耐性があるというわけではないからな。……もともとお前たちに価値などは無い。無駄に殺すよりは何かに使えるかなと思ったのだが、支配下に入ることを拒むのであれば、とっとと殺してしまおうと思っていた」

「わしはあなた様の配下となりますぞ! 強者に従うのは弱者として当然のこと。今後は貴方のために全力を尽くしたいと思っております!」

アインズは頭を地面に押し当てるナーガを静かに見つめ、それからやる気無さそうに肩を竦めた。

「……まぁ、どうでも良いか。構わないぞ。一応はネゴシエーションという名目で来たのだしな」

「お、恐ろしい。貴方様は本当にわしをどうとも考えておられない。転がっている石の形が何かの動物に似ているからという程度の感情しか、西の森を支配してきたわしに抱いておられぬ」

「いや、それよりはもう少し興味を抱いているぞ。お前は闇妖精(ダークエルフ)に関して何か話したよな? その辺りの話を聞かせてもらおう」

「もちろん……もちろんでございます。わしの知る全てのことをお話しいたします！　ですが、その……」アインズが続けろと手振りをすると、ナーガが口を開く。「話したとしても殺さないでくださいますか？」

「約束しよう。忠誠を尽くし、私のために真摯に働くのであれば、それなりの報酬も与える。……その前にお前の部下は？　ハムスケ、いや南を支配していた森の魔獣のように一人で西の地方を支配していたのか？」

「いえ、部下がおります。ですが今回はグと交渉するために連れてきておりませんでした。決裂した際、配下は不可視化など逃げる手段を持っていないために」

「なるほど。次の質問だ。お前の手の者に、トロールはいるか？」

「一匹だけおります」

「それは素晴らしい。なら東の巨人の代役は任せることが出来るかな？　いや、それとも……難しいか。よし。近日中に部下を連れて私が――いや、この子が建造している建物まで来い。アウラ、放してやれ」

「よろしいのですか？」

「構わない。忠誠を誓ったのだ。裏切るのであれば、別の利用の仕方を考えるまでだからな」

アウラのほっそりとした手がナーガの首から離れる。その下には手の形に青痣（あおあざ）が浮かんでいた。

緊張しながらも、若干安堵しているナーガをもはや相手にもせず、アインズはグの死体に歩み寄った。

「トロール・ゾンビのデータはどうだったかな」

アインズは特殊技術(スキル)を使用することで、死体からアンデッドを作り出すことができた。ゾンビやスケルトンでしかないが、基礎となる肉体によってはかなり強いゾンビが出来上がる。有名どころで言えばドラゴン・ゾンビだろうか。

アインズは落ちているグレートソードを拾い上げる。アインズの身長よりもはるかに長い剣は、魔法武具の基礎的な力によって最適な大きさのグレートソードに変わる。

装備不可能な大剣を振るえば、当然、強制的な装備解除に繋がるが、持ち上げるぐらいなら問題はない。

「あの村の個人戦力の増強もそれなりにしてやった方が良いかな？　とするとこの魔法の武器は最適かもしれないな。ナザリックに持って帰る価値はあまりなさそうだし」

「アインズ・ウール・ゴウン様！」

まだ話があるのか、とナーガの方にやる気なさそうに顔を向ける。

「う、裏切りなどと、わしにそのようなことができようはずがございません。あなた様を裏切ることができるのは、道端の蟻(あり)を見るようなその冷たい目を見ていない愚か者だけです」

「この瞳がそこまでの感情をお前に告げているとは思わないんだが……それはお前の特殊能力か？

あの人間観察の得意なデミウルゴスですら、私の心を真に理解することはできないんだぞ？」

「特殊能力ではありませんが、相手は興味があるのか、ないのかぐらいは感じ取れます」

ナーガの種族的な特殊能力があるのかもしれない、とアインズは考える。

「そうか……。まぁ、分かった。さっさとこの場から立ち去って部下を連れてこい。それが最初の命令だ」

「はっ！」

4

ナザリック時刻　２１：０７

アインズの執務室にデミウルゴスがその優雅な姿を見せた。まずは正面に座るアインズに深々と一礼、続いて室内に控えていたマーレとコキュートスにも軽く頭を下げる。部屋付きのメイドに対しては目礼だ。

アインズは目礼で答えると、そのままエントマと〈伝言（メッセージ）〉でやり取りをする。

「よろしい、エントマ。ルプスレギナに許可を出せ。あの三人だけは死守せよ」

『畏まりました。ではルプスレギナに命じます』

デミウルゴスが部屋の中央までつかつかと歩く。アインズからすれば、どうしてそれほどカッコよく歩けるのだろうと羨ましくなるような動きだ。

（なんというか自信をひしひしと感じさせる動きなんだよな。背筋を伸ばしているのが良いのか？）

ピタリとデミウルゴスの足が止まり、アインズは我に返る。

「よくぞ来た、デミウルゴス」

「はっ！　お招きいただきありがとうございます。それでエントマとの〈伝言(メッセージ)〉の方はよろしいのですか？」

「問題ない。ちゃんと報告に帰参し、相談もあった。今回のテストはクリアだな」

「それはよろしゅうございました。それと私のために時間を調整いただき、誠にありがとうございます」

「気にするな、デミウルゴス。最もナザリックのために働いている男に合わせるのはごく当たり前のことである。それに遅参と言うわけでもないのだから気にするな。……それでお前の感想を聞きたい」

アインズは手元にあった紙をデミウルゴスに渡す。受け取ったデミウルゴスの視線が上から下まで動いたと思った辺りで質問を投げかけた。

「見ての通り料理の内容だが、お前はどう思う？　それを食べる相手は人間の男女、もしかすると子供もセットだ」

「……私はアインズ様がお出しになる物であれば人間は不満を言わずにすべて食べるべき、と思いますが、そういった答えをお望みになられているわけでもないようですので――子供もいるとなるとフォアグラは好みの分かれるところではないでしょうか？　あとは……そうですね、さっぱりした物もあった方がよろしいのではないでしょうか？」

「なるほど。参考になった。礼を言う」

「もったいなきお言葉……アインズ様、ナザリック地下大墳墓、至高の御方々の聖域たるこの地に何者かをお招きになるので？」

「そうだ。歓迎してやろうと思ってな」

歓迎というよりは接待の類だ。今後も友好的にお付き合いしてもらうための、財力をバックにした脅しとメリットの提示みたいなものだ。

「よろしいのですか？」

「構わないだろ？　何か問題でもあるのか？」

「いえ、そのようなことは何もございません。アインズ様の言こそ正しいのですから」

かつて、ゲームであった頃、ナザリック地下大墳墓にギルドメンバー以外を招いたことはほとんど無かった。ギルドメンバー、やまいこの実の妹である、プレイヤー名「明美ちゃん」を招いたことが数度あった程度だろう。ただ、別にこの地に誰かを招いてはいけないというルールはギルド内にはなかった。何となく呼ばなかっただけだ。

(だからまぁ、私がンフィーレア達を呼んでも、仲間たちからは何も言われないはずだ。侵入者とお客さんは明確に違うのだからな)

何か考えているデミウルゴスと、先ほどから部屋で待っていた二人の守護者に問いかける。

「各守護者よ。お前たちの風呂支度の方は終わっているな？」

「申し訳ありません。私とマーレは途中で一式を借りていこうと思っております」

「そうか。コキュートスは――持ってきているか。ならば風呂場の前に集合しよう。インクリメント。もし誰かが来たなら部屋で待たせてくれ」

「畏まりました」

メイドの答えを聞いたアインズは立ち上がり、自室を出る。追従しようとするシモベたちをその場に留めると、同じ第九階層にある大浴場へと先頭を進む。

個人的には横並びで雑談でもしながら歩きたいのだが、慎み深いコキュートスは決してそのような行動には出ない。少しばかり寂しい気持ちが湧き上がるアインズの心の内を覗いたわけではないだろうが、コキュートスが距離を詰め、問いかけてきた。

「アインズ様。先ホド、室内ノ八肢刀の暗殺蟲達ノ数ガ少ナカッタヨウデスガ、ドチラニ向カワセタノデショウカ？」

仕事関係の話であることにしょんぼりとしながらも、雑談ってこういうものでもあるよなと自分を慰めつつ答える。少しだけ声が弾みそうになったのは内緒だ。

「エ・ランテルの宿屋だ。不意の来客に備えて留守番をしているナーベラルを遠距離から監視しているはずだ」

「ナーベラル一人デハ危険デハナイデショウカ？」

「危ないだろうな。襲うなら今だろう」

「ナルホド。生き餌トイウコトデショウカ？」

「そうだ。シャルティアを洗脳した相手がこちらを窺っているのであれば、涎の垂れんばかりの餌だろうよ。シャルティア――名前は違うが強大な吸血鬼を倒したモモンに接触を図ろうとする者はいなかった。ならば、モモンがいない状況下で、魔法詠唱者(マジック・キャスター)が一人残っているのなら……」

「食イツク、ト？」

「さぁな。食いついたら一本釣りだ」

アインズは片手で釣り竿を引き上げる動作をした。

「ソノ際ハ全軍ヲ動カスノデスカ？」

「まさか。そんなことはしない。まずは相手の裏を探る。もし相手が我々と同格、もしくはそれ以上であった場合は下手に出る必要があるからな」

分かってはいるが我慢しかねるという小さなうめき声がコキュートスから漏れた。

「シバシノ我慢ト理性デハ理解デキルノデスガ、感情ハ穏ヤカニナレマセヌ」

「じっくりと調べ、相手の弱点を見極めるまでの我慢だ。それが終わったら腸(はらわた)を噛み千切って悶絶させてやろう。シャルティアを洗脳し、この私に殺させた罪は重い」

相手がプレイヤーだとしても親近感は何も覚えない。アインズが親近感を覚えるのは、かつての仲間たちやここにいるＮＰＣたちだ。喧嘩を売ってきたのであればその愚かさは苦痛を以(もっ)て知らしめるべきだ。

「恩は恩で返して、仇(あだ)は仇で返す。ごく当たり前のことだろう」

アインズは酷薄な笑みを浮かべる。もしプレイヤーであればより一層、素晴らしい実験ができるだろうという興奮が湧き上がる。自分では恐ろしくて決してできない実験——死亡実験を最初にすべきだろう。

「目ニハ目ヲ、歯ニハ歯ヲ、デスカ」

「そうだな。しかし、知っているか？　その言葉は過剰な報復を抑止するための言葉でもある。だから私はその言葉は使わない。過剰すぎる報復をするためにな」

って、ぷにっと萌えさんが言っていた、とアインズは心の中で続ける。

「オオ！　流石ハアインズ様。武ノミナラズ、智モマタ敬服スルニ相応シュウゴザイマス」

振り向かなくても、アインズは後ろから尊敬の念が押し寄せてくるのを感じた。

「ソレデアインズ様ハ本日ハコノママナザリックデオ過ゴシニナラレルノデスカ？」

「いや、皆で風呂に入った後、こちらで仕事をしてから夜半にはあちらに向かうつもりだ。あちらでも色々とやらなければならないことが多いからな。お前はどうなんだ？」

「私ハ暫(しばら)クハナザリックデノ警護ノ任ニ戻ルツモリデス。湖周辺ノ探索ナド直接、出向イタ方ガ良イト思ワレタ案件ハ片付キマシタノデ」

「お前が戻るとなると、様々な任に就いているデミウルゴス、王都で情報を収集しているセバスとソリュシャン、森の中で拠点を作っているアウラ、そして私とナーベラルが外で働いている者たちということか」

「至高の御身デアラレル御方ガ、本来、我々ガスベキ仕事チサレテイルトイウノハ少々納得シガタイモノガアリマスガ――」

「はは、許せ、コキュートス」

「許スナド滅相モナイ。アインズ様コソコノ地ノ支配者。アナタ様ノ言葉コソガ絶対ノ法。先ホドノ私ノ言葉ナド、愚者ノ戯言(たわごと)ニ他ナリマセン。ソレニ――」

雰囲気が変わり、アインズは「おや？」と思う。暗いものが漂うコキュートスの顔を――感情は読み取れないが――肩越しに見る。

「モシ私ドモガデミウルゴスホドニ優レテイレバ、アインズ様ガ直接オ出(い)デニナル必要モナカッタデショウ。結局ハ我々ノ力ノ無サガ原因――」

「それは違うぞ。お前たちは適材適所であることを求めて作り出されたのだ。ならばそれぞれが定められた仕事を成し遂げることこそ、重要なのだ。はっきり言ってしまえばそれ以外の仕事は出来なくても良い。知恵と知識に優れたデミウルゴスは万能性に富む。それだけのことだ」

納得がいっていなさそうなコキュートスに更にアインズは続ける。

「ならば、少しずつ出来ることを増やしていくと良い。そうだな――蜥蜴人(リザードマン)の村を支配下に置き、お前は勉強しているはずだ。きっと、あの村の統治は今後のお前の糧(かて)となるだろう。そうやって一歩一歩進んでいけば必ず、お前はデミウルゴスと肩を並べる者となるだろう」

「ナレマスデショウカ？」

「可能性が無いとは思っていない」

アインズは婉曲な言い回しを用いた。

「デミウルゴスは知略に於いて並ぶ者のない存在だ。あれに匹敵する男になろうとするのは茨の道を行くがごとしだろう。だが、努力はきっと無駄にならない。私はそう考える」

二人はそのまま黙って通路を歩く。やがて絞り出すようにコキュートスが小さく呟いた。

「アリガトウゴザイマス、アインズ様」

「感謝をされるようなことは何一つとして言ったつもりはないがな。さぁ、コキュートス、風呂ももうすぐだ。デミウルゴスやマーレが来るまでにその雰囲気をどこかにやってしまえ」

「ハッ！」


ナザリック第九階層にある〝スパリゾートナザリック〟。男女合わせて九種十七浴槽を持つ素晴らしい場所だ。中でも驚くべきものはチェレンコフ湯。目に痛いほど光り輝く青い湯が、豪華な気分を味わわせてくれる風呂だ。

コキュートスと到着したアインズは、想像もしていなかった人物を目にして驚く。

「アインズ様！」

語尾にハートマークが浮かんでいるような声を上げたアルベドだ。いや、アルベドだけではない。その後ろにシャルティアとぐったりしているアウラの姿もあった。

逆にデミウルゴスとマーレの姿は何処にも見えない。脱衣所で待っているのだろうか。

「ア、アルベド。どうしてここに？」

「え？　皆でお風呂に入ろうと思って来ただけなんですが……アインズ様もですか？」

「あ、うん。――そうだ。その通りだ。アルベド、奇遇だな」

「ほんと、奇遇ですね！　……お風呂に入る前には軽く運動をして汗をかいた方が良いと聞きます。私もアインズ様と一緒に運動して汗をかいた方が良いかしら」

アインズの背筋をぞわっとしたものが走る。

「確かに卓球なども悪くはないが……」

「そういう意味ではありません。いけずなお方」

すすっと、百レベル戦士職に相応しい――魔法職のアインズでは回避不能な――動きで近寄ると、ローブ一枚のアインズの胸元に指を伸ばし、文字を描こうとする。だが、アインズの肋骨の隙間に白魚のごとき指がスポッと入り込んだ。

「あ」

「あ」

二人の声が響く。

何とも間抜けな光景だ。アインズは苦笑いと共にアルベドに話しかけようとして、顔を引きつらせる。

「アインズ様の大切な所に指が入って……」

アルベドの頬は赤く、瞳は濡れている。香り立つような芳香が漂ってくる。時折、ベッドで嗅ぐのに近い、そんな香気だ。

「──おい、前も聞いたが、こいつこんなに変だったか？」

本気の素でアインズは、シャルティアを抑えようとしてバタバタと暴れているアウラに問いかける。

「……すみません、アインズ様。色々とあったんです。えっと、毎日ナザリックのことを考え、疲労が溜まっているんだと思ってください。お願いします」

「そ、そういうことじゃ仕方がないな。う、うむ。アルベド、日々の仕事、感謝しているぞ」

小走りに歩き出そうとするアインズのローブを何者かの手が掴む。いや、それは見るまでもない。

「アルベド、本当にどうした？　何がお前をそこまで駆り立てるのだ？」

「あれほどの言葉を頂いて……胸に炎が灯っております。お腹もきゅんきゅん来ています。ですので──アインズ様」

「いや、ちょ、ま、落ち着くのだ、アルベドよ！　コ、コキュートス！」

「オ任セチ！」

ゴッと冷気が通路を駆け抜ける。急激な温度の変化に、我に返ったようにアルベドの瞳に理性の色が灯る。

「アインズ様へノ無礼、守護者統括ト言エドモ見過ゴセルモノデハナイゾ」

アインズとアルベドの間に割り込むような位置を取ったコキュートスの手には白銀の槍が握られ、態度次第では即座に抉る(えぐ)という意志が明白だった。

「――失礼しました、アインズ様。少し我を忘れていたようです」

「謝罪を受け入れよう、アルベドよ」

主人の沙汰に従ってコキュートスが控える。しかしながら槍はまだ仕舞わない。

「お前の普段の務めの重圧を私はよく知っている。時には我を忘れてうっぷんを晴らしたいときもあるだろう。とりあえず風呂に入ってストレスを発散させろ。コキュートス、お前の働きご苦労だった」

アインズは言い終わると男湯への暖簾(のれん)を潜(くぐ)ろうとするが、追従する足音に動きを止める。

「……何故、ついてくる、アルベド。一応念のために言っておこう。こちらは男風呂であってお前が入るべき女風呂ではない」

「お背中を流そうか、と思いました」

「……却下だ。大体、私は一人ではなく、他の男の守護者と一緒に風呂に入るのだ。お前は彼らにも素肌を見せることを厭(いと)わないと言っているのか?」

サキュバスだからオッケーと言うかもしれないな、などと思っていると、アルベドは即答した。

「では、別の所に家族風呂がありますので――」

「家族風呂はそういう目的のためにあるんじゃない!」

「ですが、アインズ様。ご寵愛を彼らだけに与えるのはずるいと思います」

そうです、そうですとアウラの口を塞いだシャルティアが声を上げる。連れてこられているアウラの目に輝きはなく、ただ開いているというだけにすぎなかったが。むっとしているようなコキュートスがさらに後ろにいる。

（一緒に風呂に入ることのどこが寵愛なんだ……。この前のことといい、少しアルベドは変すぎるんじゃないのか？　もしかしてあれが原因で少しタガが外れてしまったのか？）

「アルベド、まず一言だけ言わせてくれ。私は男よりは女の方が好きだ。純粋な異性愛者だ」何かを言いかけたアルベドを手で押しとどめる。「確かに将来、そういった関係もあるかもしれない。しかし、世界の立ち位置すらはっきりしない現状において、お前たちとそういった関係になるのは組織の長としてあってはならないことだ」

むむむ、とアルベドが眉を顰めた。

「第一……お前たちは親友の娘のようなものであって――なかなか複雑すぎる」

「入り口で何をしているのかと思えば、アインズ様にご迷惑をおかけしているのかね、君たちは」

「お、お姉ちゃんが……し、死んでる」

死んでないわよー、と気力の失せた少女から突っ込みが入る。

「待っていたぞ、二人とも」

「遅くなり申し訳ありません。しかし……守護者統括殿は少し、感情を抑えるすべを勉強するべきでしょうね」

デミウルゴスの細い目が少しだけ開いた。明確な敵意が宿っている。普段温厚な人物が怒れば怖いというのは本当だと実感できる剣呑な気配が漂い出す。釣られたようにコキュートスもアルベドに対して身構えた。

アルベドはアルベドで笑顔を崩さない。いや笑顔の度合いが深まったような気がする。

「――愚か者!!!」

アインズは思わず怒声を吐き出す。

「我が前で守護者が争うな！　この馬鹿どもが！」

身を震わせた守護者全員が一斉に片膝をついた。

「申し訳ありません、アインズ様！」

「……良い。皆、立ちなさい」全員が立つのを確認すると、アインズは優しく、子供を窘めるように言って聞かせる。「こんな下らないことで争うのは止めなさい。それは私を最も失望させることだ。分かったな？」

全員から一斉に了解の返事を受け、アインズは自らの怒りの感情を完全に消滅させる。

「よし、風呂に入って、気分を一新させるぞ。男組は付き従え。それとアウラ、お前を女組の監視要員に任命する。後の二人が馬鹿をやらないように見張っておけ」

「畏まりました！」

アウラの瞳に激しい炎が吹き上がった。逆襲できるチャンスと思ったのか、燃えるように吹き上がる熱波にアルベドとシャルティアは動揺を隠せない。

アインズは「男」と書いてある暖簾（のれん）をくぐる。後方から聞こえる、まさに姦（かしま）しい声はあえて無視する。

ロッカールームでアインズは服を脱ぐ。流石に普段の装備であれば脱ぐものが色々あるために大変だが、ここに来るまでに準備してきたおかげで脱衣は早い。

さっと脱いで歩き出す。

（裸になるといつも思うんだが、俺はどうやって動いているんだろうな……）

肉も筋もない骸骨だ。鈴木悟の常識からは考えられないことだ。とはいってもこの世界ではそれが当たり前なのだから、そういうものだと呑み込むほかないが、それでも時折こんな疑問は抱いてしまう。

「先に行くぞ」

「ま、まってください！」

テケテケと素っ裸のマーレが走ってくる。

男の娘ではあるが、こうしてみるとちゃんと男の子だ。

体つきも子供のもので、筋肉等の隆起は全くと言っていい程ない。触ったらプニプニしているような肉体で、あれほどの力を出せるのは、アインズと同じく、この世界特有の未知の法則に従ったものだからなのだろうか。

マーレの裸を眺めながらそんな疑問を思いつつも、注意を発する。

「この中では走ったりするな。床が濡れていて危険だ」

守護者が転んで頭を打って死亡などということはありえない。しかしながら、マーレのような子供の外見だとどうしてもそんな心配をしてしまう。

「は、はい。申し訳ありません」

そこまで謝らなくても、などとアインズは思う。

「お待たせしました」

続いてデミウルゴスとコキュートスが現れる。

デミウルゴスの体は筋肉が引き締まり、細マッチョと言える感じだ。服の下までは作りこみできなかったにも関わらず、この肉体はウルベルトが設定したからなのだろうか。

「コキュートスは何も変わらないんだな」

「まぁ、彼は普段から素っ裸ですので」

「ヨロシケレバ、ソノ変態ミタイナ言イ方ハヨシテイタダケマスカ」

「すまないな。コキュートスは外皮鎧だものな。普段からその格好でも仕方がないことだ」

外皮鎧は肉体武装の一種だ。シャルティアの爪や牙もそうだが、これはその者のレベルアップに合わせて硬度や耐久性、そして中に込めることのできるデータクリスタルのデータ量などが強化されていく。

メリットは、一々替えなくても使っていけること、武器破壊の特殊技術（スキル）や攻撃を受けて破損したとしてもＨＰを回復させる治癒魔法と同時に修復されること、死んだ際もドロップしないことなど、多岐に渡る。

　逆にデメリットとしては、同レベル帯のプレイヤーの主装備よりも硬度や耐久性、データ量で劣ることだ。百レベルの肉体武装でも、神級クラスに到達することはほぼ不可能。肉体武装を強化する特殊技術（スキル）を習得できるクラスを修めていけばもしかしたら神級クラスに比肩できるかもしれないが、本当に可能かどうかまではアインズも知らなかった。

　プレイヤーとしてはデメリットの方が大きいと思われる肉体武装だが、ＮＰＣには非常に良い手段だろう。多様な武具の準備が必要ない――つまりはＮＰＣを作ったプレイヤーが装備を用意する手間が省ける――のだから。

「アリガトウゴザイマス」

　コキュートスが頭を下げる。別に彼を庇うつもりで言ったのではない。それにしても――

（感謝するほどこの件で苛められ――弄（いじ）られたりしているのか？　婉曲（えんきょく）にでも注意しておいた方が良いのかなぁ）

　苛めが起こっているクラスの教師とはこんな気持ちなのだろうか。やまいこさんはどうだったんだろうと考えながら、アインズは男風呂メンバーに声をかけた。

「よし、行くぞ」

アインズを先頭に風呂場へと入る。

この大浴場は全部で十二のエリアに分けられている。

まず風呂エリアが、最も大きいジャングル風呂、情緒あふれる古代ローマ風の風呂、ゆずを浮かべたゆず湯、炭酸風呂、ジェットバス、低周波が流れており入ると体が痺れる電気風呂、炭が浮かんでいる水風呂、謎の光を放つ――何が入っているか不明な――チェレンコフ湯、そして男女混浴の露天――外の風景はあくまでも作り物だが――風呂だ。

それとサウナ、岩盤浴のできるエリア、最後にリラクゼーションルームだ。

「それではどこに行く？　お前たちの意見を聞こうじゃないか」

「水風呂ガ魅力的カト。アインズ様ニモ水風呂ノ良サチ知ッテイタダケレバ」

別に極寒の水風呂に入ろうとも、冷気耐性を持つアインズは苦ではない。しかし、いきなり水風呂を薦めるのは絶対に何かが違う。

「コキュートスさん……お風呂に入りにきたんですから……」

マーレが苦言を呈したことで、何か間違っていると悟ったコキュートス。そこに追撃が入る。

「お風呂に入りに来たのだから、血行が良くなる温かいお風呂を提案するべきだろう。……いや、そうだ。君に質問しなくてはならないな。君はお湯に入れるのかね？　調理されたロブスターみたいになったりはしないのかね？」

「問題ナイ。私ハ炎ニ対スル耐性チコノ外骨格ノオカゲデ持ッテイル。オ前タチハ裸ダトカ言ウガナ」

　ふふん、とコキュートスが自慢げに告げる。

「あ、あの、でしたら普通にお風呂を提案すれば良いと思うんですけど」

「水風呂ハ最高ナンダ……。氷ヲ抱キナガラ入ルト心地良インダ……」

「それは君だけとは言わないが、かなりごく少数の考え方だと思うよ……」

「ま、まぁ、皆でばらばらに行っても面白くない。一つずつ回っていくか。まず最初は普通のジャングル風呂に行こう。私の仲間が頑張った作り込みだぞ」

　それは楽しみです、と告げる部下——ちょっと寂しげなコキュートスを含め——たちを引きつれ、ジャングル風呂に向かう。

　作り物の草木が生い茂ってジャングルが形成されている。作り物とは知っていても、あまりのリアルさから、今にも茂みからモンスターが這い出てきそうな予感を覚えてしまう。

「ここは昔あったとされる、アマゾン河という場所をモチーフに作った風呂だ。製作はベルリバーさんで協力がブループラネットさんだな」

　感心している守護者たちを背に、アインズは洗い場に桶と風呂イスを持っていく。

（なんでこのスパにある桶は全て黄色なんだ？　昔、聞いたときはそれが伝統だ、と言っていたけど……。スパの桶は黄色が基本なのかなぁ）

「当たり前のことだが、風呂に入る前にはちゃんと体を洗う必要がある。しかし私の洗い方は周囲を汚すから、お前たちは近くにいない方がいいぞ」

アインズはそれだけ告げると、桶に溜めたお湯を被る。驚くほどすとんと体の中を抜けていき、勢いのまま床で跳ねる。隙間だらけであるがゆえに、一度のかけ湯では全身を濡らすことは非常に困難だ。数度繰り返し、ようやく全身が濡れたことを確認すると、持ってきたブラシを取り出す。

液状石鹸をたっぷりと塗りたくり、体をこすり始める。これまた隙間だらけであるがゆえに、まるでザルをブラシで擦るかのように、周囲に石鹸の泡が勢いよく飛び散った。

（うむぅ。やはり私の可愛い三助、三吉君を連れてくるべきだったか）

粘液に塗れた自分、というのはあまりに見栄えが悪く、部下の前で見せる姿ではないという思いから連れてこなかったのだが、久しぶりに自分で体を洗うと非常に面倒だ。

一生懸命洗っていると、マーレが黄色い椅子を片手に近寄ってくる。オドオドとしながらも、風呂場の熱気で紅潮した笑顔を向けてきた。

「あ、アインズ様！　ぼ、僕がお背中をお流しします！」

「う？　おお、そうか。洗ってくれるか。しかし私の体は面倒だからこのブラシを使ってくれ。タオルだと大変だぞ？」

アインズがマーレに背中を見せると、受け取ったブラシでゆっくりと擦り始めた。

「上手いじゃないか」

「ありがとうございます！」

正直言えば上手いとか下手とかのラインは無い。しかしマーレへの感謝がアインズにそう言わせる。

他の二人は、と様子を窺えば、「じゃぁ、私が君の背中を洗うよ」「スマナイナ」などとやっている。

アインズは満面の笑みが浮かぶのを——もちろん骸骨の顔に表情はないが——抑えきれなかった。

——ナザリック地下大墳墓は最高の場所だ。

後ろから聞こえる「ここは洗ったよね」という子供の声に更に笑みを強くした。

「ありがとう。マーレ。次は私が洗ってあげよう。遠慮することはないぞ」

アインズはワタワタしている少年の肩を摑んでくるんと回すと、マーレのタオルに石鹸をつけて泡立てる。

あまり痛くならないよう、注意して体を擦っていく。自分の体を洗っていた時を思い出し、それよりは少し力を抜いたぐらいの力加減だ。

「痛くないか?」

「だ、大丈夫です!」

何故か異常に体を固くしたマーレの背中を綺麗に洗うと、タオルを渡す。

「前は自分で洗えるよな?」

「も、もちろんです!」

アインズはブラシを取ると、隣でごしごしと体を洗っているマーレに飛ばさないように、注意深く自らの肋骨を洗っていく。

「ではお先に」

　体を流し終えたデミウルゴスが尻尾を揺らしながら湯船に向かう。次に、体を洗うのはアインズ並みに大変かもしれないが、四本の腕を器用に使うことで時間を短縮できるコキュートスが続いた。次は当然、マーレだ。アインズが洗い終わったのは皆から遅れること数分してからだった。

　湯船はそれなりの広さで、かなり精巧なライオンの像の口からはドバドバと湯が流れ込み、もうもうとした熱気が立ち込めている。湯気をかき分けるように近寄ると、コキュートスのみがかなり離れており、あとの二人は一定のパーソナルスペースを確保した間隔で湯につかっていた。

「あー、良いお湯ですね」

　子供はお風呂で泳ぐものだというイメージがあるが、マーレは頭の上にタオルをのせてほっとした表情をしていた。子供と言うよりは疲れた大人のような態度に、アインズはナザリックの守護者の仕事はそれほど疲労を伴うものなのかと愕然とする。

「そうですね。体の芯から疲れというものが流れ落ちていく感じがします」

　メガネを外しているデミウルゴスが、お湯を掬うと顔に掛け「はぁー」とおっさん臭い仕草を見せた。

「熱イ……」

「あ、あれ、えっとさっき、耐性があるって言われていたと思ったんですけど」

「アルガ、余リ熱イ湯ニハ入ラナイノデ、ドウモ……」

「……だからって冷気のオーラを使うのは少し違うでしょう。こちらに来ないでくださいね。お湯は熱いぐらいの方が心地よいので」

コキュートスだけ離れた場所に入っている理由が分かった。おそらくはあの辺りだけぬるま湯にでもなっているのだろう。

「デミウルゴスハ炎耐性ガアルカラ良イカモシレナイガ……水風呂ニ行クノモ悪クナイゾ？」

「興味ないですね。だいたい、耐性をカットして普通に楽しんでいますよ？　コキュートスはその程度の苦痛を耐える力もないのですか？」

「デミウルゴスニシテハツマラナイ挑発ダガ——面白イ」

「やめろ。風呂は楽しく入るものだ。我慢比べでもしたいのであればサウナでも行ってこい。無理をしてまで入らなくて良いぞ？」

「はふぅ」

額に汗をにじませたマーレが熱っぽい息を吐く。

「見ろ。こうやって風呂は堪能（たんのう）するものだ。マーレは無理をしないで茹（ゆ）だってきたと思ったら風呂から出るんだぞ？」

「だ、大丈夫です、アインズ様！　いざとなったら魔法を使いますから！」

それもまた何か違わないか、などと思いながらもアインズは言葉にはしない。代わりにデミウルゴスに視線をやる。

「……耐性付けてまで入るって正しいのか？」

「そういう入り方もあるのではないでしょうか、アインズ様。アンデッドであるアインズ様はのぼせることもないでしょうし、同じ事ではないですか？」

「……確かに」

ジワジワと染み込んでくるような温かさを感じはするが、人間だった時のような気持ち良さはあまりなかった。

（アンデッドの肉体であるがゆえの功罪か……）

アインズが失った喜びを惜しんでいると――

「うん？」

――顔を上げ、湯気越しに周囲を見渡す。

「どうかされましたか？」

「私の名前が呼ばれたような気がしたのだが……」

「ソレハ隣カラデハナイデショウカ？」

コキュートスが背中をつけている壁を指差した。

「そちらは――なるほど女湯ですか」

「そうか。いや、しかし……そんなに壁は薄くないはずだが？」

「反響シテ大キクナッテイルノデハナイデショウカ？」

アインズは思わず耳に神経を集中させてしまう。別にいやらしい目的があったのではなく、彼女たちだけの時にどんなことを話しているのかという好奇心からだ。だから耳を壁に付けるような、ナザリック地下大墳墓の支配者の地位を貶めるような真似はしない。それどころか、壁から離れて、向かい合うぐらいだ。

——アルベドの下って毛が濃いよね。

集中することで捉えた壁の向こうの会話にアインズが顔を顰める。

——アウラ、変な言い方はよしてよ。あー、この壁の向こうに多分、アインズ様がいらっしゃるのね。のぞき穴とかないのかしら。

アインズは壁を真剣に見渡す。誰かが変なギミックを付けてないか、と不安に駆られたためだ。一時期、一部のギルドメンバーたちが変なギミックを作ることに凝った時代がある。その時の遺物が残っている可能性は高いと言えた。

——普通、逆じゃないの？　そういうことするのは。

——逆こそありえないんでありんす。そんなことしなくてもアインズ様であれば、見せろとお命じになればいいわけでありんすから、するはずがないでありんしょう。

——おお、シャルティアが珍しくまともなことを言った。

——珍しくとは失礼な、というかそれは歯ブラシでありんすか？　お風呂で磨く……いや、洗うのはちょっと止めてほしいけど。

――しょうがないじゃない。私は洗うのが少し大変だから、こういった大きなお風呂じゃないと面倒なの。

少し高い位置からのアルベドの声、そしてゴシゴシと豪快な音が聞こえる。

――うーん、確かにそうやってみると大変だよね。しょうがないな。許してあげる。

――ありがと。

――うわっ。頭をガクンガクンさせながらこっちを見るのは止めてよ。ちょっと気持ち悪い。シャルティアは磨いたりしないの？

――わたしは自分の部屋で普通に磨きんすので必要ないでありんすぇ。といわすか、わたしたちに虫歯とかあるのでありんしょうか。

――無くてもキスするときに臭かったりしたら百年、千年の恋も冷めるわよっと。

歯ブラシを動かす音が止まり、のしのしと歩く音が聞こえる。

――え？　ちょ、そのまま入る気？　せめて体を……

やたらと大きなドボンという音の後、水がざっと流れる音がした。よほど勢いを込めて飛び込んだのだろう。

――がはっ！　げほっ　げほっ！　もしわたしが物語の吸血鬼だったら流れ水で沈むところよ！

――飛び込むなんて子供じゃないんだから止めてよね！

――ふふふ。あー、気持ちいいわ。これからもここに来ようかしら。

——もう少しお風呂のマナーを……ぉ?

——何?　あれ?　ライオンが動き出した?

——マナー知らずに風呂に入る資格はない!　これは誅殺(ちゅうさつ)である!!

突然聞こえた男の声に、アインズを中心とした男性陣は顔を見合わせる。

「え、えっと、今、男の人の声がしていたみたいなんですけど」

「マサカ聞イタコトモナカッタガ、風呂場ノ領域守護者カ?　シカシ、女性用ノ風呂ニ男トイウノハ」

「いや、この声は聞いたことがあるぞ……るし★ふぁーさんだ」

厄介な男の声を聞き、アインズの脳内に幾たびもかけられた迷惑がとぎれとぎれに浮かぶ。正直言って、あまり好きではない男だ。

「まさか、至高の御方の!?」

——固い!　単なるアイアンゴーレムじゃないわ!　アルベド!

——死ねや!　ゴーレムクラフトのくず野郎!

ゴガンという音と共に壁にすさまじい勢いで何かがぶつかる。それは男湯の壁すらも揺るがすような一撃だった。

「……一応、武装を整えて、女湯に突入する覚悟を決めるぞ」

あまり気乗りしない顔の守護者たちにアインズは命じる。

フレンドリィ・ファイヤーが解禁されていなければギャグで終わったかもしれないが、現在の状況下では本当の殺し合いになっている可能性がある。装備を脱いでいれば戦闘能力は下がる。場合によっては救援の必要があるのは間違いない。

「……今度はゆっくりと入りたいなぁ」

ざばざばとお湯をかき分けながら脱衣所を目指すアインズから思わずこぼれ出た言葉に、守護者たちが一斉に頷いていた。

OVERLORD
Characters

キャラクター紹介

Character 35

エンリ・エモット

人間種

enri emmot

新たなる族長

役職——族長。

住居——カルネ村エモット家。

職業レベル(クラス)—ファーマー——1lv

サージェント——1lv

コマンダー——2lv

ジェネラル——2lv

誕生日——中風月10日

趣味——農作業。(というより村には他に楽しみがない)

{ personal character }

新たにカルネ部族の族長となった少女。よく働き、よく食べるという非常に健康的な生活を送っており、その結果が盛り上がった上腕二頭筋、割れつつある腹筋である。恐らくは現在、カルネ村でも(人間だけであれば)五指に入る腕力の持ち主である。彼女のデータは八巻終了時のものであり、作中ではファーマー1lvとサージェント1lvしか保有していない。

Character 36

ンフィーレア・バレアレ

人間種

nfirea bareare

天才錬金薬師

役職——薬師。

住居——カルネ村バレアレ家。

職業レベル(クラス)—ウィザード——3lv

アルケミスト(ジーニアス)——4lv

ファーマシスト(ジーニアス)——4lv

ドクター——1lv

誕生日——中風月18日

趣味——錬金術の実験。(新しい知識を得ること)

{ personal character }

驚くような生まれながらの異能(タレント)を保有し、錬金術などに類まれな才能を持つのみならず、それなりに整った顔立ちの少年。天が二物も三物も与える時があるということを証明するかのような存在だ。薬師と言いながら実際は錬金術師であるが、これはこの世界においてこの二つは密接な関係を持つためであり、どちらと名乗っても変ではない。

ゴブリン軍団

亜人種

goblin troop

屈強な護衛集団

役職——エンリの護衛団。

住居——カルネ村。

各個体レベル
ゴブリン・メイジ——10lv
ゴブリン・クレリック——10lv
ゴブリン兵士——8lv
ゴブリン・リーダー——12lv
ゴブリン・アーチャー——10lv
ゴブリン・ライダー&狼——10lv

{ personal character }

エンリに召喚されたゴブリンの一団（全十九人）。召喚者に絶対の忠誠を捧げる。エンリへの忠誠心はナザリックメンバーがアインズに捧げているものとほぼ同等である。しかしながら守護者らとアインズの関係とは違い、もう少し近い関係にある。また、彼らはゴブリンの中ではかなり屈強な肉体を持ち、一般的なゴブリンとは見た目が逸脱している。決してゴブリンが全般的にこのような外見（肉体的に屈強）であるわけではない。

character chart

各個体名——［村に存在する数］

Ⓐゴブリン・メイジ————［1人］

Ⓑゴブリン・クレリック————［1人］

Ⓒゴブリン兵士————［12人］

Ⓓゴブリン・リーダー————［1人］

Ⓔゴブリン・アーチャー————［2人］

Ⓕゴブリン・ライダー＆狼——［2人］

Character 38

ルプスレギナ・ベータ

異形種

lupusregina・β

笑顔仮面のサディスト

役職――ナザリック地下大墳墓戦闘メイド。

住居――第九階層の使用人室の1つ。

属性(アライメント)――凶悪――[カルマ値：-200]

種族レベル―人狼(ワーウルフ)――5lv

職業(クラス)レベル―クレリック――10lv

バトル・クレリック――5lv

ウォーロード――4lv

ハイエロファント――5lv

など

[種族レベル]+[職業レベル]――計59レベル

●種族レベル 取得総計5レベル

職業レベル● 取得総計54レベル

status

能力表

[最大値を100とした場合の割合]

0 50 100

HP[ヒットポイント]

MP[マジックポイント]

物理攻撃

物理防御

素早さ

魔法攻撃

魔法防御

総合耐性

特殊

OVERLORD
Characters

至高の四十一人編

キャラクター紹介

1/41

たっち・みー

異形種

touch me

純銀の聖騎士

personal character

ユグドラシルというゲームにおいて最強の一角として名高いプレイヤー。
元々彼がギルドマスターのような立ち位置にいたが、
ある事件をきっかけにその地位から降りた。
その後を継いだのがモモンガである。
現実の世界においては美人の奥さんと子供を持つ
良い父親。つまりは勝ち組。

2/41

タブラ・スマラグディナ

異形種

tabula smaragdina

大錬金術師

{ personal character }

ぎゃっぷ萌えな男。
ホラー映画をこよなく愛し、古典とされるものから最新のものまで幅広く見ており、
その知識はギルドメンバーをつねに驚かせた。
TRPGなども趣味としており、彼の設定好きな一面はその辺りに由来する。
神話関係の無駄な雑学をモモンガに垂れ流したりもしていた。

あとがき

Postscript

非常に忙しいのです。だからこそお腹の周りや顎下(した)に肉が溜まっていきます。そんなブタさん化が進んでいる作者、丸山くがねです。この本を買って下さって、もしくは手に取ってくださってありがとうございます！

この忙しさはアニメ化の作業、会社の仕事など様々な事柄が、色々と積み重なった結果です。

現在、アニメの方は「アインズはどうやって微笑しているのですか?」「なんとなく！」「監督がどうにかしてくれますね」などという心温まる話をしながら順調に進んでおります。

しかもアニメだけではなく、コンプエースさんで『オーバーロード』の漫画（作画：深山フギンさん）が始まりました。この本が皆さんの手元に届いた頃には二話が載っていると思います。アインズってあんなにカッコよかったんだな、と感心する作品です。よろしかったら是非！

さて、この巻は初回限定ではありますが、裏にもイラストが掲載されたリバーシブルカバーバージョンとなっておりました。

様々なラノベのカラー口絵に負けない力作を、

とｓｏ‐ｂｉｎさんに無茶なお願いをしたイラスト（女性キャラのお風呂シーン）に、丸山は心打たれました。

　本編においてはこういったイラストシーンは二度とない予感を覚えますが、今後またこういった企画を希望される方がいましたら、本に入ったハガキに己の欲望を書き込んで送ってください。


　では、ここから謝辞を送らせていただきます。

　仕事量が膨大な中、無理難題をこなしてくださるｓｏ‐ｂｉｎ様、本当にありがとうございます。

　デザイナーのコードデザインスタジオ様、校正の大迫様、編集のＦ田様、それに『オーバーロード』の製作にご協力いただいた皆様、ありがとうございます。それとハニー、やばいミスの発見等、色々とありがとう。

　そして何より本書の読者様。本当にありがとうございました。今後もお付き合いくださると嬉しいです！

丸山くがね

Postscript by So-bin

オーバーロード　8
二人の指導者

2015年 1 月 7 日――初版発行
2017年 2 月21日――第14刷発行

著者――丸山くがね
イラスト――so-bin

OVERLORD

発行人――青柳昌行
編集――ホビー書籍編集部
担当――藤田明子
装丁――コードデザインスタジオ
発行――株式会社KADOKAWA
〒102-8177 東京都千代田区富士見2-13-3
電話 0570-060-555［ナビダイヤル］
http://www.kadokawa.co.jp/
印刷――大日本印刷株式会社

◉本書の内容・不良交換についてのお問い合わせ先
エンターブレイン　カスタマーサポート
電話 0570-060-555 | メールアドレス:support@ml.enterbrain.co.jp
※メールの場合は商品名をご明記ください。
［受付時間：土日祝日を除く 12:00〜17:00］

定価はカバーに表示してあります。

　ISBN978-4-04-730084-2　C0093

例年、睨みあいで終わるはずの王国と帝国の戦。しかし、帝国の支配者である鮮血帝・ジルクニフがナザリック地下大墳墓を訪れ、両国の戦にアインズが参

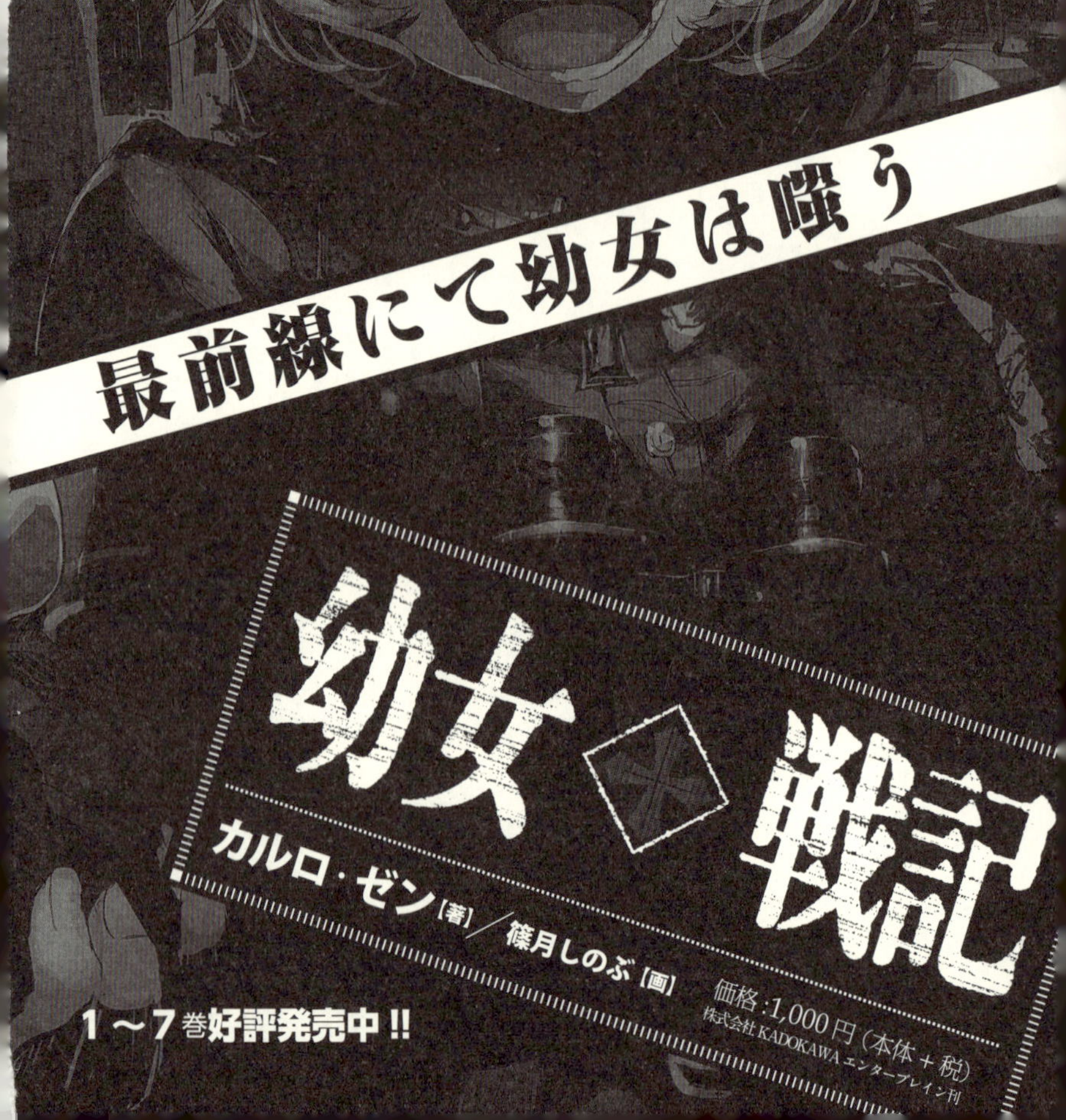

最前線にて幼女は嗤う
幼女戦記
カルロ・ゼン【著】／篠月しのぶ【画】
価格：1,000円（本体＋税）
株式会社KADOKAWA エンターブレイン刊
1～7巻好評発売中!!